U0097569

Gaea

Gaea

術数師 3

宮本武藏的末世傳人

天航 KIM 著

術数師 3 ◇ 宮本武藏的末世傳人

目錄

一九七三年・中國某地 …… 5
二〇〇八年・北京 …… 37
二〇〇八年・西安 …… 159
二〇〇八年・碑林 …… 241
一九八八年・阿虎 …… 289
台版誌／天航 …… 329

昔者倉頡作書，而天雨粟，鬼夜哭。

——《淮南子・本經》

一九七三年·中國某地

這是最好的時代，也是最壞的時代；
是智慧的時代，也是愚蠢的時代……
這是狄更斯在《雙城記》中的傳世名句。
那時候的一切，處處透著紅光亮，
沒有鍍金的奢華，才見人性的可貴，
不施脂粉的中國，底裡卻是潛伏的巨龍。
時代的湍流，命運的巨輪，以天空爲布幕，
上演著一幕幕悲歡離合的人間劇……

1

每個數字都有它的意義。

每個漢字都是個故事。

一入空門，受賜法名，別於塵俗；皇帝壽終，謚號傳世，以表一生功過；殺手行走江湖，也會有一個響噹噹的別號。

人類取名，有其含義，尤其是中國人，更講究名字背後的意思。正因漢字繁多，一字多音多義，衍生出無窮無盡的配對，故此中國人爲子女取名是一件頗爲頭痛的事。

有的名字可以傳世，有的名字容易被淡忘。

土崗上一墩一墓順山脊而排，立著幾十座墓牌，有的根本沒寫上任何字，只是用來標記下葬位置的木樁。

這是一個人命低賤的時代。

但，幸好當年土地不值錢，政府又沒有干預規管，人民死得起，死也死得舒服。

對某些人來說——死亡，可以是一種幸福。

一九七三年，文革裡最瘋狂的歲月已逝，參差錯落石階上的血液正慢慢乾涸，而晨風總是穿透茂密的山林，悄悄來到城裡的大街小巷。

小巷子的名稱是「黃刀巷」，和世上許多小巷子一樣，巷名或許只是隨意取的，不必深究。這條小巷子裡住了幾戶人家，還有兩個沒有名字的孤魂。

四尺寬六丈深的陋巷，灰牆與磚瓦綴合，整條巷子就像一塊破布。在抗日戰爭時期，這一帶是重災區，事隔三十年，塵歸塵，土歸土，歲月填補了裂縫，歷史早已埋葬了故人，而活人就要繼續在悲劇的漩渦裡尋找出路。

在暮鼓晨鐘之中，有個穿著舊夾襖的男人掀門而出。

殘夜將盡，曉寒未散，窄巷裡仍是灰沉沉的。那男人感到一陣寒意，扯緊了領口，這才發現又掉了一顆鈕釦，夾襖上只剩下兩顆鈕釦。

那男人年過三旬，家裡沒娘兒，針線這種活兒他不會做。男人心事繁重，也無暇顧及這等小事，更何況街上大多數人衣衫襤褸，能穿上沒破洞的上衣已是勝人一等。

悲風蕭蕭，也不及這男人的心境荒涼。

出了巷子，茫茫然過了半街，男人盯著路旁的小店，他走近店攤，就要了兩份燒餅。姥姥認得是熟客，叫了他一聲「駱先生」，手裡麻利，就抓了兩個現烙的燒餅包好，放在駱先生自己帶來的布包裡。

駱先生趕時間，邊走邊吃，沿來路回家，回到那條灰溜溜的小巷子裡。從外面看，他的身影時斷時續地在階梯間的小窗口出現，腳步聲漸漸向上，最後隱沒在三樓那片昏沉的空間裡。

——流血，我又流血了。

——老公，你聽見嬰兒的哭聲嗎？

——假如有一天我死了，你會像現在一樣愛我嗎？

說話的不是幽魂，說話的是駱先生的「愛人」，即是他的妻子，那陣子流行「愛人」這個叫法。但駱先生的妻子不在家，現在這個家只剩下他一個人。獨個兒住，免不了疑神疑鬼，在同一個地方時空彷彿重疊了，虛實之間，那些曾經出自他愛妻口中的話語，總是一再鑽入他的耳中。

駱先生並非迷信之人，但碰著太多不幸的事故，令他隱隱覺得自己住的是凶宅。

不久，長長的影子再次出現在巷子裡。駱先生又再出門，這次他離家的時候，手邊牽著一輛自行車，布包裡的燒餅只剩一個。

舊街斑剝，老巷迂迴，晨光綿斷，夢魘一般的泥路。

駱先生騎著自行車，哼著小調，都是失魂落魄的音節。他枯黃的頭髮被風吹得凌亂，蒼茫的眼沒有半點光澤。

一路起伏不平，就像他的人生。前幾天他不見了錢包，不知是弄丟了，還是被人偷了。他心疼的不是錢，而是錢包裡的結婚照。

他沒有相機，這東西在那時代是奢侈品，而且沖洗膠卷麻煩，平民鄉里只會到照相館裡拍照。

而在沿途經過的那家照相館裡頭，駱先生看到了回憶。

在同樣的地方，在那簡陋的布景前，漩渦似的時光倒退，彷彿出現了一對新婚夫妻親密倚偎的虛影，卡嚓一聲，照相機亮了，時空裡的光景剎那間凝住。

結婚照裡的新娘明媚娟秀，是個難得的麗人。新郎下巴飽滿，大耳大鼻，一副福相。人人都說這對夫妻是天作之合，他娶了她這個又漂亮又賢淑的老婆，眞是幾生修來的福分。

新婚之後，駱先生在大城市裡找到一份工作，便在城裡安定下來。搬到新居的時候，他妻子看到梁上有燕巢，「噯喲」叫了出來，說那是吉兆，她和他很快就會有喜……他只是傻笑著，問她是不是想要驚喜，只要她肯爲他生孩子，等他事業有成，就會天天餵她一口燕窩。

「只是一口燕窩？這麼少？」

她當時的笑聲永遠在他腦中徘徊。

那時代物資匱乏，但他和她沒有抱怨，雙宿雙棲，當眞是「只羨鴛鴦不羨仙」。結婚這麼多年，他一直將最好的東西都給她，而她對他的照顧亦是無微不至。

在外人看來，這對夫妻簡直是完美的。

駱先生覺得自己太幸運了，他也是個容易知足的人。但老天依然看這種人不順眼，要給他嚐嚐做人的痛苦，硬生生撕裂了他的幸福。

噩夢開始了——過去半年，每一天都是一個噩夢。

已有半年，駱先生的妻子已離家半年，這半年間他日日受盡煎熬。

「老天在跟我開玩笑嗎？」

老天賜他幸福的同時，卻同時在幸福裡暗藏釘子。

過慣了夫妻生活，再過單身漢的生活，他一躺在床上就想哭。對著空牆，百感交集，七情六慾，輾轉難以成眠。

——無奈那時代沒有二十四小時營業的便利商店，深夜裡想買醉也不行。

昨晚，兩老來叩門，老父只是噓寒問暖，母親卻噴得他滿嘴唾沫：「你還沒打定主意嗎？再嘮叨千遍萬遍，我還是要跟你說，我不喜歡這個媳婦，和她在一起，你這輩子註定倒楣。哼！只要你和她離婚，就是給我五十大壽的賀禮！」

以前他還是單身漢時，兩老總是催促他成親，如今他有了自己的家，兩老卻慫恿他離婚。

傳宗接代是頭等大事，駱先生豈會忤逆父母的意思？但他重情重義，要他與髮妻斷絕關係，這樣的事又怎會做得出來？

駱先生悲從中來，他感嘆一個人由出生的一刻起，就要飽受形形色色的折磨。

尤其，他覺得做中國人特別痛苦。

他不肯定死後是否眞有地獄，但他覺得自己猶如身在地獄。

長途跋涉，疏影深處，綠肥紅瘦，風忽然止住，自行車的車輪也停住了。

烏雲蓋住日輪，陰霾恰如魔罩。

有如碉堡一般的建築物聳立眼前——那是一座精神病院。

駱先生嘆了口氣，朝病院的正門走去。

世間多難——地獄的喪鐘爲誰而敲？

2

整幢精神病院樓高兩層，長方平頂，明明在艷陽底下，室內的一切卻像不見天日的窟牢，到處是鐵窗。光照不進去，四周籠罩在邪氣裡。

這裡原名是「ＸＸ醫癲院」，實際就是收容瘋子的精神病院。

因爲一場文化大革命，很多人被逼瘋了。幾年下來，這裡客滿如雲，當眞是千金難買一宿位，不靠關係也很難進來。

駱先生一踏進去，就嗅到血的氣味。與其說是血腥味，倒不如說是一種淌著血的氛圍——那陣子精神病院很難將人醫好，病人往往是直著身子進來，躺在擔架上由仵工抬出去，發瘋自戕的例子屢見不鮮。如果嗅到失禁的臭味，就是有人上吊自縊了……駱先生碰過幾回，習以爲常，也漸漸不會再爲陌生人的死而感到過分傷感。

此日不是假日，他向工作單位告假半天，就是要與妻子見面。

駱先生先去拜謁院長。

院長是個佝僂的老人，雙眼有點毛病，但頭腦依然清晰。在他布滿老人斑的臉上，擠出了一絲笑容，向駱先生打過招呼，面色就變得凝重。

「她昨晚又自殺了。她的病情愈來愈重，我看你要有心理準備。」

這種關乎生命的事，就算是院長這種見盡無數悲劇的人，依然不能輕描淡寫地說出口。

院長親自打開病人區的門。這裡的出入口都要上鎖，以防病人逃跑或傷害其他人，所以不通風不透氣，四周瀰漫著憋悶的感覺。

那長廊，猶如陵墓的通道。

駱先生心想：「這裡住的都像是半死不活的人。」

他的妻子，就是一個半死不活的人。

駱先生和院長入房就看見一個大網罩，像四面密封的屏風，將病床和病人圍在中間。怎麼看，這網罩都像一個巨大的雞籠，只不過被囚在籠裡的是人。病床上躺著一個披頭散髮的女人，她身材臃腫，臉上有抓痕，四肢被捆在床架的四支角上，整個人軟癱癱，就像頹然一片的落葉。

她的眼睛如一口枯井，連悲傷也乾涸了。

駱先生看見妻子這副模樣，禁不住想哭，心痛得幾乎無法呼吸。

「老公，我們的孩子呢？你為甚麼不讓我見他？」她的聲音近乎絕望。

駱先生苦不堪言，緘默以對。

他和她根本就沒有孩子。

本來是有的——

遷入新居不久，她就有喜，懷了身孕。那是駱家上下最寵她的日子，丈夫是一子單傳，老人家辛苦省出幾個錢都要給她進補。她肚裡懷著的就是一塊寶，日復一日，漸漸隆起，愈長愈大，誰想到最後會變成碎塊——

在那個醫學落後的年代，流產絕非少見，不是她命衰，只是命不夠好。

隔了一年，在夫妻同床共枕下，她又懷了第二胎，既有前車之鑑，這次格外小心安胎。

禍不單行是那時代的流行語。他們逃過了紅色的浩劫，卻躲不開命運的行刺。

有一晚，當駱先生回到家，看見地上的一灘血，就知道出事了。

血水汩汩從門縫裡流出，染紅了她最喜歡的裙子。

面青唇白的女人動也不動地躺在床上，加上死去的眼珠，她就是一具正在腐化的屍體。

一個人來到世上，哪怕是阿貓阿狗總要有一個名字。

當這對夫妻尚在床上喁喁私語，嬰兒的名字未有定案之前，胎死腹中，變成兩個沒有名字的孤魂。

流產兩次，一個常人豈可受得住這樣的刺激？

這次沒藉口了，她是傷夫剋子的命。

驚慌的陰影，極度的愧疚，夫家的責難甚至比妖魔附身更可怕，一一蹂躪她，將她本已碎散的靈魂碾成了粉灰。在深夜，在幽深的黑暗裡，她開始聽見嬰兒的哭聲。她跟以前的她判若兩人，心情大起大落，經常吵鬧，打砸東西，出現丈夫有外遇的幻覺，後來更到了自傷自殘的地步。

瘋了瘋了。

規勸不成，符咒無效，就只好送她進來這醫癲院。一晃眼已是半年，駱先生和岳父岳母一家爲了養她的病，積蓄大都散盡。

因爲吃藥的副作用，她長胖了不少，醜得令人生厭。

他卻瘦了。

據看護她的人報告，她一直不敢照鏡子，昨晚不小心看見，砰地一下響亮的砸聲，百拙千醜的容顏轉瞬化爲幾十個殘缺的片影，接著就用碎片來自殺。

「幸好救回來了。不過她的情況愈來愈不行了。」院長說。

這樣的壞消息，無論再聽多少次，駱先生依然心如刀割。眼見愛妻遭此厄運，駱先生偏偏又無能爲力，唯一可做的事，就是留在她的身邊，不時探望她，繼續餵她吃愛吃的東西，買小東西討她歡喜。

她會好起來的、她會好起來的……

「她這一生不能再生育了。」

醫生早已下了判書。

在傳統中國人的觀念裡，生兒育女是重要至極的大事，即使他要順從父母之命捨棄她，她也只能怨自己命苦，怪不得誰。

——假如有一天我死了，你會像現在一樣愛我嗎？

當她第一次枕在他的臂彎，他看著她惹人憐愛的睡相，心中就暗暗賭誓，豁了命也要好好疼惜她一輩子。

駱先生嘴上敷衍雙親，卻一早心意已決——這輩子不管他的妻子變成甚麼樣子，他依然愛她如昔，永遠對她不離不棄。

「我的心，這輩子不會變，下輩子也不會變。就算我和妳今世受盡苦難，來世我倆依然會再做夫妻吧？」

但無論他跟她說甚麼，她都聽不懂似地。駱先生一邊傻笑，一邊撫摸她的頭髮，一邊餵她吃自己帶來的食物……陪伴她大半天，駱先生不僅沒有半句怨言，臉上永遠笑咪咪的，彷彿只要看著她，內心就會安寧，天塌下來也無所謂。

離開病院時，駱先生的一顆心又沉了下來。

駱先生很怕她的病情會繼續惡化，他不時在想，他和她都是好人，一生沒做過半件大奸大惡之事，爲甚麼要遭受這種生不如死的心理折磨？難道眞如佛家所言，是他們前世做了傷天害理的壞事，這一世是來贖罪的？

他眞的希望妻子可以好起來，但絕望卻一針一線縫閉著他的未來，直至漆黑不見五指，不再抱任何希望爲止……

有些人活著，就是註定要受苦的。

丹霞盡染，在一片不尋常的晚色中，殷紅映照的微雨灑了下來，就像從天而降的血雨。

駱先生牽著自行車往家的方向走，沿途經過米店、油鹽店、小酒舖、裱糊舖……一切都是熟悉的街景。在正常的情況下，再過七至八分鐘他就會回到那個陰沉沉、空蕩蕩的家。

這一晚，極不尋常的事發生了。

就在駱先生一邊沉思一邊行走的時候，耳邊隱約出現了一陣異常的聲音，在人蹤稀疏的天地之中隨著風雨若隱若現。

細聽下，清清楚楚是幾下哭啼的聲音，駱先生心念一動，別過了臉，向一旁的暗巷盯了一眼，肯定聲音來自巷裡，便朝暗巷的盡頭踱步。

那一瞬間，彷彿有股古老而神祕的力量在呼喚他。

老巷，晒衣架，牆垣下，黑暗深處，有一雙閃爍的小眼睛。

駱先生呆住了，任由雨點打在身上。

說出來也教人難以相信——

他撿到了一個嬰兒。

3

血夜。凶星。

在一片詭譎的夜色中，男嬰如星曜般的眸子閃著異樣的光芒，宇宙蒼穹的神祕力量彷彿都凝聚在這雙眼中。嬰兒不再哭了，用朦朧不定的目光盯緊著駱先生，瞧得他心裡一揪一緊的，憐惜之情油然而生。

駱先生抱起嬰孩，襁褓底下濕淋淋的，不用嗅也知道是尿。連他也說不出個所以然來，當第一眼瞧見這個嬰孩，他心底就泛起一種奇妙的感覺，就像彼此的相遇是冥冥之中註定的事，這是命運，任何凡人都抗拒不了的。

「是棄嬰嗎？」暗巷裡似乎只有他自言自語的聲音。

「沒人管這娃兒的話，他一定活不久……」

霎時，一個極爲瘋狂的念頭在他的腦子裡閃過。

駱先生靜思了一會，望著四周，等了二十分鐘還是沒有特別的事發生，也不見半個人影前來。他懷裡的嬰孩又哭起來了，眼見天色黑透，心想這麼等下去不是辦法，便決定先將嬰孩帶回家，然後再做打算。

到了家中，駱先生立刻將嬰孩安放在飯桌上，轉身進房，鑽入床底找東西，那些鋪滿灰塵的育嬰用品，譬如奶瓶尿布諸如此類，現在總算是用得上了。

當務之急是換尿布。

當他掀開包住嬰兒那襁褓的一刻，不由得怔住了。襁褓裡另有一層布條，就像繃帶一樣纏著男嬰的身體，上面竟是血跡斑斑。

駱先生著實嚇了一跳，匆匆翻開檢查，男嬰身上並無傷痕，看來只是虛驚一場。至於那些血跡的由來，駱先生猜想是女人分娩時留下來的，他未見過女人生孩子，這番猜想也許過於武斷，但真相只怕是永遠無從知曉了。

這樣的小事，比起在襁褓裡發現的另一件東西，根本微不足道。

襁褓裡，竟然有一柄匕首。

駱先生抱著嬰兒的時候，感覺沉甸甸的，早就察覺有異物，但萬萬沒想到是這樣的東西。那匕首，又可算是短劍，藏在金屬鞘內。柄顎錯鏤金環，劍鞘紋飾巧緻，其中一面刻著兩個古字，乍看下疑是裝飾的花紋。雖然未見其鋒刃，已感寒氣逼人。駱先生愈看愈奇，心裡直覺這東西甚似古物，或許價值不菲，想將劍身拔出來看看，但不知是否生鏽，出盡了九牛二虎之力，仍然無法將匕首拔出鞘口。

這男嬰身上怎麼會有這種東西？

怪哉、怪哉……駱先生又端視了一會，始終毫無頭緒，忽然被一陣刺耳的哭聲驚醒，便馬上將那匕首擱下，笨手笨腳地照顧這撿回來的嬰孩，又換尿布又餵奶，忙碌了一整晚。

接下來的兩天，駱先生找了個奶媽在他上班的時候照顧嬰兒。上班時，他偷看育嬰手冊，下班後實踐，這情況倒有點像新婚燕爾之時，他在辦公桌的抽屜裡偷藏一本《夫妻寶鑑》。

連續兩天，駱先生將全副心神放在嬰兒身上，連續兩晚都是倦極而睡。

第三天，駱先生身上都是奶味。嬰兒認得他了，當他不在身邊的時候，嬰兒會哭了。對著嬰兒，他忍不住就會笑，這才想起原來自己很久不曾開懷大笑。他還沒有替嬰兒想好名字，但取了一個乳名。

駱先生在心裡嘀咕：「這娃兒只缺一個娘。就看他的命好不好了……」

在和煦的陽光下，駱先生抱著戰戰兢兢的心情，帶著嬰兒來到了精神病院，在知會了院長之後，就過去探望自己的妻子。

「這是我倆的孩兒，妳不會忘了他吧？」

駱先生擬好的一大堆謊言全都無法派上用場。因爲當他妻子看見那嬰孩時，眼睛一亮，「嗳唷」叫了一聲，就從駱先生手中奪過嬰孩，笑得兩靨生花，又哄又唱，竟然眞的把他當成了親生的心肝寶貝。

她外表瘋瘋癲癲，逗嬰孩卻有兩下子，難怪有人說女人的母性是天生的。

駱先生看了，不由得深感釋懷。

如是者，駱先生三不五時探望妻子，兩人一同照顧嬰兒。

駱太太的病況大有好轉，不再有幻聽和幻覺等症狀，橫看豎看就和正常人無異，而且天天都嚷著要見兒子。

院長直呼這是個奇蹟，簽了字，便讓駱先生接她回家。

家是最好的避難所，家是最好的療養院。在那小巷子裡的家終於變成一個圓滿的家。駱先生花了一點錢，弄到一本假的出生證明書，戶籍和醫院的出生證明上都有官方蓋章，有錢能使鬼推磨，這就是當中國人的方便。駱先生重拾歡樂，與妻子恩愛如昔，這一切全因當時靈機一動，才想出這麼妙的法子。

一個是棄嬰，一個是因爲流產而失心瘋的女人，這兩者一湊合，竟扭轉兩段不幸的命運，成就一個兩全其美的佳局。

朋友知道內情，上門拜訪，大都祕而不宣。

小寶貝，淘氣臉，可愛的嬰兒就像天使一樣。嬰兒的笑聲，挽救了他的人生。

當嬰兒握住他的小指，對著他咯咯淺笑，他心中就像有股暖流緩緩流過。

「他的父母眞狠心……這小不點眞是可愛得要命，怎會有人捨得丟棄他呢？」

駱先生認定了這嬰兒是上天賜給他的禮物。

他哪裡知道這嬰兒原來不是棄嬰，至於因何被丟棄在巷裡，當中另有一番曲折。

當嬰兒來到世上的一刻，都擁有純潔無邪的外表。

性本善，性本惡，誰能料？

當嬰兒誕生到世上，誰曉得他將來是個天使，又或者——是個惡魔？

4

城裡大街小角，每一堵有人經過的磚牆上幾乎都刷上了《毛主席語錄》裡的標語，要不然就是貼滿爲政治服務的宣傳畫。

那時代的一切，就像激昂的樂曲，處處透著紅光亮。

儘管人人用著一色一樣的日用品，穿著大同小異的衣著，過著千篇一律的生活，但貧乏沒有剝削了人性的光輝，人與人之間沒有比較，用甚麼穿甚麼吃甚麼，從來不用擔心會被人看不起。

男人只要買得起自行車、手錶和縫紉機，他就是女人心目中最好的丈夫。

雖然理想的世界並沒有如美輪美奐的彩繪般出現，但最動盪的歲月漸已褪色，民間也迎來了難得的安穩平靜。

一個雞啼的清晨過去，又是一個犬吠的良夜，在黃刀巷那小房子裡，駱先生和太太合力撫養嬰兒，如此這般過了兩個月。

在無數個星辰入夢的晚上，駱先生縱使被嬰兒的哭聲吵醒，心裡也是甜滋滋的。他一邊輕撫著愛兒，又一邊看著正在床上熟睡的妻子。

對於他家裡發生的事，鄰居都沒有起疑，樓下住著有點痴呆的老夫婦，要矇混過去並不是難事。嬰兒畢竟不是名正言順領養的，駱先生心存隱憂，對任何人都慎言；至於父母方面，只等時機成熟就會交代。

假如男嬰的親生父母出現要怎麼應付才好？這一刹那的幸福就會化爲烏有嗎？駱先生心中就像有根刺，時時惶恐不安，幸而這兩個月來閱報，也不見有人打探失散男嬰的下落。

那個下午，駱先生正在工作單位閒著，有個女同事過來攀談：「駱大哥！你老婆託我傳個話，叫你下班後到ＸＸ路老地方等她。」

「爲甚麼？」

「她說有個外地來的醫護團體搞了個義診，幫初生嬰兒打疫苗種痘。其他的我就不清楚了。」

電話在那時代是個稀罕玩意，駱先生一時三刻聯絡不上老婆，萬個不甘願，也得陪著她過去。駱先生整個下午看著大鐘，時候差不多就提前離開，施施然往老地方去了。

那裡是最熱鬧的主街，搥三頂四，左一團人，右一窩人，與平日不同的，就是大多數人都是抱著嬰孩來打針的。

盛況空前的行人道，架起了幾頂帳篷，擱著幾張長條板凳，四周插著旗號，大致上都是「免費爲人民服務」的意思。

駱先生穿過亂哄哄的人潮，擠向板凳前那張方桌。眼前兩個披著白袍的姑娘百般忙亂，鼓吹文明行爲，叫人排隊拿號碼牌登記。

「咦，我的姓氏和妳一樣呢。」駱先生說。

那額前有劉海的姑娘聽了，竟是怔了一怔，隨即靦腆一笑，指著自己左臂上繫著的布條，向駱先生說：「哦，先生，你是姓駱的？」

駱先生覺得對方的反應有點奇怪，但心想她可能忙壞了，累得懵然也是人之常情。驟眼看來，還有十來個與那姑娘一般衣著的人，都是穿著白袍，臂上繫著一條寫著姓名的布條，而在帳篷裡工作的，應該都是醫生和護士。

駱先生暗暗好笑：「居然玩起了這一套，掛名牌，充內行，搞得和甚麼學術交流會一樣。」所謂的老地方，其實是高級旅館的門口，結婚前駱太太在旅館裡做接線生，駱先生就天天來接她下班。

駱先生早到，在附近買了最新一期的《人民畫報》，就在旅館外等人。偏巧那堆板凳就在近旁，坐滿了婦人和嬰孩，帳篷裡接連傳出尖銳的孩童哭聲，弄得駱先生心浮氣躁，不停左顧右盼，巴望妻兒快到。

「邱……邱春梅，徐領導叫妳過去！」

如此平平無奇的一句話，本來不會令人起疑。但駱先生瞧在眼裡，只覺怪兀異常——眼前披著白袍的一男一女，男的扯了扯女的辮子，逗她轉過頭來說話。這兩人之間眉來眼去，怎麼看也是親暱熟絡的關係，但他竟然要注視她臂上的姓名條好幾秒，才喊得出她的名字。

從天上掉了個餡餅下來，也要試試有沒有毒才敢吃。

對於義診這種事，駱先生不是質疑中國人的善心，但就是覺得有些蹊蹺。

他就當是自己疑心重，反正坐立不安，便在周圍逛一逛。

這期間，他發現大部分身穿白袍的人員，下意識都會瞧向對方的臂膀一眼，才張嘴說話。他覺得問題出在那姓名條上，邊走邊想之際，暗暗記住所有人的名字，經過帳篷時，也偷偷往醫護人員的身上瞥了一眼。

回到板凳輪候區那邊，他又碰見剛剛的男女，男的叫鍾雄，女的叫邱春梅。

尤靜、秦福、韓忠、楊豐、蔣祿全、沈寶任、許天同、朱文曲……這些平凡的名字之中，彷彿藏著甚麼不為人知的玄機。

駱先生繞了一圈回來，在心裡嘀咕：

「奇了，太不尋常了……他們的姓氏無一重複，這倒也不是甚麼奇事，奇就奇在竟然沒有陳、李、張、王、劉這些大姓……就算是外省人，也不會這樣吧？唔，我實在想不透……」

要知道中國人姓氏容易相同，陳李張王劉更是出現率極高的姓氏，在人煙稠密的大城市裡，連續碰到十多人都不是這幾個姓氏，確是非常少有的事。

不過，駱先生覺得另有隱情，但一時之間又說不出來。

駱先生坐下來思索，愈想愈不對勁，直至看見那姓駱的姑娘再在眼前走過，一個電也似的念頭鑽入腦海——「《百家姓》！是《百家姓》！」

朱秦尤許，蔣沈韓楊，鍾徐邱駱——

整個會場的工作人員原來都按照《百家姓》的口訣編排，四人為一組，譬如負責在輪候區這邊盯梢的人員，就是姓鍾、姓徐、姓邱和姓駱的。

會發生這種事，只有一個解釋——這些人統統使用假名，但他們私下相識，擔心叫錯對方的假名，便要一直留心對方的姓名條。

這樣的事，根本就沒有人會在意的，但駱先生就是偶然發現了。

「但，這麼做究竟有何目的？」駱先生百思不解。

恰巧在此時，他聽到有人在喊他。

原來是老婆到了，正抱住嬰兒走下三輪車。

嬰兒？

這一干人行事詭祕，難道會是爲了一個嬰兒？

駱先生瞧了她懷裡的嬰孩一眼，不禁覺得這個機緣巧合下收養的小娃兒極有可能並非甚麼棄嬰……如果他的臆測成眞，這一干人假借替嬰兒種痘之名，如此勞師動眾搜索一個嬰兒的下落，可見此子的身世殊不簡單，當中定有不可告人的祕密。

縱然想法荒誕，不怕一萬，只怕萬一，駱先生做了虧心事般，摟住老婆的胳膊，牽著她回到三輪車上。

「快，跟我回家。有人想搶我倆的孩兒。」

他沒有多作解釋，只說了這句，她就癲頭癲腦地慌張起來，對丈夫的話不敢違抗，死命抱緊襁褓裡的寶貝兒。

駱先生百密一疏，只顧著和妻子聳頭聳腦地離去，由始至終都沒察覺有一雙眼睛早已盯在自己身上，把他反常的舉止都放在眼裡。

沿著大路，回到黃刀巷。駱先生一路謹慎，也沒察覺有人在跟蹤自己。

進到房子，駱太太懷裡的嬰兒不早不晚，就在入門的時候哭了。

眼見妻子忙著幫兒子換尿布，駱先生眞眞正正有種回到家的感覺，憋在心頭的悶氣總算可以呼出來了。

正當他轉身，關上門兒的一刻，卻見有隻手在門縫裡出現，擋住了只差十公分就會完全緊閉的門扉。

「我姓賴。」

門外的人說。

5

從門縫裡，露出一張蓬頭垢面。

門外那自稱姓賴的男人，頭戴破舊布帽，淨色綠衣直落至腳跟，有好幾處補丁，渾身髒兮兮，就是一副乞丐的打扮。

但此人的雙目炯炯有神，甚至凜凜逼人，駱先生和這雙眼對上了，只覺背脊滲出了一片冷汗。

「請問……有甚麼事嗎？」

駱先生的口才本來就不好，這時對著陌生人講話，更是結結巴巴。

門外那人卻不答話，遊目四盼。

僵持片刻，駱先生才見他倏地將手伸進口袋裡，又倏地從口袋裡拿出一張鈔票。這人動作很快，說話卻慢吞吞：「你掉的錢。」

駱先生怔了怔，想不到對方衣衫襤褸，竟是個路不拾遺的好人。他遲疑地接過那張五角面額的人民幣，正想著盡快將人打發走，賴先生卻好像故意賴著不走，目光亮了亮，指著屋裡說：「你家娃兒多大了？」

駱先生回頭一瞥，瞧見老婆正將兒子抱回睡房，一轉頭，就向賴先生說：「三個月。」

「對了，聽說城中有義診，免費幫嬰孩種痘，你知道嗎？」

「嗯嗯。我剛剛由那邊回來，很熱鬧呢。」

「哦……哦……」

賴先生只是應了幾聲，駱先生擔心露餡，忍不住說：

「我家裡有點事，請恕我失禮了。」

駱先生正想關門之際，卻發覺自己無法關上門了。他的喉頭上，多了一根又細長又鋒利的銀針，閃著寒氣逼人的光芒。

那個姓賴的人不僅不請自來，還不由分說闖了進來，身法飄逸，晃到駱先生背後，用熟練的手法脅制著他的一舉一動。

「你……你要甚麼？」

駱先生以爲碰上了強盜，張皇失措，不知如何應對。睡房裡的駱太太察覺到外面的異常，走了出來，嘴巴張得老大，驚駭得連舌頭也要掉出來似地。

賴先生瞪了駱太太一眼，又瞪了駱先生一眼，冷冷說：「你倆根本不是嬰兒的親生父母吧？」

駱先生一顆心懸空了似地，竭力用鎮定的聲音回答：

「你到底在說甚麼？孩子不是我的，難道會是你的？我們這種窮人家自己吃穿都成問題，養的不是自己的兒子，難道會好心幫人家養兒子嗎？出生證明書就在那邊的抽屜裡，不信的話，可以自己看看。」

這些日子以來，駱先生擔憂有人質疑嬰兒的身世，早就擬好一番說辭，如今便倒背如流唸出來，就看能不能瞞得過去。

那賴先生畢竟不是個糊塗角色，立刻回答：

「那種證明書可以僞造，我才不信呢。」

「那……要我怎麼做，你才會相信嬰兒是我親生的？」

這番話沒一個字有踏實的音節，連駱先生自己也覺得很沒說服力。

沒想到賴先生語出驚人：「好，你搓你老婆的奶子兩下吧。如果有奶水流出，我拍拍屁股就走，以後絕不再來你家打擾。」

此言雖然輕薄，卻一針見血。駱先生頓時無話可說，並恍然大悟，對方察覺嬰兒的事，大有可能就是瞧見放在飯桌上的那些奶瓶。女人生了孩子之後，體內會自然分泌一種荷爾蒙，刺激乳房變大，方可產奶。那時候，尋常人家都由母親哺養母乳，他們一家用奶瓶餵奶，難免會惹人起疑。

聽賴先生的口音，他應該不是本地人。駱先生這才想到，他和那幫冒名義診的人可能是同夥。

果然，賴先生接下去便說：

「城中義診，我早就在大街那邊見過你，你察覺了我們的目的是爲了找嬰兒吧？我早勸過他們別搞那些鬼花樣！結果弄巧成拙，被你瞧出個端倪。幸好我一直在旁監視，覺得你有古怪，跟著你回家，看來我是跟對了。」

客廳裡恰巧有面鏡子，映出兩個男人的模樣。駱先生從鏡子裡看到自己身後那乞丐模樣的男人，臉上有易容的跡象，其本來面目應該年輕得多，抹掉臉上的污垢，甚至可能是個眉清目秀的青年。

「剛好手上有這東西。還是這東西最具阻嚇力。」

賴先生從口袋裡取出手槍，成功震懾夫妻倆，控制大局。

未等駱先生回過神來，賴先生就將他推向一邊，然後目中無人，大搖大擺地走向睡房。

賴先生走入房中，抱起赤裸裸的男嬰，放在懷裡看了看，心中有九成把握，這就是他和他的團隊遍尋了三個月的嬰兒。顧目四盼之際，瞧見擱在書几上的短身古劍，頓時心中雪亮，再無置疑。

賴先生知道這古劍的來歷，緊握劍鞘的當兒，用力使了兩下勁，卻無法將劍身拔出來半分。

說時遲那時快，一團黑影從後衝近，賴先生彷彿有聽聲辨位的本事，不急不徐地側身避開，順手抱起嬰孩之餘，仍有餘暇絆了對方一腳。

原來從後偷襲的人是駱先生，他哎喲一聲之後，兩腳朝天摔在地上，一時痛得站不起來。

這時賴先生望向房門那邊，原來駱太太也闖進來了，她手上拿著的，就是有中國第一名刀之稱的十八銅人牌高級菜刀，這副模樣就是要來拚命的。

賴先生心想：「這對夫妻還眞是不怕死呢！爲了這沒有血緣關係的嬰孩，竟連自己的性命都可丟掉！」嘆息一聲之後，他隨手抓起書几上的小墨硯，一甩起手腕，指縫裡的墨硯恰如充滿魔力的磁鐵般，轟向駱太太雙手握著的菜刀，菜刀立刻被震飛下地。

賴先生一副傲然之姿，對著兩夫妻說：「嬰兒我是一定要帶走的了。你們死心吧。」

駱先生忍痛爬起，心有不甘地瞪著對方，喝問：「你們……到底是誰？會怎麼對付這孩子？」

「如果我說我們是好人，你一定不相信呢。這孩子……因爲他的身世，所以這世上留不得。」

「爲……爲甚麼？」

賴先生長嘆一聲之後，便咬著牙說：「這小娃兒是惡魔的後裔。」

6

惡魔的後裔？

乍聽之下，駱先生整個人愣住，只覺對方的話荒謬絕倫，簡直就是胡說八道。儘管中國人有鬼神之說，但惡魔一詞畢竟來自西洋，而看那嬰兒的外貌、瞳孔及髮色，就與一般中國小孩無異，將他扯到惡魔後裔的頭上，還眞是令人莫名其妙。

駱先生忍不住問：「他的祖先是甚麼人？」

賴先生只瞪了他一眼，不想解釋下去，便說：「這我絕對不能說。」稍微頓了頓，看了懷裡的男嬰一眼，他又感慨萬分地說：「這嬰兒的命，必定危害蒼生。」

危害蒼生？

不等駱先生出聲，賴先生已說下去：「我這樣做，未必全然是對的，但總好過鑄成大錯。唉，這小娃兒只好怨自己命苦……我將他帶回去，一定凶多吉少，我們的人就算不殺死他，也必然截斷他的四肢，將他囚禁一輩子……」

此事聳人聽聞，駱先生如遭雷殛，雙眼睜得大大的，旋即怒不可抑，朝賴先生大喝：「你們又不是上帝，憑甚麼來判斷善惡？這孩子是惡魔就要他去死，怎麼看都是你們比較像惡魔呢！」

賴先生不理會他，一轉身就要走出去。

駱先生自知難與眼前這人爲敵，拚命糾纏也是徒然，但他依然奮不顧身地搶在前面，擋住賴先生，然後面朝對方下跪，馬上磕了個響頭。原來駱先生瞧出對方雖然作風凌厲，卻並非大奸大惡之徒，便不停磕頭，求對方饒過嬰兒的性命。

剎那間，賴先生臉上掠過一絲猶豫，到了最後還是鐵著心，大喊一聲：「不行！」

話聲甫落，就在那黯淡無光的一角，駱太太原來已默默撿起地上的菜刀，以凌厲的眼神瞪著賴先生，語無倫次地說：「由奶流出來的水也算是奶水吧？從我奶子有奶水流出，你就會離開，你說過的，可不准反悔——」

在一片嬰兒的哭聲之中，駱太太垂直舉起菜刀，沒有半點猶豫，就直插向自己的右胸，然後淒楚的呻吟聲淹沒了整個房間。

血，像綻放的紅玫瑰慢慢染紅了一片胸口。

「瘋子！眞是瘋子！」

賴先生見過無數驚心動魄的場面，但眼前發生這樣的事，卻是大大出乎他的意料。駱先生更被嚇得六神無主。只見賴先生很快有了行動，邁步走近駱太太，然後銀針的閃光幾下起落，在駱太太身上刺了幾下，她就如一灘泥般全身軟垂，癱在地上再也不動了。

駱先生熱淚盈眶，正想大哭，卻聽到賴先生說：「放心，我並沒有傷害她，只是用我的方法幫她止血……」

賴先生深深呼了口氣之後，目光如炬，瞪著駱先生，搖了搖懷裡的嬰孩，厲聲問道：「我只問一次——就算這孩子是惡魔，你也要將他撫養成人嗎？」

駱先生幾乎用盡全身力氣來點頭。

只見賴先生閉目默思，一陣子後，便用懇切的語氣說道：「你必須答應我兩件事。第一，你要遠走他方，馬上起行，最好向西方或北方走。第二件事，請你畢生謹記這孩子的身世，包括我今晚說過的話，你夫妻倆不得向任何人透露半句，連孩子也不可知道。另外，你一定要悉心教育孩子，萬萬不可讓他走入歧途……這些事你都做得到吧？」

駱先生想了想，咬咬牙，決然回答：「我發誓，即使賠上我這條命，我都一定做得到！」

賴先生點點頭，聲音沉沉的：「唉……這時心軟的話，將來可能後患無窮。但我有言在先，又實在不忍心帶他回去……你說的也有道理……我們不是上帝，又何德何能判斷善惡？就當我從來沒見過你好了。」

那晚發生的事，就像一場迷離詭異的夢。

突如其來的陌生人，一眨眼消失得無影無蹤。

只留下——男嬰和古劍。

駱先生一字不漏地記住了那人的囑咐，唯命是從，遷至西安，投靠在那邊紮根的叔伯，並在當地的國營單位找到一份好差事。

好日子，壞日子，一家人一起過。手牽著手，冬天蓋同一張棉被，活過一段有苦有樂的時光。

雖然並非親生兒，但這對夫妻對兒子的疼惜比起一般人眼中的慈父賢母，亦有過之而無不及。

兒子就和一般稚童一樣，並無異常。

駱先生一直看著兒子成長，每每憶起賴先生的話，始終憂心忡忡，不時爲兒子的未來焦慮不安。可是線索太少，除了那柄刻著兩個古字的匕首形古劍，便無任何可以追溯兒子身世的事物。而孩子的外貌亦平凡無奇，身上最顯著的特徵，是他額頭正中的觀音痣。

時移世易，多少個春夏，又多少個秋冬……

滿天星斗下，駱先生在剛滿八歲的兒子床邊，跟他講武松打虎的故事。

「原來老虎是那麼恐怖的動物？」

「當然啊！」

「打死老虎這樣的事，我覺得我也做得到。」

駱先生頓時怔住，轉念又覺得這只是孩童信口開河的戲言，根本不必當眞。摸摸兒子的頭，便關燈睡覺了。

他卻不知道，兒子隱瞞了一件事——

前陣子兒子與朋友往山上跑，玩捉迷藏，迷路了，在山中竟然碰到一頭眞正的大老虎。結果當天他傷痕累累地回家，害爸媽擔心不已，問他發生了甚麼事，他就回答說跟人打架了。幸好傷勢並不嚴重，都只是皮外傷，很快就復元了。

而那老虎死了。

二〇〇八年．北京

殺人是最華麗的藝術。

百歲千秋，列強爭霸，靠的都是殺戮，

一將功成萬骨枯，槍桿子出政權。

萬獸以牙爪廝殺，唯獨是人類推陳出新，

將殺人的手法演繹得登峰造極，

將死亡昇華爲一種美學。

炮烙腰斬、五馬分屍、請君入甕……

或拔其髮、斷其肢、啞其聲、剜其目、燻其耳……

只有人類，才想得出那麼多殺人的法子。

殺與被殺，有時只是一線之隔……

7

全中國最新一期的殺手排行榜出來了。

中國人就是重功名愛面子，崇尚排名這種東西，甚麼外匯存底世界第一，甚麼貨物出口吞吐量世界第一，甚麼大學論文發表量世界第一……人人都趨之若鶩，只要中國不高興，全球人的屁股就會打冷顫。國內躋身富比士全球億萬富豪排行榜的富豪也愈來愈多，天下所有LV呀、香奈兒呀等等名貴皮包……彷彿全落入中國人的手中。

貧者愈貧，富者愈富。

同樣道理，強者的地位難以動搖，大部分排行榜的首位，來來去去都是那幾個人。

今年也不例外——

在毫無懸念之下，全國殺手榜排名第一的殺手依然是王猇。

警察局裡的人看到榜文，個個都搞不清王猇已經蟬聯幾屆了，這個超級殺手早已成爲一個傳奇，一個黑白兩道的公開祕密，一個億萬富豪最想巴結趨承的偶像級人物。

中國幅員廣闊，要棄屍不是難事，近年冒出來的殺手愈來愈多，想不到這行業也會有就業困難的情況發生。僧多粥少，惡性競爭，競爭愈大收費愈賤，現在要殺一個人，不到五萬元人民幣就成交易，真是命比一坪地還便宜。

但三十五歲的王虩收費卻愈來愈貴，每年加價百分之二十，漲得比中國的GDP還要快，其他殺手都恨得牙癢癢的。但這個天下第一的殺手真的太強了，絲毫沒有年老力衰的跡象，經驗豐富加上手段高超，出道快二十年了，依然長保百分之百的殺人成功率，只怕世上能威脅他王者地位的人可謂絕無僅有。中國富起來了，所以有人說王虩是當今全世界身價最高的殺手，這種事一點也不誇張。

當刑警賈釗放下王虩的檔案時，關於王虩童年至十五歲前的資料，便在腦際間一一掠過。

賈釗的眉頭一直緊皺。他知道王虩只是個假名，王虩的本名並不叫王虩。在這個人十五歲第一次殺人之後，他的本名就在世上消失了。自古英雄出少年，王虩當時犯下的可是震撼全國的大案，殺得殘肢遍地，單看目擊者的口供和現場照片，其駭然噁心的程度足以令人衝進廁所裡嘔吐半天。由此可見，王虩作爲超級殺手的天賦已在當時嶄露無遺。

王虩自小由一戶姓駱的人家收養，這對夫婦最後死於極大的不幸。

駱先生不得善終……另一方面，駱太太就是被王虩親手掐碎脖子而死。

一個連父母都敢殺害的人，就是眞正的惡魔吧？

這對姓駱的夫妻養育了一個惡魔。

優雅的惡魔。視殺人爲最高藝術的惡魔。

行家都是這樣形容王虩的，這種百年不遇的蓋世之才自然招惹世人的是非。有的同行對他又嫉妒又眼紅，就是永遠不敢直接向他單挑；有的後輩對他崇拜至極，爲曾親睹其尊容而雀躍一輩子。

「唉……這麼熱的燙手山芋，我該如何是好？」

書房裡，吞雲吐霧，賈釗又抽完了一根菸，便將菸屁股捻熄，塞進密密匝匝的菸灰缸裡。

賈釗心情沉重，嘆氣連連，就是因爲接了王猇的案子。

誰教他是警界現時的大紅人？年屆四十的賈釗頭腦卓越，過去十年屢破奇案，無數貪官和殺人犯都在他的手上落網。升官加薪之餘，他更有機會親近上方權力核心人物，深受器重和賞識，去年被調職到北京市公安局，就有傳他是繼任總警監之位的熱門人選。

但賈釗早就知道升職並不是好事，甚至是大禍臨頭的先兆。現任總警監當然知道王猇這號人物，他覺得不能任由這種人肆無忌憚地橫行，又想在退休前立下曠世功勛，便將這件「不可能的任務」交到賈釗手上……那是賈釗第一次想辭職不幹。

白板上貼著最新出爐的「全國殺手排行榜」。

賈釗瞥了那份文件一眼，比較在意的不是王猇，而是排名第三位的易牙、第四位的蒙武和第五位的蒙恬。

「九歌。」賈釗低吟。

「九歌」是近年冒起的神祕組織，中央政府相當敏感，經過多年抽絲剝繭、鉅細靡遺的追查，警部對這組織的底細仍近乎一無所知。只知道它的成員不多，而所有成員皆以古人的名字來命名。

邪廚易牙、名將蒙武和蒙恬都是春秋戰國時期的古人。按此推敲，這三個近年嶄露頭角的新銳殺手大有可能就是「九歌」那組織的成員，加上這三人行事詭祕，犯案不多，但所犯之案都是有組織性的滔天大案。種種跡象顯示，賈釗這番推想肯定是八九不離十了。

「逮捕王猇！消滅九歌！你做得到！」、「能者多勞嘛！」、「只要能除去王猇這個眼中釘，人家是世界第一的殺手，你就是世界第一的刑警啦！」……每當聽到上司說出那種不負責任的話，賈釗就恨不得馬上揍扁他。

其時是清晨，賈釗看看時鐘，覺得時候差不多，便伸了伸懶腰，離椅取過長身大褸，出門上班去了。

陽光如叢，艷蔭似雨，一掀開門，玉階丹楹下，泌涼的秋氣隨風而至，而青磚紅檐之上，抬頭是北京難得一見的藍天。

賈釗住在傳統的四合院裡，宅內有正房、東廂房和西廂房，全部房門正對中間的大庭院，也就是開敞的內院。庭院內多種花木，秋高氣爽，牡丹和海棠的花香撲鼻，兩棵棗樹則挺拔迎人。由於夜寒未散，四周彷彿瀰漫著一層看不見的霧氣。

棗樹下，落葉紛飛，一片紅一片黃，如在火中舞蹈著的帷幔。

有個上身赤裸的少年站在飄蕩的葉中。

而那少年在練劍。

8

持劍的少年側過頭，收招之後，臉上的煞氣盡去，掛上俊朗的笑容，默默用眼神向矮台上的賈釗打招呼。

賈釗心中一動：「四個月未見他，這小子不只變帥了，劍藝好像又精進了……」

那少年鳳眉星目，明明是男生女相，偏又散發著淳厚的陽剛之氣，上身裸露的肌肉線條極美，硬如石、亮似鋼，英姿勃發，端的是個相貌與氣質佼佼不群的美男子。

而他那雙深邃的瞳孔帶著一股與生俱來的靈氣，一年裡不知迷倒了多少擦肩而過的女生。

賈釗看著站在一大片落葉上的少年，微笑道：「嘿，你這小子是甚麼時候回來的？怎麼都不和我打一聲招呼？解放軍的特訓營好玩嗎？」

賴飛雲點點頭，答道：「我昨晚深夜回到這裡，不想吵醒你，所以沒叫你。」原來解放軍的特訓營早在一個月前結束，賴飛雲由蒙古走路回來，獨自遊歷，入營時前額的短髮，現在長得要遮眼了，更添幾分瀟灑之美，連他身上的汗珠都閃閃生輝。

賴飛雲想起尚未答完問題，便繼續說：「賈大哥，謝謝你給我的機會。特訓營超辛苦的，但真的學了很多東西。臨離營前，他們辦了一場搏擊大賽，很好玩呢！」

賈釗道：「你是第一名吧？要是你輸給別人，就是丟我的臉，我現在就要你立刻請客。」

賴飛雲只是微微一笑，答案自是不言而喻。

在賈釗特別引薦之下，賴飛雲遠赴蒙古的基地，與解放軍最精銳的部隊一同接受嚴峻的訓練。對於賴飛雲勝過所有精英一事，賈釗絲毫不感到意外，因爲在他眼中，這少年就是生來要當武狀元的人才。

賴飛雲朝地面伸開手掌，接著不可思議的事發生了。突然間，擱在地上的劍鞘懸浮在半空，竟被一股無形的引力牽引，直飛入他手心之中。

只見賴飛雲右手一握住劍鞘，左手就還劍入鞘，整套動作如行雲流水，又酷又帥，在旁的賈釗自是禁不住喝采。

人體磁場。

世上早已證實有磁鐵體質的異能人，而賴飛雲不僅是其中之一，他身上這種磁能更是比一般異能人更加異常強大，不僅能吸，也能逆放。每當他身處生命受到威脅的關頭，自然而然就會發出排斥外物的磁能，威力強得可以格開襲向他的子彈。一般磁力只對鐵、鎳、鈷等金屬有效，但合金是現代生產常用的物料，只要合金裡含有一點鐵的成分，賴飛雲的人體磁場就會奏效。

賈釗貪玩，便替賴飛雲有如內功一樣的磁能取了個響亮的名字：「超導電極．磁氣逆雲」。

「天賦異稟，就要爲世所用，造福世人。這個時代哪，連白痴都懂得用槍來殺人，上天還眞是有趣，造了你這樣的一個怪人出來。」

在賈釗與賴飛雲相遇那天，他就這樣勸過他。

兩人第一次見面，地點是警局裡的扣押室。賈釗受了一位德高望重的國學大師所託，賣一個人情，到警局保釋當時年僅十四歲的賴飛雲。說到那位國學大師，只要公開他的大名，稍有常識的人一定都聽過。這樣的世外高人，連國家元首都要給他面子，賈釗與他有交情，對方有求於己，天塌下來都非答應不可。

賴飛雲就是大師的入室弟子。

賈釗當晚匆匆趕回警局，嘴裡還叼著在館子裡拿的牙籤，走入扣押室前，就有同僚向他報告事故：黑幫老大的車危駕，撞死了一個阿嬤的孫女，阿嬤抱著孫女的屍身，死纏活纏那夥壞人不放。那群渾蛋死不認帳，並且惡人先告狀，一個個紛紛拔出槍來，虛聲恫嚇，問阿嬤是不是想陪葬。

就在這時，賴飛雲出現了，代阿嬤出面，和那些人幹上了。

「被關起來的該是那幫人渣，怎會是這個少年？」

「因爲……那群人都被他打得骨折了，現在全躺在醫院裡。共有十六個人倒下，有夠誇張。」

一個少年只拿著木劍就打倒荷槍實彈的黑幫分子？這樣的事駭人聽聞，簡直不可能。賈釗細問下，便揭發了賴飛雲的特殊能力——在這個槍械氾濫的時代，就因爲賴飛雲刀槍不入的體質，讓他有了行俠仗義的本錢。賈釗更是看中他的才幹，又有意栽培這個年輕人，便特僱他作爲自己的私人保鏢，不覺已有五年。

熬過一連串修行和特訓，賴飛雲遍歷磨練，總算可將自身這種奇異天賦隨意發揮，雖然尚未達到完全控制自如的境界，但臨敵應戰，已再無時靈時不靈之虞。

賈釗看著今年十九歲的賴飛雲，抓了抓下巴，流露陶然自得的神態。

「今天你沒事幹吧？和我去辦事吧。」

賴飛雲一如既往，只提著一個藏劍的套袋就坐上賈釗的車，跟他回警局。他用眞劍來練習，卻只帶著木劍防身。雖然賴飛雲有賈釗給的特殊證照，但如果被守衛或警員搜身盤問，身懷利器難免會惹上麻煩。

賈釗在警局裡忙了半天，然後下午又要外出辦事，便找賴飛雲伴行，而賴飛雲也恰好在健身房裡完成當天的早課。

他們前往的地方是科研院。

眞正的科研院本部並不在人人知道的那處，而是在一所商業大廈的頂樓。一出電梯，單看門牌，還不曉得是甚麼，而裡面竟是藏著大量國家一級機密的實驗室和研究所。

由進門到抵達特定房間，一路上守衛森嚴，總共要過三道關卡。賈釗老是嘟嚷：「又刷磁卡又按指紋又輸密碼的，有夠麻煩！」賴飛雲劍不離身，但因爲帶的是木劍，而賈釗在這裡又很有地位，所以別人也不會怎麼刁難。

賈釗和賴飛雲走入一間實驗室，進門第一眼就瞧見桌上的東西。

玻璃框盒中，擱著一柄橫放的長鐵劍。

此劍的名字是「泰阿」——

中國古老傳說中記述的神劍。

9

在《越絕書》一書中，有述：「歐冶子、干將鑿茨山，泄其溪，取鐵英，作爲鐵劍三枚：一曰龍淵，二曰泰阿，三曰工布。畢成，風胡子奏之楚王，楚王見此三劍之精神，大悅。」

名鑄劍師歐冶子與干將造出三柄曠世神劍的事，見於多部古籍。

春秋時期，步兵爲主要兵種，因此鑄劍之風盛行，劍的強弱正等於國家軍事科技的高低。稀世寶劍應天而生，相傳泰阿劍曾是楚國的鎮國之寶，晉國垂涎此劍，圍困楚國三年，楚王寧死不屈，親上戰場殺敵。神劍一揮，竟使「流血千里，猛獸歐瞻，江水折揚，晉鄭之頭畢白」，片刻之間，單人獨馬橫掃千軍，殺得晉軍片甲不留。

由於故事太過誇張，大多數人聽了只是一笑置之，認定是言過其實。不相信終歸不相信，卻不能就此斷定古人的記述全屬虛構。

在科研院這間密室之中，賈釗、賴飛雲和兩個科研人員正團團圍著桌上長形的玻璃框盒，瞪著盒裡那彷彿閃著異光的東西。

玻璃框盒裡擱著的，就是傳說中的泰阿劍。

亦如古籍中的傳說所述，此劍的劍身鐫刻篆體「泰阿」二字。

「眞是難以置信呢……X光透析和其他報告都顯示這劍的內部構造相當複雜，甚至超出現代科學可以理解的範疇……精密得連我們也嚇了一大跳。眞難想像這是兩千多年前的東西……」

研究所裡的老學者這麼說的時候，賈釗只是翹了翹眉。

「而且還是古代呢……以當時的鑄劍技術來說，鑄造鐵劍是近乎不可能的事。我只能說，歐冶子是一個超時代的天才。」另一個學者說。

「嗯……也許歐冶子是外星人呢……聽說美國人是因爲撿到外星人飛碟的殘骸，才發明了微波爐……對不起，是開玩笑的。不過，我老是在想，現在電腦比人腦更厲害，晶片的運算速度比常人的腦袋快上幾億萬倍，眞是奇妙得很。正如我們現在撿到恐龍化石，將來人類滅亡之後，再有其他物種出現，他們撿到筆記型電腦，也許根本不知道那是甚麼東西。」

賈釗頓了頓，便向賴飛雲說：「這東西能發出無形劍氣？」

賴飛雲重重點了點頭。

大約在一年前，賈釗因爲調查一宗國寶失竊案展開搜捕行動。賴飛雲最先來到一座大型倉庫，當時場中有個凶戾的男人提著這劍殺害了五個人。賴飛雲也不記得自己是如何制伏那人，只知那劍能發出無跡無形的劍氣，隔空傷人，賴飛雲亦差點險死於此劍之下。那樣的事，上級極爲緊張，自然不容消息外洩，因此外界對此事所知近乎零，而殺人犯淪爲階下囚之後，那劍當然就被警方充公了。

明天就是那個囚犯被槍決的日子。

賈釗現在就要見他最後一面。

北京塞車問題嚴重，賈釗搞了老半天，才將車子開到另一區的警局。

這囚室中，就關著那名死囚。局裡有這種特別的囚室針對守口如瓶的重犯，暗格裡擺滿了各種酷刑工具，參詳了古時刑部的智慧，開發一系列效率更高、造工更加精美的刑具……偶爾也會弄死人，但反正這裡與世隔絕，只要隨便從《囚犯不幸身故對外宣布措施》那小冊子裡找個藉口，總是可以胡混過去。

透過柵欄，可見囚室裡坐著一個充滿殺氣的男人。這人一動也不動，如同一件死物，臉上的瘀青和血痂更襯得他陰森可怖。這死囚倔強非常，瞪著賈釗和賴飛雲的眼神中，竟微帶譏嘲之意。

「他還是不肯說話嗎？」賈釗問。

監守的警員百般無奈地點頭。

根據可靠情報，囚室裡那男人叫「干將」，正是神祕組織「九歌」的成員。

干將──是個古人的名字，正是名鑄劍師歐冶子的弟子。

將這個人判處死刑，就是間接向「九歌」宣戰。

賈釗全權負責這案子，親自盤問干將，但不論他如何威逼利誘，軟硬並施，甚至開出豁免死刑這種條件……干將依然三緘其口，像個啞巴一樣，寧死也不肯透露半點關於「九歌」的事。

倘若一個人連死也不怕，只怕就真的沒辦法從他的口中套話。

按照官方程序，一般來說要從他的親人著手。可是干將是個假名，賈釗他們用盡一切方法，還是查不出這個男人的底細和真正身分。

賈釗早就料到這種情況，所以也沒有太大的失望，看看錶，也懶得再盤問下去，便帶著賴飛雲走出警局，提議請客吃涮涮鍋來幫他接風。

一出警局，就看見一群來京上訪的民眾，三、四十歲者居多，各省的人都有。霜降之後，北京漸寒，瞧那些人風塵僕僕的樣子，也不知乾等了多久，也許露宿了好幾晚也說不定。更令見者心酸的是，他們有的人懷裡抱著嬰孩，自己直打哆嗦，都快要冷得縮成一團了，卻緊緊抱住兒女，用棉外套裹住襁褓，千方百計替那麼小的孩子保暖。

賈釗和賴飛雲面面相覷，都知道這些人是爲了腎結石寶寶而來。他們的寶寶吃了某宣稱「通過了一千道安全檢查」的名牌奶粉，結果不約而同患上了腎病，向商家索償不果，就過來這邊申訴，但求討回公道。在這宗事件揭發之前，雖然肇事人全盤否定，但賈釗這些知情者早就明白一個道理：凡是官方極力否定的，就差不多一定是真的。

賴飛雲跟著賈釗辦案，見盡世間不平事，有時可以伸張正義，有時卻愛莫能助，讓壞人逍遙法外，少年的心空有熱忱而無法改變現狀，不免會有心灰意冷的時刻。

對於毒奶粉案這件事，賴飛雲問過賈釗：

「一個民族倘若連他們的後代也忍心毒害，這個民族還有救嗎？」

當時和今天一樣，天寒地冷，賈釗穿著經常被人懷疑從來沒洗過的深褐色長褸，警帽之下的雙眼有種深沉的憂鬱，卻閃著洞悉世事般的光芒。他拍拍領口上的沙塵，扯緊了襟口，然後才回答：

「以前入職的時候我曾經想過，這個世界這麼醜惡，地球毀滅了可能更好……這世界沒你所想的那麼好，也沒你所想的那麼差。至少，還有我和你這樣的人嘛。種瓜得瓜，種豆得豆，說不定我們今天所做的事，將來會幫助整個世界改變。」

賈釗露出堅定不移的目光，接著說：「你一定要相信，這個世界一定會被改變的。」

這番話賴飛雲一直銘記於心，他不僅視賈釗爲值得尊敬的上司，更將他當成情同手足的好老大。

在中國，不容置疑的是貪污腐敗、勾朋結黨的官員很多，但當中仍不乏一小撮苦幹務實的人。正如一個廉潔的國度也會有貪腐的官員，即使在「無官不貪」的政府裡，亦會有賈釗這種方正不阿、眞正爲人民奉獻一生的好官。

有時候，賴飛雲甚至覺得，這種有理念的好人，値得他用粉身碎骨的代價來保護。

明月夜。

彎月像死神的鐮刀。

往餐館的途中，賈釗呼出一個煙圈，仰望夜空，頭上竟是久久未見的晴空，模糊裡遙遙看見一道在半空中墜落的星光。

「明天，應該是好天氣。」

他感慨萬千。

10

正如賈釗預告的一樣，翌日天朗氣清。風和日麗，賴飛雲要去的地方是刑場。

由於尚有要務在身，賈釗要稍遲一點才從警局總部出發，但他始終放心不下，便委派賴飛雲隨大隊同行，並指定他坐上押送死囚的囚車。

賴飛雲一想，便明白了賈釗的心思：「賈大哥是擔心會有意外嗎？所以才讓我上車盯緊整個過程。」

押送死囚的車隊中，前方開路的是兩輛摩托車，四輛大車緊隨其後，夾在中間的就是關押死囚的囚車。

賴飛雲未曾到過死刑的現場參觀，不知程序和規矩，但當局出動二十多個警員來護送，這種情況還真是罕見。他也是第一次搭上這種車身加置裝甲厚板的警車，後頭車廂坐著幾個包含干將在內的死囚，兩重門鎖，開門的鑰匙一把在車隊長身上，另一把在刑場負責人身上。換言之，必須抵達目的地才能開鎖，裡面的囚犯註定插翅難逃。

國家規定，槍斃的彈藥費由死囚自付，但干將身無分文，又沒有家屬，賈釗親自監督這場死刑，更自掏腰包替干將付款，算是仁至義盡。

「我開車這麼多年，還沒見過這麼大陣仗的。後面關著的是甚麼大人物呀？賈釗這人真是的，葫蘆裡不知賣甚麼藥……」

不管駕駛座上的大叔如何搭話扯談，賴飛雲依然不理不睬，顯得十分冷漠。一來他是真的不愛在不熟稔的人面前說話，二來覺得亂說話會分散注意力，對於賈釗給他的任務，他絲毫不敢鬆懈，無時無刻都打起十二分精神。

窗外一片綠意盎然，灰色的高速公路旁鋪著草皮，栽滿了樹。

車隊沿著內環側道前進，大道直馳，轉眼便駛上交流道。由於不是繁忙時段，交流道上車輛不多，就是一條僻靜的迂迴匝道，彎彎通向半空，跨越了下面的交叉車道。

轟隆！

一剎那，山動地撼有如爆破般的巨大聲響傳來，驟然好像看見了火舌，之後是風暴似的塵土飛揚，四周都在搖晃，猶如地震山崩，就是不知前方發生了甚麼事。

突遭變故，車輛全部煞停，大夥兒都走出來了，目睹眼前的狀況，大都傻了眼。

橋被炸掉了。

就像斷崖一樣，只剩一堆支離破碎的鋼筋，離橋三十公尺的地面上，塌下一大堆頹垣破礫，有如隕石空降般的災難場面，也不知壓毀了多少正在下面駛過的車輛。

塌橋嗎？

又是偷工減料惹的禍？

正當眾人驚惶失措還在思索爲何發生此事之際，一個念頭已電也似地在賴飛雲的腦海中閃過——劫囚車！

賴飛雲嗅到一股硝藥味，便猜到是有人在橋梁上設置了炸藥，並且算準時機引爆，使他們的車隊不得不停下來。

突然間，有同僚譁然驚呼了出來，斜斜指著對面的分隔車道，約莫四十公尺外的橋邊，竟然站著一個兩公尺高的大漢。

不遠處是豎滿路障的地盤，他似乎就是從那邊走出來的。那大漢不只身形魁梧，而且可能還有裸露的癖好，在颯颯寒風四竄的天橋車道上，竟然不穿上衣，袒露出結實壯碩的肌肉，彪腹狼腰，一條龍紋身尾上頭下，由右肩旋繞到右腹側後，煞是令人望而生畏。

「蒙恬！」

在場的警員中有人看過通緝犯檔案的照片，認出龍紋身的男人竟然就是全國殺手榜上排名第五的蒙恬。

本來來了一個通緝犯，隔著一大段距離，也不至於令所有警員進入全神戒備的狀態，但詭異無比的就是蒙恬身旁的東西——那是一面至少兩公尺長的巨大鋼板。

蒙恬倏然藏身於鋼板之後，那特厚鋼板的後面應該有握環，在人力推使之下，鋼板便貼著地面朝囚車這邊衝過來，殺氣騰騰的，竟像蠻牛一般。警員均未見過如此奇特的進攻手法，不管三七二十一，就向著鋼板開槍，而蒙恬繼續聳著頭，在一片槍林彈雨中往前衝，叮鈴噹啷都是子彈連續射擊在厚鋼上的聲音。

不論如何亂槍掃射，礙於角度問題，子彈全部都被蒙恬前推的巨大鋼板擋住，眾人一時之間竟是無可奈何。

賴飛雲將劍鞘平舉胸前，然後拔劍出鞘。

眼見敵人逐漸逼近，賴飛雲果斷持劍上前，朝敵直奔，竟是想借蒙恬視線受阻的弱點，跨過鋼板來突施奇襲。說時遲那時快，賴飛雲斜斜前躍，單手攀住板頂，身手俐落地翻躍到鋼板後面，並且往下突刺一劍。

蒙恬歪身閃躲及時，賴飛雲的木劍只能打中他的側背，但這個蒙恬也眞是條硬漢，受了那麼一下重擊，竟也不吭一聲，仍是繃得緊緊的表情。賴飛雲正要再補上一劍，蒙恬已掄起鋼板，擋住賴飛雲的攻勢。

之後，無論賴飛雲如何走動，巨大鋼板始終阻隔在兩人之間，蒙恬更加轉守爲攻，大開大闔用鋼板撞向賴飛雲。

如此偌大一塊重達幾百斤的鋼板，在蒙恬手中竟然就像一面盾牌般輕盈，而且攻擊範圍極廣，要躲也不是容易辦到的事。

正當蒙恬以爲將賴飛雲逼到避無可避，再舉起鋼板，奇怪的事發生了，好端端的一個人卻不見了。蒙恬壓根兒沒想過這個莫名其妙出現的持劍少年，竟會身懷人體磁場的特能，黏附在自己雙手上那鋼板的另一面上，再大的擺動幅度都甩不掉他。

蒙恬腦筋不靈活，將鋼板平平朝天舉起，仍不見賴飛雲的蹤影，不知自己如何著了對方的道。

眼見機不可失，賴飛雲突然躍起，借助下墜之力，看準方位，猛地向鋼板垂直轟下一拳。

磁力巨震！

異極相吸，同極相斥，此乃磁力的原理。賴飛雲一拳打在鋼板上，雖然鋼板的原料是合成金屬，但以鐵的成分居多，那拳帶上了超強磁場的排斥力，威力便以幾何級數倍升，拳勁衝力再加上地心引力，就有如泰山壓頂，絕非人力所能承托。

蒙恬自知已到極限，不得不撒手，狼狽地在地上翻滾，躲開一劫。

鋼板轟隆一聲落在地面，塵土四揚。

賴飛雲暫時擊退敵人，正奇怪怎麼沒有同僚幫忙，一回首，竟發現穿著制服的警員躺的躺，死的死，尚能站著的已沒幾個。

來敵原來不只一個——

在囚車旁站著的，是一男一女。

11

原來敵人暗施雙面夾擊之計，警員遭遇突襲，全盤注意力放在蒙恬身上，由此便著了敵人的道。從另一邊偷襲的一男一女也不知用了甚麼手法，一眨眼間幹掉大半數以上的警員，而且有恃無恐地觀看賴飛雲與蒙恬之間的比鬥。

那男的竟穿著整齊的西裝襯衫，胸口敞開，吊帶棕褲，一頭豎起的短髮，左眼戴著眼罩，長得倒像有幾分秀氣的中年海盜。

他只用一隻右眼盯著賴飛雲，拉拉眼罩，忍不住吐出一句：「咦！那小子居然是用木劍呢，眞是有趣得很。」

賴飛雲再觀察四周，發覺並無其他敵人，心裡不禁納罕：「只是兩男一女就敢來劫囚車？這種膽色也太囂張了吧！」

與此同時，賴飛雲掛在耳上的無線耳機也響了起來。原來賴飛雲從來沒有手機，理由就是將這東西放在褲袋很不舒服，有礙行動，所以賈釗給了他一個結合軍方通訊科技的迷你耳機，像鉤子般勾在耳上，不會影響聽力之餘，每當賈釗有要事與他聯絡時，耳機便會自動傳出賈釗的聲音。

賈釗不在現場，但他透過交流道上的隱密式監視鏡頭，縱使身處警察總局，亦看清楚了那範圍的實況，然後便對賴飛雲發出提點和指示，堪稱千里之外，運籌帷幄。

這時，耳機便傳出了賈釗的話聲：「小賴，那個戴著眼罩的男人就是蒙武，全國殺手榜上排行第四的通緝犯。他擅長製作毒藥和炸藥，那座橋就是被他炸掉的。」

殺手榜上的資料賴飛雲也看過，依稀記得蒙武是化學方面的天才，在中國某「清」字開頭的學府擁有博士學位。他發表過的論文屢獲海外殊榮，至今依然是後輩們爭相複印的範文……如此一個有可能代表國家獲得諾貝爾化學獎的學者，竟然去當了殺手，而且在短短幾年內聲名鵲起，這樣的事還眞是匪夷所思。

警方早就懷疑蒙恬和蒙武是一夥的，但始終無法證實。這兩個殺手榜上的名人想不到就在今天同時一一碰上，賴飛雲也不知該感到榮幸還是不幸……

「而蒙武身邊的女人應該就是莫邪，也是『九歌』的人。我們關於莫邪的資料太少了，只知道死在她手上的人，全都是被抹脖子的……她用的應該是利器。」

莫邪爲夫投爐煉劍的傳說賴飛雲是聽過的，莫邪在古時就是干將的妻子，她會用這個假名，顯然和囚車裡的干將有甚麼關連。

那個叫莫邪的女人倒有幾分姿色，用挑逗的目光打量著賴飛雲，忽道：「他也用劍？長得很帥呢！眞想和他玩一玩。」

蒙武卻顯得異常冷靜，沉著地說：「先辦正事要緊吧。」

賴飛雲這時也留意到莫邪左手握住的劍鞘。

只見莫邪從劍鞘中拔出土色一般的鐵劍，那劍被高高舉起，在寒空中亮錚錚的，劍脊密密麻麻地布滿了古字，而鋒刃看起來竟是鈍的，並不像甚麼削鐵如泥的利器。

莫邪走近囚車，只是輕輕一砍，那劍毫無力勁地砸在囚車車身上。

然後，瞬即，不可思議的事發生了——

囚車的鋼甲如紙黏土般碎開！

若是一般人，早就嚇得魂飛魄散，但賴飛雲早前見識過泰阿劍的威力，如今再瞧見莫邪那劍的奇妙力量，縱然驚訝，也沒有因此失去方寸。饒是如此，他也無法阻止莫邪，只能眼睜睜看著她走入囚車之中。

「小心！」

賴飛雲一時分神，但反應也是極快，一個伏地翻滾，躲開了從後偷襲的蒙恬。原來蒙恬想從後面環抱賴飛雲，怎料慢了一步，而瞧他滿身壯碩的肌肉，就知道是個搏鬥高手。要是被他抓住了，下場一定不堪設想。

蒙恬向前搶攻，而賴飛雲還沒完全站起，一回身就是一劍。

那一劍由下而上，攻向蒙恬的下巴。

如果是真劍，蒙恬擔心會被削掉下巴，就非躲不可。但他眼見對方的劍只是木劍，便雙掌合十，架住賴飛雲的劍。木劍的劍鋒並不鋒利，但賴飛雲的劍招勁力奇猛，被那一劍砸中，竟也震得骨骼粉碎似地。

蒙恬實戰經驗豐富，再疼痛也懂得把握時機，同時用雙手緊緊捏住木劍，使盡蠻力想將劍從中折斷。

可是那劍不僅毫無裂痕，而且連彎也不彎，確是堅硬無比。

原來賴飛雲所持的劍，乃用鐵樺樹的木精製而成。這種木呈暗紅色，異常珍貴，比橡樹硬三倍，比普通的鋼硬一倍，是世上最硬的木材，在古時常被用作取代金屬。賴飛雲會用木劍，就是因爲不忍殺人，但仗著這種超級堅硬的劍，他也常常將匪徒打至重傷。

賴飛雲豁勁將劍從蒙恬的虎口中抽出。

正如薄紙也能割傷皮膚，木劍雖然不夠鋒利，但賴飛雲抽劍的手法極爲巧妙，而且速度出奇地快，所以木造的劍刃亦能如利鋒般銳不可擋。

蒙恬左右手頓時血花四濺！

他掌上的傷口，必定深得見骨。

賴飛雲再轉身補上飛腳，將蒙恬狠狠踢飛了出去。

擊倒一敵之後，賴飛雲瞪著正從囚車裡出來的莫邪，竟有迎戰之勢。

莫邪微微感到驚愕之際，也不甘示弱，挺劍向前，向賴飛雲宣戰道：「小朋友，你是認眞的嗎？你用那把爛木劍就想對付我的工布劍？」

古有三劍，集天地之精氣煉冶淬火而成——

一曰龍淵，二曰泰阿，三曰工布。

莫邪手中的神劍，竟然就是傳說中的工布劍！

12

莫邪與賴飛雲還未真正出手對劍，站在囚車旁的蒙武已經看不下去，只想速戰速決，便將手槍的槍口對準賴飛雲，喊道：「小子，你完蛋了！」

「砰砰砰」三聲，蒙武連續射出三槍，沒想到那三槍竟然全部打歪，射到不知哪裡去了。蒙武對自己的槍法滿有自信，完全想不通爲何會發生這樣的事。

此時，穿著囚衣的干將也由囚車下來了，一雙怒目瞪著賴飛雲，向著蒙武，又向著莫邪道：「那小子身上有一股看不見的磁場，用金屬子彈好像無法傷到他……要殺他，只有埋身肉搏。小心，他的劍術很高明，不要栽在他的手上。」

蒙武聞言，感到驚訝非常，怔怔地盯著賴飛雲，緩緩地說：「小子，你是異能人？你叫甚麼名字？你死了的話，我眞想將你的屍體拿去研究呢。」

這番問話著實奇怪，但更奇怪的是賴飛雲居然回答：「賴飛雲，字劍魂！」

如此自報姓名本來是相當滑稽的一件事，但賴飛雲說得氣魄逼人，眾人也就笑不出來。

古人愛取字號，以此突出一個人的特質和人生態度。賴飛雲的授業恩師是個世外高人，因書畫文史等國學廣爲人知，但世人皆不知他劍藝天下無雙。「劍魂」這個字號就是他替賴飛雲取的，指明此子是個「爲劍而生的男人」。

莫邪滿眼殺氣，提著工布劍向賴飛雲搶攻。

別看莫邪是一介女流，原來也是劍術高手，而且招招狠辣，全攻向賴飛雲身上最難防之處，即便是國家隊等級的劍擊選手與她比劍，恐怕也沒幾個能擋得下她的殺著。

但她的劍招在賴飛雲眼中只是雕蟲小技，他眞正顧忌的是工布劍的威力。

賴飛雲處處閃躲，始終避開正面交鋒，但瞧著莫邪的出招方式，也漸漸猜得著她的意圖：「她這麼出招，就是想黏到我的劍上又或者我的身上！」於是心念一動，就明白了工布劍那碎首裂軀的破壞力，要透過觸碰才能發揮。

賴飛雲守多攻少，被逼到了交流道邊陲，只見莫邪揮劍橫劈，他臨危之中，便踏在橋邊的石磴上，像踩軟索的特技人員般連奔三步，只要有一步踏空，從橋上掉下，必然就會肝腦塗地。

莫邪那一劍砍空了，砸中燈柱，燈柱在刹那間就像焚燬的樹梢般化爲碎塊，然後一陣帶鐵鏽味的銀色灰燼隨風飄揚。

鐵劍會被賴飛雲身上的磁氣震開，無法深深砍入他的皮膚中，但倘若被工布劍碰上身軀，不消多說也必定是凶多吉少。

迴身落地之後，賴飛雲馬上展開反擊，手中的木劍使將開來，招式變化多端，一時行雲流水，一時劍走龍蛇，暗藏書法之道。刺砍斬劈，恰如點豎撇捺，快招像狂草，虛招似行書，竟逼得莫邪喘不過氣，根本不能還招。

兩人不知不覺，鬥到了斷橋那邊。

就在賴飛雲差點刺中莫邪手腕，令她撤劍之際，瞥眼間，驚見屢仆屢起的蒙恬又出現了，這傢伙正抬著一輛警用摩托車，捽臂向著自己拋過來。

賴飛雲倉皇趴下，躲開從頭頂上掠過的摩托車。而當他翻身站起之際，卻驚覺莫邪的劍已近在眉睫，後方就是斷橋，要嘛是跌死，要嘛就是被戳中。

莫邪大喊一聲：「去死！」

眼見無處可躲，對方的劍尖已在胸前不到五寸處，賴飛雲卻看準空隙，霍地反擊，從幾乎萬萬扭轉不了的劣勢之中，向對方的胸口刺出一劍。

全身的力量，盡在那一劍的劍尖之上。

賴飛雲的師父深諳技藝是殊途同歸，書法愈強，劍術也愈強，反之亦然。書法中，最基礎的要素是「點」，簡單的一點，也可以有不同的方向、輕重和長短，而賴飛雲現時所使的一套劍法，統稱爲「永字八劍」，沿自一本叫《筆陣圖》的祕笈。在所有筆法中，就以「點」爲最快，賴飛雲的師父當年爲了教他，就帶他到天下最多險峰的華山，面臨絕崖斷壁，感受巖石從高峰急墜而下的速度感，從而掌握如何刺出筆力萬鈞的一劍。

那一招的名字是「筆陣第一劍」。亦是賴飛雲的師父融會畢生絕學創出來的快劍。

明明是莫邪出手快上一大截，但賴飛雲那劍後發先至，挾著石破天驚之勢，不偏不倚，以迅雷不及掩耳的極速直刺向莫邪的胸口。

著！

莫邪中招之後，整個人往後彈開，如果賴飛雲用的並非木劍，她肯定已即時斃命。

而她刺出的劍，連碰也碰不到他。

賴飛雲毫髮無損，他亦有十足把握莫邪一時之間無法再站起來。

事發現場，三個來敵只剩蒙武一個，縱使加上剛出來的干將，賴飛雲預料很快便可收拾殘局。

卻在此時，賴飛雲的耳機發出話聲：「小賴！緊急命令！有個相當危險的人物朝你那邊逼近。別管蒙武他們！在車隊後方那黑色寶馬轎車的後座，有個極度重要的政治人物，你快過去保護那個人！」

賴飛雲聽出賈釗的聲音相當嚴厲，一點也不像說笑，便知事態嚴重，刻不容緩，唯有拋下蒙武和蒙恬等人，跑向那輛黑色的寶馬轎車。

那輛車的司機愣著眼，一副驚魂未定的表情。

轎車裡，後座上，只有一個人。

而她竟是個年僅十四歲左右的少女。

13

車中的少女看來只有十四歲左右，但長得明艷動人，氣質清綺，垂肩的長髮如涓涓碧泉，膚色白得像初啓芙蓉，卻穿著一襲黑得透亮的麻紗布裙。

她臉帶微笑，一雙鳳目骨碌碌地望著車窗外的賴飛雲。相比之下，轎車司機卻神色慌張，連下巴都在顫抖，眞是丟盡了所有男人的面子。

賈釗的聲音又透過耳機傳來：「你看到她了嗎？我要你保護的人是一個長髮少女。我剛剛收到可靠情報，有人要買凶殺她，你盡快帶她逃離現場！她對國家來說極度重要，是個被重點保護的人物，要是她少了一根頭髮，我和你也擔當不起的……」

雖然這種事很難教人相信，但賈釗的指示就是最高命令，賴飛雲必須照做無誤。賴飛雲正站在駕駛座旁的車門，一把將司機扯了出來，就霸佔駕駛座，然後換檔踏油門，車子倒退再掉頭，便離開現場，疾風似地往回頭路方向駛去。

少女見他上車，雙眼發亮起來，捱前道：「你是來救我的嗎？剛剛我看見你打倒那些壞人，你眞酷！」

賴飛雲從沒考過駕照，他的駕照是賈釗送的，是去年收到的生日禮物。賴飛雲未到合法駕駛年齡就常替賈釗開車，加上他這方面很有天分，即使在道路上狂飆，左穿右插，也駕輕就熟，而且枉顧速限，幾乎全程踏盡油門。

少女眼見他不答話，沒有就此住嘴，自說自話，在後面吵個不停：「你開車技術很棒呢！我最喜歡風馳電掣的感覺了，你可以再開快一點嗎？咦，你耳朵上戴著的是甚麼通訊器嗎？好小巧喔。」

正如她觀察的一樣，賈釗一直透過耳機發出指示：「千萬別帶她回警局。對方知道我們的行程，我懷疑局裡有奸細。小賴，你幫我貼身保護她，將她帶到安全處即可，然後等我與你聯絡……」

賴飛雲左耳還是賈釗的餘音，右耳便出現了少女的聲音：「咦！和你通話的是賈釗大哥嗎？我可以和他談幾句嗎？」

「別讓她……」

賈釗的話音未畢，少女已硬生生搶走了賴飛雲的耳機。

賴飛雲雙手正握著方向盤，還沒反應過來，後座少女已將耳機拿捏在掌中，根本看也沒看，乾脆扔出窗外。

「妳……」

目睹這一幕，賴飛雲愣怔了好一會兒，吞一下口水，才張嘴道：「妳到底在幹嘛？」

少女一雙妙目凝望過來，也不知是眞糊塗，還是假眞心，噘了噘嘴兒，就向賴飛雲低頭認錯：「對不起，我是不小心的。我這人就是有點神經病。不過，賈大哥找不到你，這樣一來，我和你就自由了，可以盡情去玩……我語無倫次了。你別瞪著我好嗎？我好怕喔……」

賴飛雲有點生氣，實在想不透這個古里古怪的少女怎會是「國家極度重視和重點保護」的人物，逼得賈釗寧可放過囚犯，也要保障她的人身安全，不可讓她置身於險境之中。

車子在行駛，少女無事可做，便繼續和他閒扯：「你長得這麼帥，動作又瀟灑，唸書時一定有很多女生喜歡你吧？你看來就很花心，我想得沒錯的話，你一定玩弄過很多女人，傷透過無數少女的心吧？」

沒來由地遭人誣賴，賴飛雲按捺不住，回嘴道：「我才沒有！我一次戀愛也沒談過呢。」

少女聽了之後，露出訝異之色，捂著小嘴道：「你說的是眞的嗎？十九歲還沒談過戀愛？一個帥哥正常活著，到這年紀也不談戀愛，你一定是個自戀狂，要不然……那你一定是性無能？你好可憐呀。哈哈。」

如此一個妙齡少女，竟講出這番又突兀又歹毒的話，賴飛雲歪著脖子看她，心中只冒起一個聲音——怪胎！

但此時耳機丟了，賴飛雲無法聯絡上賈釗，心中相當憂慮。

正自想法子解決當前的難題，少女又打岔：「好無聊啊。你怎麼都不和我說話嘍？」

賴飛雲就算有閒工夫，也不想理會她，一副心神全放在駕駛上，進了市道，車速也漸漸減慢。

「你眞是不禮貌呢，咱們見面這麼久，也不問問我的名字。難道要由我來開口嗎？」

賴飛雲心想她說得也有道理，暗中也想打探她的來歷，雖然萬個不甘願，也只好用客氣的語氣問道：「請問……妳叫甚麼名字？」

少女卻道：「嘻嘻。你愈想知道，我就愈不想告訴你。」

賴飛雲本來就怕與陌生人獨處，生平也從來只有女生取悅他，現在遇到這麼欠揍的傢伙，心中自是充滿了怒火……但賈釗有令，要確保她絲毫無損，賴飛雲只好隱忍，正想就此作罷，少女竟連珠炮般說下去：「但我知道你的名字。你叫賴飛雲，今年十九歲，師父是著名的XXX，一直跟著賈大哥辦事。警局裡的人都知道他一直當你是他的親信，他甚至將你視同親弟弟。」

賴飛雲納悶不已，實在猜不透她是從何得知他的資料，正想問個明白，又怕被她作弄，心裡只好認定是賈釗告訴她的。

少女不顧儀態，由後座爬到前座，坐在副駕駛座上。只見賴飛雲漫無目的地開車，又盡量避開容易塞車的公路，少女忍不住便問：「我們要去甚麼地方？」

「我也不知道。總之，我的首要任務是確保妳的安全。」

「那可不可以去我想去的地方？」

「妳想去哪？」

「西單購物中心！我要逛街！」

少女非常雀躍地說。賴飛雲現在習慣了，只是皺了皺眉，根本就不打算答應她的無理要求，心想只要一直留在車上，到時候將她完好無缺交到賈釗手中，這次的任務就是大功告成。

沒想到，她沒有就此罷休，臉上竟是一副決意赴死的表情，將車門打開一半，半個身子探出車外，在狂風中要脅道：「我要開車門，跳車自盡了啦……」

賴飛雲不料有此一著，沒有對付這種人的經歷，又擔心她瘋起來，眞的做出傻事。他咬著牙，情急之下，只好硬著頭皮先答應她，說會載她到購物中心，她才乖乖關上車門，回復原來的坐姿。

少女指著車裡的衛星導航螢幕，嬌嗔道：「好啊！你敢騙我的話，我就要你吃不完兜著走！」

賴飛雲執行過無數任務，還是第一次感到這麼頭痛，暗暗責怪賈釗沒好好提攜，給了他一個難搞的傢伙。

14

不久前還在生死懸於一線的激戰中，這時卻要和一個絕頂古怪的少女逛商場，氣氛前後轉折之大，就像一部小說上一頁明明是武俠小說腔，翻到下一頁就變成愛情小說的格調。

賴飛雲將車隨便停好，便揹負木劍與少女走向購物中心正門。他一向我行我素，並不在意旁人的目光，但當時正值西方萬聖節前夕，縱使衣著奇特又揹著劍，也沒人對他品頭論足，甚至與商場內部不倫不類的節日裝潢融洽自然。

少女喜不自勝，興奮之情盡露臉上，雙眼目光閃閃發亮，瞧瞧這，望望那，目不暇接，眉花眼笑，竟無片刻安靜——她內心的喜悅連旁人都感受得到。

「原來這就是商場啊……」

聽到少女的讚歎，賴飛雲暗暗覺得好笑，就是他這種極少逛街的怪僻獨男，來到這種地方，也不會像個未見過世面的鄉巴佬。

「甚麼原來這就是商場？難道妳之前都沒逛過街嗎？」

這番無心之言由他口中溜出來，竟教少女垂下頭，感慨萬千，忽又淘氣道：「對啊！我由小到大都被軟禁，從未被批准走出屋子半步，所以這是我這輩子第一次逛街呢。我現在才曉得，商場是這樣的一個地方，比我想像中大得多、漂亮多了……對了，我將這個『第一次』獻給你了，所以你該感到榮幸吧？」

聽了這番話，賴飛雲不由得微微一怔，非常同情她的遭遇。他知道政府會軟禁政治重犯，這已是眾所周知的祕密，但這種手段始終有底線，針對那些人的家屬，頂多只會嚴密監視而不會關押。

但倘若眼前這名少女所言屬實，她由誕生那刻開始就被禁錮，足足十四年……這樣的例子前所未聞，賴飛雲同情她之餘，霎時又想到：「官方既然做到這個地步，她的身世一定極為特殊。」

少女的瞳孔裡，呈現一個亮晶晶的世界。

當她是個小女孩時，就對外面的世界充滿好奇，偶爾也有外出的機會，但都是為了幫人做事，從一幢樓房到另一幢樓房，全程坐在車內，受人嚴密監管。每當車子經過這些地方，小女孩的眼睛盯著窗外景物，千奇百怪，花團錦簇，將臉頰貼在車窗上，內心深處都是走出去的渴望。但明明只是隔著一面玻璃，外面的東西卻像在另一個世界，她永遠無法觸摸；到她長大後，透過電腦螢幕來認識這世界，經常嚷著要出去玩，但平日對她千依百順的管家和下人竟都不肯讓她外出，不管如何撒嬌，大門永遠緊鎖。

所以難得發生意外，她自然不會放過機會，以死相逼都要賴飛雲帶她來逛街。當車窗和電腦螢幕上的東西化為現實，如幻似眞，她可眞是高興死了，不停扯著他問東問西。

堂堂一個大男人竟被一個少女牽著鼻子走，賴飛雲極為無奈，心中的鬱悶與時俱增。他會來商場另一原因就是想找公共電話，但這東西現在愈來愈難找，等找到的時候，他才想起身上連一塊錢也沒有。

少女正值荳蔻年華，愛美乃是天性，縱使身上沒錢，瞧著琳琅滿目的櫥窗，已教她歡喜萬分。

當兩人走到商場中庭，眼前都是名牌時裝店，少女突然大叫出來，告訴他那一家店賣的是她最喜歡的品牌，她身上穿的黑裙就是那個牌子的。

賴飛雲發覺她知道的牌子滿多的，想到一事，便問：「妳不逛街，妳的衣服是誰幫妳買的？」

「嗨？你不知道甚麼是『淘寶』嗎？上網可以買到想要的東西啊！你不會從來沒用過吧？」

少女睜大眼看過來，竟有瞧不起他的意味。

而賴飛雲的確未曾試過在網上購物，自覺比這少女更加與時代脫節之時，突見她目光亮了亮，看來又要提出莫名其妙的疑問。

「對了，我正想問你呢。那些人買東西時，爲甚麼要將一張張紙放到檯面上？那些紙在哪裡可以拿到？」

賴飛雲初時不理解她的意思，向她所指的方向望去，驀然驚覺她所說的一張張紙，竟是五顏六色的紙鈔，人們交易，自然要付錢來結帳。

她沒見過錢！

打從賴飛雲出自娘胎的一刻，這是他聽過最駭異的奇聞。

「妳……妳不知道甚麼是錢？即使妳在網上買東西，也總會有價錢吧？」

「哦，我不曉得呢。他們都是給我一張卡，我喜歡買甚麼就買甚麼，連上網站，將東西按入購物車，輸入一組號碼，東西就會送過來。我從來不用理會價錢。」

那是信用卡吧……而且還是無簽帳限額的信用卡……國家真是沒有虧待她呢……賴飛雲自思自想，呆呆看著她，已經答不上話。

「其實呢，我知道錢是甚麼，但就是沒有見過實物……那些紙是叫鈔票吧？沒有錢，就甚麼都不能買？這世界眞是不方便。」

少女捂著肚子，原來是餓了。

兩人走了半天，縱然可以不買東西，但不吃不喝就難了。更何況賴飛雲體力消耗量大，大半天還沒有進食，早已飢腸轆轆。

少女露出快要大哭的表情，唸咒一樣，邊走邊嚷：「哪裡有錢、哪裡有錢、哪裡有錢……」

賴飛雲輕輕嘆息，心想她再唸上千遍百遍，錢也不會從天上掉下來。

這時候，兩人漫無目的地閒逛，右側就是一排儲物櫃。

她的腳步不由自主地停下來，倏然間目光有異，然後眼睛望向一側，指著其中一格儲物櫃，忽道：「這一格裡有個嬰孩。」

嬰孩？賴飛雲難以置信。

還沒來得及問清楚，她已站到儲物櫃的控制面板前，將手按在數字鍵盤上，一邊唸唸有詞，一邊輸入一堆數字。

那是新式的全自動儲物櫃，大格小格，兩種尺寸，存放東西時只要投入輔幣，先選無人使用的儲物格，放妥東西，關上櫃門，面板就會自動吐出密碼紙；只要在面板的鍵盤上同時輸入櫃門編號和正確的密碼，指定編號的櫃門便會打開。

就在她輸入數字之後，面板上顯示解鎖的訊息，奇就奇在她根本沒有儲物，這一點賴飛雲確信不會有錯。

下一瞬間，編號十四號的櫃門，咯軋一聲打開了。

果然如她之前預告的一樣——

儲物櫃裡有一個嬰孩。

15

賴飛雲和少女現時身處警衛室。

兩名警衛正將發現棄嬰的事通知警方。將初生嬰兒棄置在儲物櫃裡，這種事時有所聞，但他們還是第一次碰到，所以特別緊張。

賴飛雲怔怔地看著少女，而她正在一邊撫著熟睡的嬰兒，一邊回答警衛的提問。

「是一對男女將嬰兒放進去的。他和她的年紀……應該和我差不多，我猜是國中生吧？兩個小時之前，大概就是他們將嬰兒放進去的時間。」

聽了少女這番說詞，警衛立刻調閱監視器的錄影畫面，結果就和她說的一模一樣……有如她當時置身現場，親眼目睹一切。

「妳認識他們嗎？」

「哪會認識啊！那麼混帳的人怎麼可能是我的朋友？」

警衛又問了幾個問題，少女都連聲說不知道，更不耐煩地說：「我又不是神仙！怎知道那麼多事？時間寶貴，我要走了！」一說完，便匆匆扯著賴飛雲出去，不讓對方繼續磨蹭下去。

從警衛室出來後，兩人又回到商場裡繼續逛街，但處境與先前已大不相同，因爲他們身上有錢。

原來在發現棄嬰時，他們也瞧見放在布籃旁的一疊錢。大概是嬰兒的生父生母知道每晚會有人檢查儲物櫃，便在傍晚過來，將嬰孩丟棄在裡面，又爲了讓良心好過一些，便付一點酬金給發現嬰孩的好心人。

這番話是少女告訴賴飛雲的，感覺上不是猜想，而是眞的知情。少女想也不想，就將那疊錢據爲己有，大概有八百塊，已夠他們解決燃眉之急。

賴飛雲急欲探知眞相，便問少女：「妳到底是怎麼知道有嬰孩的？」

「你眞的很想知道嗎？」

一不小心，賴飛雲點點頭。

「哦……這樣喔。怎麼辦好呢？你愈想知道，我就愈不想告訴你呢。」

少女又故意在關鍵處賣關子，氣得賴飛雲極爲惱火。賴飛雲遇敵無數，總能夠沉著應付，但這次碰上這個瘋瘋癲癲的少女，整天心情都大起大落，對她完全無計可施，眞的只有認栽的份兒。

但她接著解釋：「其實是賈大哥叫我千萬別告訴任何人。不過呢，你今天好好陪我，我高興起來，一定會忍不住跟你說。」

賴飛雲是一副牛脾氣，也就沒有追問下去。現在身上有錢，就可以去吃東西，賴飛雲自覺應盡地主之誼，便提議帶她去吃他認爲最美味的北京烤鴨。一聞言，少女錯愕地看著他，連聲嚷道：「烤鴨？你是老頭子嗎？鴨子那麼醜，我才不要吃牠們！好噁心！」結果賴飛雲依她的喜好，選了一家吃義大利麵的西餐廳，看見室內氣派華麗，也不知夠不夠錢結帳。

少女歡天喜地搶著走過去，要坐景觀最好的窗邊位子。服務生小姐說那位子已留座，少女就問：「甚麼是留座？」服務生愣了一會，才解釋說有留座牌的桌子，都要預留給有預約的客人。少女理所當然地說：「那我幫妳將牌子放在別的桌上，我是不是就可以坐這裡？」

用餐的時候，她明明是吃義大利麵，卻問服務生有沒有筷子；瞧見人家桌上有好吃的甜品，又大聲問服務生那是甚麼，好像全然不懂人情世故。

賴飛雲既好氣又好笑，就陪她胡鬧下去，懶得再理會別人的目光。但原來旁人常常偷望他倆，並不純粹因爲他倆行爲怪異，倒是因爲他和她是俊男美女，這種相貌登對的璧人在現實裡的確難得一見。

之後，兩人經過書局，少女嚷著要進去。

賴飛雲隨她走來走去，但絕不讓她離開視線範圍。他感到無聊，忽然看到一堆書法類的書和字帖，便順手拿來看。少女湊過來，問他在看甚麼書，他就說是一本字帖集，書裡鐵畫銀鉤，都是出自名家的手筆。

賴飛雲對讀書不感興趣，但就是對書法和劍藝著迷。在她面前，他又透露原來他師父傳他的劍法全部悟自書法，所以又名爲「書法劍」。就像別人看著琴譜來練琴一樣，他是看著字帖來練劍的，鑽研之後，就可以將書法化爲一道道劍招。

「天下行書第一是王羲之的《蘭亭序》。你看過了《蘭亭序》，豈不是可以吸收王羲之的功力，變得很厲害？」

「甚麼吸收不吸收，說得我跟怪物一樣……不過，那是不行的，一定要看眞跡的複印本才行。因爲只有眞跡才有書法家的『筆氣』。」

「哦，原來如此。現時流行的《蘭亭序》是臨摹的，所以對你來說是沒用的吧？有傳眞跡在唐太宗的昭陵裡，也不知是不是眞的，只怕你一輩子也看不到了。」

賴飛雲沒想到她會知道這種事情，暗讚道：「妳知道的東西滿多呢。」

「無聊，就會看書。以前我都是到國家圖書館的網站上查目錄，然後就會有人將書拿來給我。不過，現在有網購就方便多了，我想看的書，都是在當當網上訂購的。嘻，INTERNET眞是本世紀最偉大的發明！」

接著，他和她又聊了一些關於書畫的事，天南地北，竟然談得來。

離開書店的時候，賴飛雲瞧見有電話亭，便打了通電話給賈釗，但始終無法接通。賴飛雲心想這樣也無大礙，他初時是遵照賈釗的命令，才寸步不離陪著她，現在倒是有點出於自願。一直到商場打烊，竟也捨不得離去。臨走前她那雙眼睛楚楚可憐的，看得連賴飛雲這種鐵漢也心酸起來。

耿耿星河下，美景良辰，燈熄後的磚地如凝脂一樣。商場內部燈飾的殘光，恍如星屑般落在她的黑裙上，流光溢彩，令她全身看來閃閃發光。其實她長得極美，荳蔻天姿梨頰微窩，有種出塵脫俗的氣質，一顰一笑，都散發著靈秀之氣。

賴飛雲這種不近女色的男生竟也看得有點入迷。

「小怨哥，我今天眞的很開心。」

原來少女之前看見他滿臉怨氣，一副生人勿近的樣子，就替他亂取了個「小怨哥」的綽號，喊了幾次，覺得這名字很適合他，之後再也改不了口。

「今天是我這輩子最開心的一天。」

「妳說話根本是亂來的，哪有這麼誇張？」

「我這輩子從沒逛過街，從沒試過在外面的館子吃飯，從沒試過和男生約會……以後，可能再也沒有機會了。所以，我眞的很謝謝你。」

賴飛雲聞言，心中一動，半晌不能答話。

「對了……我叫巫潔靈。巫師的巫，潔癖的潔，心有靈犀的靈……希望，過了今天，你不會忘記我吧。」

說罷，她就從剛買的吊帶小斜揹包裡拿出一本書。

巫潔靈雙手呈上的東西就是賴飛雲剛剛在書局裡翻過的字帖集。原來她知道賴飛雲喜歡，便暗暗拿去了付錢，當作他陪她一整天的謝禮。

賴飛雲瞧著她，心中憐惜起來，忍不住問：「他們爲甚麼要軟禁妳？」

賴飛雲一問完，腦中又冒出另一個疑問：「她沒有親人，年紀又小，在封閉的環境下成長，到底怎麼會和別人結怨，以致有人要買凶殺她？」

巫潔靈毫無隱瞞之意，坦白地說：「因爲我能聽見靈魂的聲音。」

16

靈魂的聲音？

賴飛雲微覺訝異地凝望著巫潔靈，但由於他本身也擁有人體磁場的異能，所以對她的話並無半點質疑。

未等他問下去，巫潔靈已搶著說：「除此之外，我也看得見靈魂的形狀……我這麼說，你應該聽不懂吧？」

甚麼又聲音又形狀的，賴飛雲聽得一頭霧水，便對她搖搖頭，表示眞的不明白。

巫潔靈這才徐徐解釋下去：「世上眞的有靈魂，這可不是空口無憑，我可以作證。我也不知道爲甚麼，但我與生俱來就有這種和靈魂溝通的能力，靈魂會告訴我很多事……我知道你們會稱我這種人作『靈媒』。」

賴飛雲外表是個酷男，其實外冷內熱，是個好奇心旺盛的人，一旦興頭來了，便會滔滔不絕：「哦！我明白了！國家要軟禁妳，就是因爲妳是『靈媒』的這重身分……妳擁有這種能力，就可以查探很多祕密和機密情報……也就是說，現在這廣場上除了我和妳，妳還看得見『那些東西』……那妳看見甚麼了？靈魂又是甚麼樣子？我眞的很有興趣知道。」

巫潔靈不由自主地搖頭，又道：「唔……要向你解釋果然很難呢。靈魂和我們平日看到的東西一樣……但無法觸摸，不是鬼片中那些透明的東西……我也不知道怎麼解釋，總之憑感覺就知道那是靈魂，我分得清楚哪些是靈魂，哪些是實實在在的人。簡單來說，靈魂是沒有實體的。」

賴飛雲迷惑不解，又問：「那……妳不是剛剛才說過，妳『看得見』靈魂的形狀嗎？」

巫潔靈想了想，才回答道：「所以我才說很難解釋。靈魂在一般人眼中是不存在的，但我就是能感應他們的存在。雖然我知道他們沒有實體，但借用我根深柢固的概念，我腦中自然而然會浮現出他們的樣子……譬如說，我的概念中，鴨子是很醜的東西，無論一個人外表有多帥，只要是個壞人，他的靈魂在我腦中就是像鴨子一樣的怪獸。」

「那靈魂……是像空氣一樣的東西吧？」

「眞要形容的話，我覺得靈魂就是一種『電波』吧。」

「電波？」

「對，靈魂是與電波相似的東西吧？只有我這種體質特別的人才能接收他們發出來的『信號』。哦，我有個很好的例子：收音機的電波無處不在，但只有收音機才能接收到廣播訊息，正常人類是無法憑肉耳聽見收音機的廣播。」

「哦……妳就是一台接收『靈魂訊息』的收音機……」

「別說得這麼難聽！我才不是死物呢，我是個嬌滴滴的可人兒。」

聽到這麼超乎常理的事，賴飛雲半晌說不出話，雙眼直勾勾地瞧著巫潔靈，心想難怪覺得這少女與眾不同。

「還有啊……靈魂分爲兩種，一種是活人的靈魂，一種是死人的靈魂。死人的靈魂是死者死亡一刻時的樣子，而活人的靈魂就是我腦中的概念。我會相信賈大哥和你，也是因爲看見你倆的靈魂，知道你倆是好人。對於靈魂醜的人，我是絕對不想和他們聊天的。」

「那我的靈魂在妳眼中是甚麼樣子？」

「嘻。你忘了我的性格嗎？你愈想知道的事情，我愈不想告訴你。眞的不好意思嘍……」

賴飛雲活到這個年紀，還是第一次有被女生欺負的感覺……但他只能忍聲吞氣，完全拿她沒辦法，心中這股想揍人又不是眞的要揍人的衝動，連他自己也無法理解。

巫潔靈毫不理會他的感受，繼續自說自話：「對了，你可能不知道呢，靈魂有個特性，就是靈魂不會說謊，只會說眞話，我問甚麼他們一定有問必答。不過，活人的靈魂懂得自我保護，所以我只能向死人的靈魂問話……我用我的方法與它們對話，它們就一定會對我說出眞相，但只侷限於它們知道的事。」

「死人的靈魂……其實就是幽魂吧？」

「嗯，溫爺爺、胡伯伯……總之就是一些大人物找我，通常就是拜託我幫忙，要我幫他們問出一些事情。」

聽到這裡，賴飛雲忽然想通了一些事，禁不住驚歎：「哦！難怪！賈大哥找妳，就是想從干將身上套出『九歌』的祕密……對了，就算干將死也不肯招供，在他死後，妳就可以向他的靈魂問話……原來如此！」

賴飛雲思路敏捷，很快又想到巫潔靈會知道他的背景，就是因爲她向死在意外現場的警員幽魂問話；而她在商場發現儲物櫃裡的棄嬰，想必是那一帶有幽魂目睹整件事，便向她傳話，叫她去救那嬰孩……而幽魂目擊者不知道的事，她也就不會知道了。

他把這番猜想說了出來，巫潔靈爽快點了點頭，笑容可掬：「全對！可惜當時時間來不及，我沒問你的糗事，眞是好可惜呢。」

賴飛雲和巫潔靈除了外貌匹配，性格上根本是搭不上邊的兩種人，但彼此第一次見面，已當對方是知己般扯談，這當眞是天下一等一的怪事。

特別的人，就會被特別的人吸引，也許人與人之間確有這種看不見的磁場——這就是中國人所說的「緣分」。

物以類聚，乃是因爲「磁極相吸」。

話不投機，卻是因爲「磁極相斥」。

在這樣的晚上，賴飛雲同情巫潔靈的遭遇之餘，也捨不得就此和她永遠分別。要是將她送回賈大哥那邊，她就此又回到那種被軟禁的日子。哪怕時間短促，他也希望她去一些好玩的地方，讓她多留下一些美好的回憶。

賴飛雲靈機一動，便提議帶她去北京後海那兒，順便見識一下南鑼鼓巷裡的酒吧。

巫潔靈聽了，目光流轉，心存感激地說：「小怨哥……你對我這麼好，我好感動啊。」

看到她這麼直率地表達出自己的情感，他也感到怪不好意思的。

賴飛雲這便帶她過去取車，但有點迷路，繞了一些路才找對方向。賴飛雲一邊轉著指上的車鑰匙，一邊觀察環境，瞧見一座跨過大馬路的天橋，便認出停車的位置就在天橋另一邊。

在燈光濛濛的夜色中，兩人拾級走上了天橋。

四處卻瀰漫著極不尋常的氣氛。

天橋的另一端站著一個三十多歲的青年。

一看到他，賴飛雲和巫潔靈全身戰慄，那是一種怪異到極點的感覺。

那就像是——

惡魔之手正向著他倆張開。

17

橋尾，眼前那人，額頭正中有顆很明顯的觀音痣。

他有一雙美目，唇上帶笑，一點也不像個凶殘酷虐的大魔頭。

最詭異的是，他一身奇裝異服，長髮黑袖烏衣，敞胸紅領朱肩，腰帶飾以博古紋，一點也不像現代人的衣著，反而有點像東瀛男裝和服。

王猇！賴飛雲腦中浮現這個名字。

額有觀音痣，殺人前必定穿著古服，這兩點都是「全國殺手排行榜第一殺手」的特徵。再加上對方氣勢逼人，賴飛雲四肢百骸都彷彿被無數蟲子螫咬一樣，根本不用多疑也可以判定眼前之人就是王猇。

橋下的車河奔流不息，時間卻儼然靜止了般。

月色恍若是紅的，黑夜變得加倍漆黑。

天與地，肅殺無比。

王猇立定不動，而他雙眼牢牢瞪著的人，無疑就是賴飛雲和巫潔靈。

至於這個全國第一的超級殺手因何出現，賴飛雲立刻就想到買凶殺人之事，他一定是衝著巫潔靈而來，難怪當時賈釗緊張成那個樣子。

王虢終於開口，聲音傳得很遠，面向巫潔靈說：「不好意思，請問妳是巫潔靈小姐嗎？我叫王虢，略有薄名，職業是殺手。坦白說，有人委託我來殺妳，希望妳不會見怪吧？如果妳在死前有甚麼疑問，我都會盡量回答，可以殺妳是我的榮幸。」

巫潔靈竟似全身麻木般，瞳孔收縮，彷彿在盯著王虢背後的東西，然後嘴巴微張，吶吶吐出一句話：「惡……惡魔……」

「妳看到了甚麼？」

賴飛雲不禁問，同時想到她能看見活人靈魂的奇能，可想而知她一定瞧見了極爲可怕的東西。

但只見巫潔靈抖個不停，幾乎就要哭出來的模樣，與先前機伶活潑、行事大膽的她判若兩人。

賴飛雲聽了王虢那番文質彬彬的話，也是毛骨悚然。但當他瞧見巫潔靈這副樣子，就忍不住代她挺身而出，拔劍護在她身前，怒目瞪著王虢。

王虢目光一亮，嘖嘖稱奇：「劍？你是她的保鏢吧？你用的武器很有趣，我很久沒見過像你這麼有膽色的人了。不過，你要是阻礙我做事，我會連你也一併殺掉的……並且將你撕成碎塊，明天早上餵給野狗當早餐。」

王虢說話瘋瘋癲癲，行爲乖戾，卻有說不出的恐怖。

賴飛雲不由自主地退後了半步，他也向巫潔靈示意，叫她後退幾步。

「她只是個弱質女流……你爲甚麼要殺她？殺手這行也有規矩，連女人都殺，不覺可恥嗎？」

面對賴飛雲這番喝問，王虢面無愧色地揚起嘴角，含笑道：「首先，我要澄清，殺手這行沒有性別歧視，職業殺手接了案子，別說是女人，連小孩都要痛下殺手，這才算是敬業樂業。在死亡面前，人人都是平等的。」

賴飛雲沒想過對方的答話如此突兀，一時之間竟不知如何反駁。再加上他不是嘴巴厲害的人，心中發毛，這時說起話來，竟然結結巴巴：「殺人……殺人總要有理由吧？她……她一直過著封閉隱居的生活，從沒得罪過任何人，爲甚麼無緣無故就要被你殺死？」

王猇聞言，義正詞嚴地回答：「我殺人很有原則的，從不會殺錯一個人。」

「原則？甚麼原則？」

賴飛雲面露不屑之色，對王猇所說的話厭惡至極，便指著背後的巫潔靈，大聲斥問：「你告訴我吧！她是個大好人，一生沒做過壞事，你有甚麼非殺她不可的理由？」

王猇輕聲嘆息，然後又開始講道理：「壞人該殺，好人更加該殺。眾生皆苦，這世界爛透了，可以早一點死去，又豈會不是一件美事？我也好想早一點死，但上天賦予我殺人的天分，我不想浪費掉，便只好替天行道了。」

歪理！

賴飛雲早就聽過不少關於王猇的傳言，但當晚初次見面，才知道他竟是個滿口歪理的渾蛋，將一堆荒謬至極的道理說得振振有詞，令人異常噁心。

王猇伸出雙手，掌心朝上，展露出兩隻黑手套。

殺氣如籠罩一切的陰霾，鋪天蓋地而來，一重又一重，整個世界就像枯萎了一樣，肅殺得令人心寒，恐懼感噬膚，無孔不入，萬箭穿心。

賴飛雲未摸清楚對方的底細，又懾於對方的氣勢，記得賈釗的叮囑，知道巫潔靈的性命事關重大，便自覺不應輕舉妄動。儘管有違本性，他竟然也向敵人示弱，主動提出停戰的條件：「這少女是國家的重要人物。你殺人都是爲了錢吧？不如這樣吧，我可以代你向國家交涉，你的委託人給你多少錢，我就幫你要求雙倍，這筆錢國家一定付得起。」

想不到王猇卻搖搖頭，顰眉蹙額，一副被誤解了的神情。

「只是爲錢而工作的話，這樣做人很痛苦的。」

正當賴飛雲和巫潔靈愣住之際，王猇又說：「我這個人不是單單爲錢而工作。我是眞的很享受殺人的樂趣。而且，你已經勾起了我的興趣，我今晚是非殺你不可的了。更何況，錢我多得是，現在追求的是快樂和知名度……不妨告訴你，我現在的客戶大多是外國人，我是個跨國殺手了。」

眞囂張！

賴飛雲雙眼發直地望著王猇，絕未想過世上竟有如此怪譎的殺手。

「唉，年輕人就是年輕人，果然無知得很。我跟你說哪，在我們的國家最重要的就是錢，有了錢就可以爲所欲爲，連操縱天氣都做得到。而且人人並非平等，人命各有不同的價格，你身邊那少女的命相當値錢，這次我殺人收到的酬金是歷來最高，只怕國家也負擔不起……嘿，只要有錢，惡魔也會被尊重。」

「你放屁！」

賴飛雲握緊劍柄，用劍尖指著王琥。

王琥聳聳肩，冷冷說道：「你以爲只有你認識政府的高官嗎？我也認識不少。嘿，無論在世上任何一地，能大富大貴、攀到高位的成功人士，你以爲是好人多還是壞人多？中國歷朝最成功的統治者哪個不是心狠手辣、殺人如麻？做壞事、耍手段，才可以成功，這才是永恆不變的眞理。」

連賴飛雲也不得不承認王琥所說的是整個社會的現況，可見王琥平日不是只顧殺人，其實也是個關心時事的殺手。

王琥笑了笑，接著說：「你不會奇怪嗎？一直以來，我爲甚麼可以肆無忌憚地殺人？嘿，你自己想想，我收費這麼高，請得起我的都是些甚麼人？」

賴飛雲暗暗也覺得奇怪，王琥再厲害，到底也是血肉之軀，哪有可能逍遙法外二十年？

「莫非……」

王琥含笑不言。他的微笑就是最好的回答。

權力，就是包庇，才是眞正的金鐘罩，比任何防彈衣都更要管用。

王琥說這話時，竟是理直氣壯、大義凜然，理屈詞窮的人居然是賴飛雲，現場的氣氛眞是詭異到了極點。

凌厲的風一掠而過。

剎那間，王琥已來到了面前——

快得超乎常理！

18

頃刻間，王猇的右手快要觸及賴飛雲的脖子。

只差一點，上半身最脆弱的脖子就會被扼成粉碎。

但賴飛雲反應迅捷，而且眼明手快，閃電也似地舉劍上挑，又銳又準地刺中王猇的手腕。王猇伸出的右手偏向一邊，賴飛雲又乘勢側躲，所以王猇那一抓完全落空。

一招未完，王猇的下一招已接踵而至，左手如舞爪般凌空劃來，出手之快幾乎沒有時間上的間隙。

純粹因爲僥倖，賴飛雲正要後躍來拉開距離，才恰好躲過王猇的突襲，眞是險到一個間不容髮的地步。

縱使如此，賴飛雲感到肩頭疼痛，一瞥眼，才知自己的左肩已經掛彩，衣衫由鎖骨至胳膊被割出長長的一口子。

「咦！」

王猇似乎也有一絲驚訝，自己的殺著竟被連續躲過。而事實上根據往例，在世上能閃避他攻擊的人絕無僅有，在他手下能夠存活的「獵物」更是一個也沒有。

只見王猇所戴的手套指尖上有特製的微細刀片，在他躡影追風的出手之下，便鋒利得有如獅子的利爪，輕輕劃過，已可輕易將人的脖子一斷爲二，簡直是殺人於無形。

那是一雙惡魔之手。

王虩再攻。

賴飛雲刻意保持距離，又全心全意死守，竟然可以連番避開王虩的極速快攻——但每次都躲得很險，也不是完全避開，他的身上衣衫綻開，又添兩條斜斜的血痕，可見王虩之快，實在是超越了人體的極限。

力大無窮，行動如豹。

賴飛雲身懷異能，所以馬上想到王虩必然也是個天賦異稟的異能者，否則單憑赤手空拳就可以傲立江湖十多年，怎麼說也太過誇張了。

要不是巫潔靈在場，賴飛雲早就逃跑了，現在打不過又逃不得，眞是進退兩難。

賴飛雲自知再守下去必死無疑，觀察天橋上的環境，心生一計，閃躲的同時，一個箭步俯身跨出，搶到垃圾箱旁。他是左手握劍的，這時右臂發揮磁力，便牢牢黏住了垃圾箱，轉身一舉起，咯噹一聲，正好擋住了迎面而來的王虩。

賴飛雲就像衝鋒陷陣的騎兵，將垃圾箱當作盾牌，黏在臂上，再乘隙向王虩刺出一劍……雖然垃圾桶裡的垃圾非常臭，但爲了保命，他也顧不了那麼多。

一陣風地來，一陣風地去，王虩倏然退到後面，定眼瞧著賴飛雲正在施展的特技，忍不住衝口而出：「咦！你也是擁有『古血統』的人？」

王虢嗅一嗅手套上的血，面色驟變，突然自語：「而且是『天使血統』……這樣的話，絕對留不得！」

他的話匪夷所思，旁人絕對無法聽得懂。

就在王虢一恍神之際，賴飛雲大喝一聲，向他連攻了三劍，分別是「陸斷犀象」、「百鈞弩發」和「崩浪雷奔」，全是他所學劍法中最精妙的殺著。

但都被王虢一一躲過了。

千錘百鍊的劍法如此輕易被破，賴飛雲心中一凜，想也不用多想，便知道自己絕非眼前這魔頭的對手。

縱使自知勝算極微，他也打算賭命一搏，賠上自己的命，也要保護巫潔靈的安全。

賴飛雲透過接觸，可使鐵製的垃圾箱磁化，逆行磁場，再使勁甩手一擲，右臂上的垃圾箱便如炮彈般側向轟出，沿著橋欄平飛向王虢。

天橋狹長，橫向空間不多，如此一來，王虢一定會躲到左邊。

果然如賴飛雲所料，王虢向左邊閃身。

賴飛雲不顧一切，抱著同歸於盡的打法，上身全無防備，跨躍而起，由上而下，使盡全力向王虢劈出了凌厲的一劍。

王虢一掌就接住了賴飛雲的劍。

賴飛雲虎口作痛，感覺就像劈在巖岩之上，幾乎就要握不住整柄木劍。

然後——

木屑紛飛！

鐵樺木是最堅硬的木，比普通鋼鐵還要堅硬，但在王猇強大的力量之下，竟然像脆餅一般折斷，轉瞬間被捏成無數碎塊。

在漫天木屑的密雨中，賴飛雲雖然身處險境，但一著地馬上隨機應變，提著半截斷劍，霹靂似地直砸向敵人的脛骨。

那是人體腳部最脆弱的地方之一。王猇中招後，竟也站不穩，身子微微下沉。

難得有了半秒的空檔，賴飛雲沒有錯過時機，仆地後滾到巫潔靈腳邊。

賴飛雲抱住巫潔靈，躍下天橋，在半空翻身，背向下墜，天空頓時旋轉到正面。與此同時，一輛大貨車穿過橋底出現。原來賴飛雲就是看準這時機，再在背脊快要碰到車頂的一刻，隔空散發出人體磁場，雖然僅是懸浮了一瞬間，卻已卸去了所有直墜的衝力。

兩人便似揹著降落傘般，墜落在貨車頂上。

風吹得正急。

而王猇在天橋上的身影亦變得愈來愈小，到最後隱沒在深不見底的黑夜裡。

19

晚間的風很大，夜班的貨車司機也喜歡與風追逐，但這也正合賴飛雲的心意，盡快愈逃愈遠。

首都北京的夜也是寧靜的，一壺月光傾洩而下，再加上鬼火似的路燈搖搖欲墜，本來煙濛霧晦的幽夜，就由深黑變成了奼紫的色調。

車頂上風大，加上車速甚快，巫潔靈害怕從車上掉下去，便死命地捉緊賴飛雲的臂彎，某程度上就是躺在他的懷裡。而賴飛雲毫不在乎男女之嫌，也緊緊摟住她，由於他可以用磁力黏住車頂，所以兩人其實坐得很穩。

賴飛雲望著手中的一截斷劍，默默想道：「眞是僥倖！要不是恰好有一輛大貨車經過，相信我們早已身首異處……那個王猇名符其實，眞是個怪物！」

雖然死裡逃生，但賴飛雲和巫潔靈都知道，他倆尚未眞正脫險。

王猇爲保「百分之百的殺人成功率」，一定還會追上來的。

「後海那邊的店關門了嗎？我們還去不去？」

聽到這番話，賴飛雲愕然地瞧著巫潔靈。這種生死時刻她竟然還有心情掛念玩樂的事，而且半點也不像說笑……他對她眞是不得不服了。

賴飛雲白了她一眼，低聲問：「妳眞的不怕死啊？」

巫潔靈淺笑道：「當你看得見靈魂，就會相信死後有另一個世界，就不會覺得死亡可怕……人生在世時，也不敢做出任何壞事呢。」

此話只教賴飛雲微微一怔，難以相信這番深具哲理的話，竟會出自一個十四歲少女之口。

現今世道，人人都不相信神佛，也不相信因果報應，所以才會縱情現在，作惡多端，只求逸樂一時，以爲朝夕富貴就是一切，哪管死後是下地獄還是去極樂世界？所以巫潔靈這番隨意說出來的話，反而發人深省。

「不過，雖然我有這樣的想法……看見自己珍惜的人去世，我還是會覺得很難受……」

巫潔靈露出憂傷的眼神，賴飛雲這才發覺，原來她也有多愁善感的一面。

驀然間，他想起她遇見王猇時的神情，便問：「對了，妳看見王猇的靈魂了嗎？爲甚麼妳當時那麼害怕？」

巫潔靈這時才知道那人叫王猇，一想到他，不禁打了個冷顫，瑟縮道：「我當時眞的很害怕……我見過不少壞人，但從未見過那麼血腥的靈魂……他簡直是一個比惡魔更加惡魔的惡魔。」

「妳看見甚麼了？」

「一座山。一座很大很大的山，比當時他身後的房子還要高的巨山。而山上堆滿了屍體……也可以說，那是一座由屍體堆積而成的山，血流成河……我甚至可以聽見那些慘死怨魂的哀鳴，眞的很可怕……」

巫潔靈如此描述出來，令人不寒而慄。

就在此時，身下的貨車逐漸減速，慢慢駛入一條僻靜的車道，四周黑漆漆的，只有兩盞車頭燈在前方照出光芒。

然後貨車駛入一座貨倉，到了目的地。

從現場環境來看，這裡屬於一家木製家具公司的廠房範圍。可能因爲時值深夜，工人都下班了，貨車裡的司機下車離開後，倉庫裡空無一人，照明燈熄滅後，室內就只剩下幾行黃澄澄的月溪。

賴飛雲抱住巫潔靈，沿著貨櫃的側板滑下地面。

暫時來看，他們算是安全了，這種僻靜的地方正好當避難所，讓他們好好過上一夜，等到天亮再想辦法求救。

賴飛雲向巫潔靈道：「賈大哥這麼厲害，一定有辦法找到我倆的。」

巫潔靈聽了，笑著點點頭。

一下車，賴飛雲在倉庫裡走了一圈，找了塊大布給她披上。然後又搬了張形狀奇怪的白色時尚椅過來，叫她好好坐著歇息。但巫潔靈沒有乖乖坐下，卻道：「我要去尿尿。」說得面不紅耳不赤。賴飛雲只得呆呆看著她走向廁所，心想只有一個入口，他守在外面應該不成問題。

倉庫外面，也是冷清清的，就像步入一片灰茫茫的世界裡。

提著半截斷劍，空地上踏影觀天。

月光下，賴飛雲想起童年時在破屋井邊練劍的時光。

他不停尋思與王虓對決時的情況，想來想去都是同一個問題：「要是再跟他對上，我有沒有取勝的辦法？」模擬當時的處境，揮出幾招，賴飛雲深深嘆了口氣，又想：「不行！『筆陣第一劍』已是我最快的劍，連這招也被他破了，其他招式一定不管用！」

原來賴飛雲最後傾盡全力對王虓刺出的一劍，就是「筆陣第一劍」。正常來說，那招快劍別說是閃躲，連伸手擋架也是困難萬分的事——但當時王虓居然可以赤手抓住他刺出去的劍鋒，可見這超級殺手的速度，實在遠遠凌駕在他之上。

力量。速度。這兩項要素絕對左右勝敗。賴飛雲看出王虓所用的招數大有可能源自古武術，傷人只是其次，重點是殺人，所以全都是將人置之死地的殺著。正因爲王虓擁有壓倒性的力量和速度，便可將那些招數發揮得淋漓盡致。簡單就是最好的，這是某世界鉅商的格言，而王虓之強在於化繁爲簡，每招都是直截了當，但一招接著一招連續使出，卻會生出驚世駭俗級的破壞力。

技藝。這是唯一可以勝過王虓的一點。

但是，舊的招式全不管用，一時三刻又如何自創克敵制勝的新招？

賴飛雲愈想，愈是灰心。

又練了一會，在寒夜裡出了一身汗，但他自覺愈練愈不像樣，便垂劍仰天沉思。

天上的星星閃爍霍霍，彷彿有甚麼要告訴他似地。

毫無頭緒之際，賴飛雲坐在門檻上，往昏暗的室內瞟上一眼，瞥見從巫潔靈小包裡露出一角的字帖集。他想到了甚麼，便過去拿起字帖集，隨便翻翻，看看能否從大師的書法裡尋獲靈感。

翻到某頁，突然有一幅字帖吸引住他的目光，那些筆跡蘊含有如厲鬼般的波磔點畫，而且因爲當中夾雜漢字以外的文字，方圓別緻，怪奇新穎，爲他帶來前所未有的視覺衝擊。

那字帖的書法家有個響亮的名字——

日本劍聖・宮本武藏！

20

賴飛雲學藝時，老是聽見師父發牢騷，痛罵現時的教育制度背祖忘宗，只重功利而忽略藝術薰陶。師父有一番感嘆的話，賴飛雲聽了至少不下十次：「唉！書法明明是中國的國粹，但現在書法寫得好的，都是日本和韓國的孩子。」

日語書法其實由平假名和漢字組成，而日本人將書法稱之爲「書道」。常言道，現在是中國的盛世，但賴飛雲的師父卻說眞正璀璨的中華文化都在過去，唐宋兩朝書法名家恆河沙數。師承王羲之，有感於張顛，獨創成一格，而賴飛雲的恩師正是從書法中領悟了劍法，兩道互通，皆因他堅信所有技藝之道殊途同歸，拿筆和持劍一樣，手至心至，登峰造極的境界就是心的意境。

而師父給賴飛雲臨摹練招的字帖碑本，絕大部分是震古鑠今的古人國產佳作，從來就沒有看過日本名家的書法作品。

賴飛雲也是到了今天才知道，鼎鼎大名的宮本武藏竟然也是個書法家。

這時在他眼前出現的字帖集，應該是本冷門的滯銷書，此書的編輯品味也有夠奇特的，亂湊亂拼一通，收錄了宮本武藏遺留在世上的字帖，因緣際會之下，就讓一個相隔四百年後的少年目睹一代劍聖的筆跡風采。

筆氣俏勁多變，常有出其不意的轉折。

墨到盡時未見窮，僻怪險絕，連綿不斷，又生出神機妙智的一筆，然而極爲奇怪的是，偶爾會出現有違常規的撇捺，力透紙背的筆勢並非完全貫通，感覺就像一心二用的人在寫字一樣。

賴飛雲的劍招來自書法，每當鑽研一份優秀字帖到了一定火候，就能從中領悟新的劍法，故此又名「書法劍」。

賴飛雲閱畢宮本武藏傳世的字帖一遍，隨即忍不住試演一招半式，不料出劍一波三折，招與招之間牽絲糾纏，根本不成章法。要知道懂得書法的人，看的不是整個字，而是整體布局構成的美感，正是字與字互相連接的「行氣」。使劍也是一樣的道理，剛就是剛，柔就是柔，或快或慢，都不能摻雜，然而賴飛雲現在嘗試將宮本武藏的筆法化爲劍招，招與招之間無法連貫，「行氣」常常斷掉，此情況自他練劍以來從未遭遇過，實在稀奇古怪得很。

練到中途，賴飛雲自覺練不下去，但始終想不透問題何在：「爲甚麼會這樣？」

賴飛雲廢然長嘆，回眸一望，卻見巫潔靈正蹲在門檻上看他練劍。賴飛雲剛剛忽略了看護她，於心有愧，便關切地問：「妳是甚麼時候回來的？怎麼去了那麼久？」

巫潔靈一笑道：「我在倉庫裡迷路了，碰到一些鬼，和他們聊了一會，所以現在才回來。」

賴飛雲也不知道怎麼接話，便又將目光放回劍尖上。她打了個大呵欠，瞧著賴飛雲一臉專注的神情，禁不住問：「你很努力啊！一整天那麼累，到了晚上還在練劍。你這麼拚幹嘛？會升官加薪嗎？你眞是個怪人呢。」

明明她自己才是怪里怪氣，卻罵別人是怪人……賴飛雲也不知好笑還是好氣，但倒也沉得住氣，向她解釋道：「我答應過的，我要保護妳。」

這番話眞是他的心聲，所以說得相當自然。

巫潔靈聽了，一雙水汪汪的眼睛，發亮地凝望著賴飛雲。

「你剛剛那句話太『酷』了！可以再對我說一遍嗎？」

她一副情深款款的樣子，竟教賴飛雲感到尷尬不已，一時不知所措。

結果賴飛雲沒有理睬她，回到倉庫裡，思緒終於回到正事上頭，再由頭到尾細看那份字帖。巫潔靈就是愛纏著他，好奇他在看甚麼，湊近到背後，看了一會，冷不防吐出一句：「宮本武藏？是不是會使『二刀流』那個宮本武藏？」

「二刀流？」

「對啊！我的日子那麼無聊，看過不少漫畫和日劇，打發時間眞不容易……我很喜歡井上叔叔畫的《宮本武藏》呢。哈，我就是喜歡有男子氣概的男人，你加油的話，或者我會愛上你呢。」

賴飛雲心中大喊：「鬼才要妳愛！」轉念又想，或許可從她口中知道多些關於宮本武藏的事，便一本正經地問：「我問妳的是二刀流的事，妳別離題好不好？二刀流到底是甚麼東西？」

巫潔靈對他做了個鬼臉，嗔道：「你對我這麼凶，我才不會告訴你呢！」

賴飛雲受夠了她的氣，也懶得再理會她。聽到二刀流的名稱，隨即就聯想到是雙刀的意思。日本刀雖然名曰「刀」，但其用法沿自劍道。在倉庫裡，賴飛雲找了兩條長度相等的木條，將就一下，打算改用雙劍的方式來演練宮本武藏的書法帖。

弦月如鉤，賴飛雲走到外面，重新開始試招。

其實他左右手使劍都行，出招初期，漸入佳境，感覺比上次稍微好了點，可是如果切實依照字帖上的筆勢去做，筆鋒合交之處就會互相碰撞，啪嗟一聲，有好幾次差點砸爛木條，結果使來使去都不像樣，怎樣也練不成。

賴飛雲默想了一會兒，還是不得要領，眼見時候已經不早，便回到倉庫睡覺。

貨倉裡恰好有木床，可是只有一張。

只見巫潔靈已在床上睡眼惺忪，半夢半醒。賴飛雲替她蓋好布被，正想離開床邊，在地板上躺睡，她卻忽然扯著他的袖子，輕聲呢喃：「這裡有很多幽魂啊，從未試過有這麼多幽魂陪我睡覺呢……我很不習慣。」

賴飛雲縱使不怕鬼，也好沒來由地直冒冷汗，彷彿有一陣涼氣滲透到他的背脊裡……

「這裡……為甚麼會有幽魂？」

「在中國的工廠打工壓力很大吧……三不五時就會有人自殺……」

朦朦朧朧間，巫潔靈說著夢囈一般的話，又用央求的目光看著他。

「陪我，我怕怕。」

賴飛雲嘆了口氣，就躺在床上的另一邊，讓她牽著他的衣袖，卻與她的身體隔著一小截距離。

從窗框鐵欄灑下的月光，映照在這對男女的臉上。

就這樣，兩人當天是第一次見面，當晚就睡在同一張床上，幸好他倆都是心無邪念的人，要不然發生了甚麼有違「三綱五常」的事，男方就要接受國家的審判和制裁，最糟糕的情況就是被送去打靶。

在兩人未察覺的情況下，死亡正逐步向著他倆逼近……

21

瀟瀟雨，葉嘯入夢，肅謐的夜在水的洗滌下漸變清晰。

不知從何時開始，外面下了一場夜雨。

巫潔靈驀然醒來，四周是一片不熟悉的環境，灰沉沉的貨物林立，沁肌的濕氣令這個地方變得格外幽冥。

只見床上另一邊的賴飛雲依然熟睡。

她悄無聲息地下床，在透窗而入的月光下摸路前往廁所。她差不多全醒了，用好奇的眼珠探索這個紛紜雜沓的世界，彷彿四肢上的無形枷鎖全沒了，每呼吸一口空氣都是自由清新的。

這次逃亡的經歷驚險萬分，對她來說必然是一生難忘的回憶，幾乎每分每秒，都有種心臟病發的感覺，但確是非常好玩。

倉庫裡，半夜無人，卻有飄蕩的幽魂。

巫潔靈碰見的是一個叫阿玲的年輕女工。之前跟她聊過天，知道她是在二十六歲的時候過世的。她長得不算美，但應該也不算醜，至少她的前男友敢在明燈下和她親熱……其實甚麼是親熱，巫潔靈是一知半解，她平時所用的電腦有一個叫「黃壩」的網頁過濾軟體，根本就不容她接觸到這方面的黃色資訊。

阿玲是跳樓死的，因爲這死法最簡單，想死便死，連買繩子的錢也可省下。她說，她也曾擁有過絢麗多彩的青春，但畢業後找工作眞的很難，不巧整容又失敗，在被包養條件不足的苦況之下，只好到這爛工廠打工，攢錢來報答父母養育之恩。一想到自己的青春和人生要在這呆板的工作環境中枯萎，未來沒希望，她就寧可死掉算了，否則如果晚死一步，公司取消了替員工買的保險，賠償一分錢也得不到，她就是對不起養育了自己二十年的父母。

巫潔靈同情她的遭遇，自殺的靈魂是最可憐的，死後不得超生，只得在身亡處遊蕩徘徊，因此有個叫「地縛靈」的別稱。巫潔靈待在房子裡已覺有夠悶了，但她可以上網和亂買一切她想要的東西，失去自由也總有法子來消磨時間。

當晚夜闌，巫潔靈再遇見阿玲，卻發現狀況異常。

阿玲和其他幽魂互相瞧不見對方，卻都瑟縮在離窗較遠那端的角落，各自無聲無息地顫抖，那種來自魂魄的「恐懼感」，就連巫潔靈也感受得到。

巫潔靈未見過這樣的事，感到一陣迷惑和惘然。

「妳是不是也覺得很不自在？」

賴飛雲原來也醒來了，他站在她的身側先出聲，免得嚇壞了她。賴飛雲這麼一問，顯然連他也冒出一股不自然的感覺。

賴飛雲想了想，就牽著巫潔靈，帶她走上二樓平台。

此倉庫其實只有一層，但樓頂甚高，就圍繞內牆搭建了一層鋼架平台，而二樓平台有一部分外露到室外，恰如長廊式的陽台，從那裡可以瞧見廠房內庭的光景，而這廠址上合共三幢建築物。

賴、巫兩人躲在平台上，不敢伸出頭，透過小隙窺探地面的動靜。

在滂沱大雨之中，有個穿著古裝的男人在內庭裡走動，烏髮以至褲腳濕透，有如陰魂不散的鬼魅，晃來晃去，在搜尋甚麼似地。

那個殺氣騰騰的人正是王琥。

恐懼由內心深處泛起，賴飛雲全身如被冰水澆了一下，驚想道：「他是怎麼尋到這裡來的？我倆躲在倉庫裡的事我根本沒有通報，就連警方也不知道……他居然知道我們的行蹤，這簡直不可能。」他與巫潔靈面面相覷，俱是百思不解。

但更令賴飛雲想不透的，是王琥既然已經找到這裡，為甚麼不馬上闖入倉庫，而要待在外面晃蕩？以他的速度，要在無處可逃的空間殺人理應輕而易舉。

下面的王琥每走一步，賴飛雲的心就猛然跳了一下，真是一步一驚心。廠房的範圍不大，再依王琥行走的路線看來，他會過來這邊只是遲早的事。

如果他倆無法解開王琥如何得知行蹤的奧祕，恐怕躲到哪兒，王琥也會有法子尋來，繼續奪命追魂一般的追殺。

巫潔靈也是一樣的心思，在沉默中沉思。

忽聞數下狗吠聲。

那兩隻黑犬發現了外人，便吠了起來，嘶吼般的叫聲衝破了雨聲。那兩隻狗惹著了王琥，連悲吟聲也來不及發出，瞬即就變成了兩灘軟泥似的東西，血水摻雜著雨水，在濕地上合流出半淡半濁的水墨情調，為寂夜添加了詩意。

夜雨淒迷，有股說不出的恐怖。

巫潔靈心念一動，因為狗而聯想到了甚麼，搖搖賴飛雲的肩膀。等他回過神來，她對著他連續做了幾個動作——先是指了指樓下的王猇，接著指向自己的鼻子，最後再在賴飛雲與她之間指來指去。

賴飛雲並非魯鈍的「牛皮燈籠」，當她指著鼻子，隨即恍然大悟：「哦！王猇能找到我倆，是因為他擁有和狗一般敏銳的嗅覺！這麼說……如果不是剛好下了一場大雨，清洗了我倆沿途留下的氣味，他又豈會一直不知我倆確實的位置？我倆早就在睡夢中身首異處了……天呀，這次真是走狗運了……」一想到這裡，不免出了半身冷汗。

現在他們的處境岌岌可危，就像在玩一場「死亡捉迷藏」。

看來王猇的五官異於常人，由此推敲，不難想像他也擁有超人一般的聽覺。

賴飛雲和巫潔靈身處二樓，此倉庫本來有幾個出入口，但現在只剩內庭彼端的出口是暢通的。倉庫對著內庭的大捲門緊鎖，縱然可以啓動按鈕打開大門，但發出的聲音一定會驚動王猇。

即是說，王猇一定要繞到另一邊，才可以進來這幢倉庫。

賴飛雲盯著下面門口崗亭那邊的腳踏車，心想唯今之計只有等王猇離開下面的大庭，然後由他抱住巫潔靈沿水管攀到地面，再小心翼翼走到那邊上車，展開一場披星戴月的腳踏車逃亡之旅。

但這個如意算盤根本敲不響。

王虓的行爲出人意表，他瞪向賴飛雲所在的倉庫內部一眼，然後邁步走來，竟視眼前的障礙如無物，打破了玻璃，扯開了防盜欄，穿行無阻地闖了進來。

22

王猇已在下層。

賴飛雲突然被殺個措手不及，萬萬沒料到王猇兵行怪著，竟會不按常理闖入這倉庫裡。但細心一想，又覺王猇果然是個老練的專業殺手，盡量避免自己的視野出現盲點，走最短的路線，用最直截了當的手段，向自己的獵物撒下天羅地網。

殺人成功率百分之百的殺手，並非浪得虛名。

假如被賴飛雲和巫潔靈逃脫，這神蹟一般的傳奇數字就會破滅，王猇拚命追殺，就是絕對不會讓這種令他名譽掃地的事發生。

「這下如何是好？」

賴飛雲心中斗然亮起這個聲音。

倉庫只有一個出口，位於王猇身處的下層，而且是在最遠的另一端。倘若要從階梯這邊下樓，再避開王猇奔到出口，這樣的事絕對難過登天；賴飛雲也有想過，循眼下內庭這方向逃走，可是內庭有照明，較倉庫內部光亮得多，只要王猇的目光透過樓下那排窗口看出去，他倆的行蹤無所遁形，接著必死無疑。

不幸中的更不幸，就是賴飛雲必須借助外牆的鐵管，才能帶巫潔靈降落地面，一下去就是窗戶的位置……周圍除了鐵管之外，已再無其他看起來含鐵的東西。

倉庫裡有賴飛雲和巫潔靈的氣息，假如王虓真的是靠嗅覺追捕目標，那他一定很快就會尋過來這邊，所以現在正是分秒必爭的時刻，走錯一著就要葬身在工廠裡，很不浪漫……

一個決定足以定奪生死，賴飛雲委決難下。

這樣不行，那樣又不行，前無逃路，後有追兵……賴飛雲暗自衡量利害之後，雖然明白機會渺茫，也只好賭王虓看不見他倆，朝內庭衝出外面。

「慢著！」

巫潔靈沒有說話，但她眼色中彷彿流露出這個意思。就在賴飛雲要揹起她的一刻，她反而倏地扯住他的臂膀，水汪汪的雙眼認眞地凝望著他，再指向外面鐵管的頂端，重複了兩遍，比了個手勢，竟是叫賴飛雲帶她攀到上面。

難道上方會有路？

賴飛雲無暇多想，便依她所言去做，揹著她之後，冒雨爬向上方，直達樓頂。

樓頂上根本無路可逃，連躲藏的地方都沒有。

上來頂層不久，就聽到一陣破門而出的響聲，凜慄嚇人。不消多說，想必是王虓用了很粗暴的手法闖門。賴飛雲和巫潔靈連氣也不敢多喘一口，心臟膨脹得幾乎要撐破肋骨似地，那明明只有十多秒的時間，卻彷彿有等候一個女人化妝那麼長。

王虓沒有上來。

細聽他的腳步聲，好像離開了二樓平台，下去底層，往另一個方向去了。

在大雨下，賴飛雲和巫潔靈你看著我，我看著你，雖然還是不敢吐氣說話，卻在心裡釋懷笑了出來。全靠巫潔靈一番提醒，賴飛雲才想到還有「留在原地」這個選擇。

正因爲倉庫的入口只有一個，王猇搜遍整間倉庫也找不到兩人，便會以爲他倆早就從那個門口離開此地。因爲一場大雨，掩藏了他倆身體留下的氣味，就算王猇的行爲和言辭再乖戾也好，也須按常人的邏輯來思考，在不知道兩人躲在上面的情況下，理所當然就會馬上往另一邊追出外面，風流雨散，他根本不知賴、巫兩人是不是眞的逃向那方。

天降甘霖——

也許就是爲了幫助好人吧？

儘管賴飛雲覺得這想法很傻，他也很希望這個想法是眞的。

可是，雨好像快要停的樣子，長久躲在這裡也不是辦法，王猇一發現不對勁，早晚會回到這廠房裡。

將近破曉，另一幢大樓亮燈。

不久，捲門自動開啓，一輛裝滿貨物的卡車駛出，照常理推斷，應該就是開往市區的早班車。

賴飛雲和巫潔靈有了默契，對望了一眼，便一起下去潛伏，再偷偷上了那輛車。

23

大雨之後，天空放晴。

總算逃出鬼門關。

賴飛雲和巫潔靈藏身在車後貨物堆的夾縫之間，由於這並非有密斗的載貨車，視野一片開敞，可以一一觀察路上四周的景況。

賴飛雲一直盯緊從後方而來的車輛，確定不見王猇追上來，才漸漸放下心頭大石。

他心想：「時隔愈久，再加上車速這麼快，我倆的氣味早就散去，他的鼻子再靈也找不到我倆了。」另一方面，他不停在思索有甚麼方法可以聯絡上賈釗。

巫潔靈小歇片刻，這時醒過來了，明明瞧出賴飛雲正在沉思，卻故意插話來打岔他的思緒：「小怨哥，你愁眉苦臉的樣子，我看得心痛呢。你總共救過我三次，是我的救命恩人，就算你打不過王猇，我也不會因此看不起你。」

哪壺不開提哪壺，她原本是想安慰他，卻想不到出現反效果。對好勝的男人來說，一個女人如果說他比不上其他男人，而這又是事實的話，簡直就是徹底摧毀了他的尊嚴。

賴飛雲聽了，面色一沉，只是悶不作聲，樣子有點嚇人。

「小怨哥，你生氣了嗎？真小器……你的器量原來這麼小，難得你是我第一個大有好感的男人，再這樣下去，你在我心裡的分數就會變零蛋……」

「妳閉嘴好不好？」

賴飛雲眞的惱火起來，嚇了巫潔靈一跳。

她噘著嘴，頭側向一邊，眞的不說話了，甚至眼角好像有點淚光。

賴飛雲暗暗愧疚起來，亦自覺罵她不對，但又擱不下面子道歉……沉默了一會，他就開始逗她說話：「不過，眞的想不到呢，中國第一的超級殺手竟是個大怪人，嘴裡滿是歪理……」

「歪理？哪有？我覺得他說的話很有道理。」

賴飛雲怔怔地看著巫潔靈，摸不透眼前這少女，也不知她是在跟他鬥氣，還是眞的認同王猇那些顚倒是非黑白的怪道理。

一如先前所料，車子果然駛向北京市中心。

由外圍至內環，北京的道路網絡呈環形格局，所以市內的高速路網被稱爲「環路」，最外面是六環，二環以內則是一般橫平豎直的街道。權力核心就在首都的正中間，古乃紫禁城，今爲中南海，大有昔日各方國民向天子朝拜的意味。

巫潔靈一直留意風景，一駛入鬧市，只見高聳的樓房漸次擠逼，偶爾出現舊時代或劃時代的珍樓怪廈，老人商販、早出的人紛紛湧現，公車、轎車、貨車，呼嘯疾馳的車輛愈來愈多，都是一片歌舞昇平的盛世景象。

「咦！我認得這裡！這地方之前我坐車時曾經經過。」

巫潔靈突然驚呼了出來，又接著道：「對了，我昨晚看你對宮本武藏寫的字很感興趣。我沒記錯的話，國家圖書館就在附近。我在那邊有認識的人，那邊的書很多，我想借的都找得到。你要不要走一趟？」

賴飛雲沒想到她竟會關心他的事，心裡對她有些改觀，突然靈機一動，想到可以聯絡上賈釗的方法，便決定和她過去。

趁著貨車在紅燈前停下，賴飛雲便牽著巫潔靈下車。

由於未到圖書館的開門時間，兩人肚子又咕嚕作響，聞到包子香，便到巷口邊的店裡吃早餐。吃飽後，再起程。

繞過環碧繞翠的徑路，在白雲縹緲的天空下，彷彿來到一個鳥語花香的桃源，聳立眼前的巨大建築物就是國立圖書館。

巫潔靈一進去，就向服務櫃台的人打招呼，說要找一個人。櫃台小姐聽到那個人的名字，面色微微一變，但在巫潔靈再三催促下，還是硬著頭皮通報一聲，報上巫潔靈的名字。

不久，就有個衣著得體的男人走出來，年紀應該不小，但頭髮沒有稀疏。他一瞧見巫潔靈，目光陡地大亮，然後笑呵呵打招呼，和她輕輕抱了一下。

「幸好妳沒事啊！妳昨天失蹤了，劉先生很焦急，由中午開始打了幾通電話來，叫我一有消息就要通知他來接妳回家。」

那男人姓詹，溫文爾雅，說話風度非凡，一看就知是不簡單的人物，在館內的地位崇高。當他報上頭銜之後，賴飛雲才知道自己所料不差，但想不到這種連博士生都要聽他講課的厲害角色，竟然曾是巫潔靈的補習導師，她有緣向名師學習，難怪博學多才。

至於那個劉先生是甚麼人，賴飛雲問個明白，才知道是巫潔靈的管家。

賴飛雲向詹先生道出來意，解釋了一些情況，然後請求道：「詹先生，我知道國家有一套電腦加密通訊系統，只給高官或特別授權的人使用。我猜想得沒錯的話，你的電腦裡也有這套系統，如果方便，可以借我用嗎？」

詹先生點了點頭，也相信這個與巫潔靈同來的少年，便領著他們進去自己的辦公室，讓賴飛雲用他的電腦，發了一封密函給賈釗，通知他來國家圖書館這邊會合。

反正在等待期間無事可做，賴飛雲便和巫潔靈去找宮本武藏的書法帖集。圖書館設備先進，尋書的過程比想像中容易，當賴飛雲捧著四本書回來時，眞的很想大呼一聲：「感謝黨！感謝國家！」

賴、巫兩人就在詹先生的辦公室裡坐著。

看了一會，賴飛雲依然毫無頭緒，想不通如何可以將一代劍聖的書法演化爲劍法。巫潔靈在他身邊團團亂轉，他叫她去找兩條差不多的長條，她便帶了兩個馬桶通便器回來，還要逼他用這麼怪的「武器」示範劍招。

半晌後，辦公室的門被人從外面打開了。

開門的人是詹先生，他身旁站著一個看來很年輕的中年男人。

「劉哥哥！」巫潔靈對他露出開朗的笑容。

原來他就是管家劉先生。

賴飛雲主動過去和那男人握手。

就在握手的一剎那，賴飛雲使出極快的擒拿手法，反手一扳，制住對方的關節，將那男人推到牆邊，再厲聲問道：「你到底是甚麼人？」

24

在場的巫潔靈與詹先生目瞪口呆，完全不明白賴飛雲的所作所為，無法理解他為何要對初次見面的劉先生出手。劉先生是個文弱青年，身穿棕色棉外套，線紋襯衣內襯無袖夾克，怎麼看都不像為非作歹的壞傢伙。在賴飛雲從後箝制之下，他面露吃痛的表情，卻沒有回答問題的意思。

賴飛雲向詹先生道：「詹先生，你確定他是昨天中午打電話給你，說一有巫潔靈的消息就要通知他……這沒有錯吧？」

詹先生用力點頭，答道：「嗯，沒錯。」

賴飛雲道：「那樣的話，當中大有古怪呢……我的上司賈釗是個考慮周詳的人，人生宗旨是『大事化小，小事化無』，出了意外，一定封鎖消息，非必要時也不會驚動他人。再者，賈大哥信任我，他當時委託我照顧巫潔靈，計畫與我會合，試問又豈會將此事鬧大，將她失蹤的消息告知警方以外的人？總而言之，他實在值得懷疑。」

那劉先生依然隻字不答，既不承認也不否認。

賴飛雲忽又對巫潔靈道：「妳行蹤暴露的事，很有可能就是他洩密的。」

巫潔靈入世未深，難以相信世間會有背主賣友的事，用一雙悲傷的眼睛看著劉先生。劉先生不作任何辯解，卻垂著頭，不敢直視她。

巫潔靈靜靜看了一會兒，始終想不明白，便向眾人問道：「不可能呀，我看得見劉大哥的靈魂，他並不像壞人啊……」

詹先生似乎也知道她的奇能，便問：「他的靈魂像甚麼？」

巫潔靈嘀咕道：「我看到的……是個古人。」

古人？賴飛雲與詹先生俱感困惑。

就連巫潔靈也不知怎麼解釋下去，詹先生想了一想，便接話道：「也不一定！妳忘了嗎？之前妳曾看過一個宗教狂熱分子的靈魂，他堅信自己所做的事是對的，只要他從來沒殺過人，沒做過罪大惡極的事，他的靈魂看起來也和正常人無異。」

反正靈魂學就是難以理解的領域，大家也不再就此討論下去。

便在此時，劉先生口袋裡的手機響了。

賴飛雲雙手緊扣著劉先生，便拜託詹先生幫個忙，將手機取出，接聽後再設法查探對方來歷。

來電號碼是個匿名，沒顯示出來。

「喂？小劉？今晚的飯局你能來嗎？」

本來只是平平無奇的一句話，一般人聽了也不會覺得有甚麼蹊蹺，但賴飛雲猛然一震，認得這聲音自己之前聽過——竟然就是那個劫囚車犯蒙武的聲音！

電話另一端的人察覺有異，匆匆就掛線了。

賴飛雲勒緊劉先生的關節，在他耳後大喝：「九歌！你和九歌有甚麼關係？」

劉先生「哼」了一聲後，突然冷冷吐出一句：「王猇知道這位置了，難道你們不怕他嗎？」

賴飛雲和巫潔靈聞言，頓時面色大變。不論對方所言是虛是實，他倆的行蹤已經敗露，此時形勢可謂十分危急。

雖然早就擔心過這一點，但賴飛雲實在難以想像九歌的人手段如此高明，處心積慮，竟是針對一個靈媒少女而來。

賴飛雲深覺此地不宜久留，就向詹先生道：「你有沒有車？可以借車一用嗎？」

詹先生道：「我的車有點舊……對了，劉先生是開跑車來的，你可以用他的車。」

賴飛雲相信詹先生是可信之人，事態緊急，急急用辦公桌上的文具寫了張紙條，交到詹先生手中。

只見那紙條上寫著：「今晚八時，在痔瘡見。」

顯然「痔瘡」是一個地點，但詹先生見字只感到詫異，想來想去，也想不到北京哪裡會有一個叫「痔瘡」的怪地方，聽起來更不像是任何街巷或大廈的名字。詹先生心想：「這可能是他與上司之間的暗號，我也不必深究。」於是，在賴飛雲離房之後，他利用官方的內部加密通訊系統，幫他傳了這個訊息給賈釗。

這時候，賴飛雲正押著劉先生出去，後來嫌他走得慢吞吞的，便打暈了他，將他橫揹在肩上，與巫潔靈一起急奔向前。

兩人來到外面停車處，根據詹先生的指示，劉先生的車就是蔭下那鮮紅色的雙人座跑車。那種車，就是不懂汽車的人也知道是無數男人夢寐以求的名貴跑車。賴飛雲想不到這個外表不似富家子的傢伙眞的這麼有錢，可是跑車只有雙人座，便只好委屈一下這個車主，將他放在緊緊鎖上的後車箱裡。

踏下油門，衝出大路。

早上明明是大晴天，現在卻變了天，天氣晦暗，白天黑得像午夜，就像暴風雨要來的前夕。

「交通擠塞」是北京的特色之一，有人說從東邊到西邊見一個朋友，預計三小時的車程絕無半點誇張。

賴飛雲縱使駕駛超級跑車，也是毫無用武之地，飆了一陣子，又要煞停，令人好不氣餒。

巫潔靈之前撿到的錢都花得一乾二淨了，現在手上有劉先生的錢包，便笑呵呵地說要去吃大餐。

結果，賴飛雲帶她去一家保全嚴密的「奢華情侶賓館」吃飯，他會知道這地方，也是因爲之前曾經來調查案件。

後車箱的劉先生也醒過來了，賴飛雲從他身上問不出甚麼，便用膠帶封住他的嘴巴，再綁住他的雙手雙腳，然後一記手刀打暈他。賴飛雲打算將此人交給警方處理，說到底還是那邊盤問疑犯的設備較爲齊全。

賴飛雲曾想過直接將巫潔靈送到總局，但礙於她的身分特殊，極有可能涉及國家機密，又擔心敵人在總局附近會有埋伏……所以他還是打消這主意，由賈釗來安排好了。

等到差不多的時候，兩人才上車，再度乘車上路。

賴飛雲爲了逃避敵人的追蹤，又爲了給賈釗足夠的時間策畫，於是開車兜來轉去，繞了好大一圈，才眞正朝與賈釗約定的地點出發。

兩人的目的地，竟是一幢像「大褲衩」的龐大建築物。巫潔靈在照片上看過，曉得它就是新建成的中央電視台總部大樓。

但大樓旁仍是一片工地。賴飛雲將車子駛向工地入口，內裡的人似乎早就知道會有紅色的跑車到來，竟沒有多問，就讓車子駛入。賴飛雲也就確信賈釗已成功解讀了他的「暗號」。

車子停在一旁，巫潔靈跟著下車，來到一片空地上。

「爲甚麼賈釗看了你紙條上的字，會知道要在這裡約見？」

賴飛雲沒有立刻回答她的問題。

他一直仰望傍晚的天空。

烏雲下，出現一架直升機。

八時整，眞是來得分秒不差。

軍用直升機裡的人是賴飛雲認識的警方同僚，亦是賈釗的親信。

原來賈釗派了直升機來接送兩人，場面浩大，旁觀者不明就裡，肯定會以爲是電視台正在拍戲。

就在兩人以爲快要脫險的時候，一件不明物體襲向了直升機的螺旋槳。

25

直升機的螺旋槳被破壞，掉了下來。

離地四十公尺的高空上，直升機猶如一頭被射中的龐然巨鳥般急墜而落，在撞落地面的一剎那，如一團火球般轟然爆炸，燒得四周工地通紅一片。

賴飛雲早就帶巫潔靈逃到一邊，並叫她伏在地上，再用自己的身體掩護她。

火焰滔天，紅光流竄，其實焚燒的範圍並不是很廣，但已相當怵目驚心，直升機裡的人毫無疑問是死定了，葬身於火海之中，省掉了一大筆火化入殮的錢。

剛剛砸中直升機的東西，竟是工地裡的大瓦。

能夠從地面將那重逾百斤的大瓦擲上去的，賴飛雲只想到一個人——說得清楚一點，他是個力大無窮的怪物。

在入夜的黑簾烘托之下，火光異常鮮艷，如鮮紅色的血。

而在紅紅一片火光旁，有個身穿古裝黑衣的男人走了出來。

「你們知道我殺人時，爲甚麼一定要穿著古服？這是因爲，對我來說，殺人是莊嚴而又神聖的儀式……」

他對著賴、巫兩人露出一個詭異而又曖昧的微笑。

「假如上帝在我面前出現，阻止我殺人，我也會將他捏死。我只相信力量，因爲力量就是一切。」

那男人笑時面帶威嚴，說著一些似是而非的歪理。

他明明笑容可人，卻令人覺得恐懼無比。

賴飛雲不可能認不出那人，男人額上的觀音痣是顯眼的特徵。

全中國排名第一的殺手——王猇。

聽著王猇說話時，賴飛雲和巫潔靈根本不敢動彈。

王猇又出現了，而且渾身散發出吞噬天地般的殺氣。

賴飛雲馬上吩咐巫潔靈跑回車裡，他也知道對上王猇毫無勝算可言，但求拖得一時是一時，說不定賈釗可以調派戰車和戰鬥機過來，到時候王猇再強也敵不過一支機動部隊。

賴飛雲抱著以死一搏的決心，正面衝向王猇。

他手上唯一的武器，就是那斷了一截的鐵樺木劍。此劍是師父贈予之物，他一直捨不得丟掉，現在用它來應戰，總好過手無寸鐵。

王猇喉頭裡發出「哦」地一聲，倒也十分佩服對手的勇氣，但下手絕不留情，一下獅躍般蹬前而起，雙指直取賴飛雲的雙目。

賴飛雲伸出左臂招架，與此同時，揮劍直插王猇下腹。

到底是王猇快上一籌，他拔蹴而起，回身以飛腿踹向賴飛雲的胸口，半空中飄逸的外衣如禿鷹的長羽，招式華麗至極。

賴飛雲中招之後，往後倒飛，整個人在地上滑行數尺才可停下，背脊和手肘被磨得皮開肉綻，胸口疼痛難當，也不知肋骨有沒有斷掉。

惡魔正一步步朝賴飛雲那邊邁進。

王虢明明可以更快取命，但他偏偏要慢慢殘虐自己的獵物，以洩勞碌奔波了三十多個小時的心頭之憤。

「劍法，就是用來殺人的。你不想殺人，才用那柄爛木劍吧？哼，你有太多無謂的堅持，所以你是敵不過我的。不過，你很幸福，死在我的手上，向閻羅王報到的時候，你會很有面子。」

賴飛雲忍痛站了起來，終於明白正面迎戰並非上策，雖然只是交手過幾招，但王虢武術境界登峰造極，又仗著天生神力，和他徒手搏擊好比以卵擊石，只有死得更慘烈的份。

爲了拖延時間，賴飛雲只好捨棄尊嚴，全速逃跑，千盼萬盼，就是盼望王虢會追向他，而忽視了巫潔靈正藏身的跑車。

在空曠的工地上逃竄一會兒，賴飛雲乘機跑入建材堆之中。

王虢果然如他所料，追來了。

賴飛雲在一堆磚瓦膠管中左閃右躲，即使連遇險招，終究逢凶化吉，沒有被王虢那崩崖裂石般的快腿再次踢中。

隨手就有一塊不鏽鋼厚板，本來是用來當路亭的頂蓋，但賴飛雲順手拿來，就故技重施，以板爲盾，用來擋住王猇的攻勢。

但他想得太天眞了。

王猇的目光比他更加銳利，也更懂得借助地利，他竟然垂下雙手，後踏一大步，聳起肩頭，直接衝撞賴飛雲擱在身前的鋼板。

原來賴飛雲的背後有一大片玻璃。

砰地一聲！

玻璃立刻爆開，碎片橫飛。

賴飛雲側腹和後腰被爆開出來的玻璃片刺中，大傷口兩處，小傷口八處，血流如注，雖然不會立刻有生命危險，但如果不止血，只怕再過不久就會昏迷暈倒。

怪物！

惡魔！

「在死亡面前，人的力量是多麼薄弱！」

王猇冷眼朝疲弱的敵手唸出充滿詩意的句子。

在眞正的惡魔面前，賴飛雲只能繼續疲於逃命。

但王猇忽然晃到另一方去了。

原來突然來了一批武警的先鋒部隊，眼前的超現實場面令他們感到震懾無比，以致遲遲不敢動手，到他們眞正要動手時，已被王猇殺人不見影的手法一一割斷咽喉，死了足足六個。當他們倒下時，一個個的咽喉就像泉口，噴出一道道血柱，整片死屍橫躺之地宛如一片血的噴水池。

王琥用指牙撕破人體，就像用刀片割開一張張紙般容易，他快絕無倫的身法只有賴飛雲能勉強跟得上，一般人又怎能抵擋得住？

不過，王琥畢竟顧忌警方派來的人會愈來愈多，到時候亂彈掃射，恐怕難以脫身。爲免夜長夢多，還是不要再玩下去了。

他有了這番想法，眼神裡立刻掠過紅光，馬上就要追殺賴飛雲。

賴飛雲受傷不輕，武器又不順手，這下面臨大敵竟有徬徨無助的感覺，猶如被逼到絕崖一樣。

「小賴！」

突如其來的大喊，就像一道曙光。

賴飛雲目光一瞥間，只見背後那行車高架橋上，欄邊赫然站著一個身穿灰色長褸的男子，正是警官賈釗。顯然情況危急，路面又擠塞，他才將車停靠一旁，從橋上呼喊賴飛雲。其實聲音傳不到那麼遠，賴飛雲會發現賈釗，可能只是一種心電感應般的力量。

而賈釗手中握著的東西，竟是泰阿劍。

賴飛雲死命地跑向橋底，路面仍是崎嶇不平的工地。他滿腦子只是全速奔跑這回事，同時感到後方有股龐大的壓力步步逼近，即使不用看，也知是王琥正追上來。

賈釗算準時機，便鬆開雙手，手中的泰阿劍便垂直落向下面。

「接劍！」

只見那劍尚未著地，已被賴飛雲在半空中緊緊握住劍柄。

伴著拖曳長鳴的一聲，賴飛雲拔劍出鞘，鞘中的泰阿劍在磨擦之中閃出火星。

一旋身，就揮劍。

彷彿有道透明的光弧出現。

無形劍氣——

泰阿斬！

26

劍氣本來無影無形，但賴飛雲與王猇之間相隔一段距離，突如其來的一股風壓，竟令王猇立感不妙，倏忽間向橫急蹤。

恰好，他逃過了賴飛雲偶然揮出來的劍氣。

但王猇在那空中飄晃的長袖子，竟被切口整齊地割開了一段。

這一下也大大出乎賴飛雲意料之外。他是在危急之中胡亂揮出一劍，無意間能用泰阿劍發出無形劍氣，真是有如神助。

原來賈釗思慮周詳，擔心王猇那種人非常人能敵，不怕一萬，只怕萬一，就從科研院那兒借走泰阿劍，心想賴飛雲擅長用劍，又曾見識過此劍的威力，所以也許可以用上泰阿劍的神妙力量也說不定。

賴飛雲沒放過良機，乘勝追擊。

王猇一直以來只攻不守，現在竟要狼狽躲避劍招，對他來說簡直是生平前所未有的奇恥大辱。

賴飛雲暫時佔了上風，但心裡焦急萬分，想道：「剛剛能發出劍氣只是湊巧！現在無論我怎麼嘗試，也無法再揮出劍氣。泰阿劍的真正用法我始終不曉得……要是被王猇發現了這件事，他對我的顧忌一去，到時我還是敵不過他……」但想來想去，就是未能摸透當中的玄機，而一柄無法發出劍氣的泰阿劍，其實就和尋常的鐵劍無異。

兩人在高架橋下的陰影中展開生死廝鬥，工地早已被清場，而路人的目光全都集中在那堆仍在燃燒的直升機殘骸上，所以就算賴飛雲與王猇鬥得再凶險激烈，也只有巫潔靈和賈釗眞正關心那邊的情況。

王猇漸漸瞧出端倪，「哼」了一聲之後，身法有如龍飛鳳舞，反過來向賴飛雲進逼。在電光石火的一刻，他那隻「惡魔之手」已抵住泰阿劍的劍鍔，只差一步就可以成功奪劍。

賴飛雲一直將泰阿劍握在右手，左手握著的仍是鐵樺木劍，這時急中生智，根本沒有想清楚，就使上從「宮本武藏書法帖」裡學來的劍訣，旋劍向內畫了半圈，居然一擊得手，狠狠將王猇伸出來的手打開了。

賴飛雲僥倖脫險，心中一動，有如撥開一片雲霧看見光，就在亂打亂撞之下，好像想通了「二刀流」的要訣。

他隨即利用雙劍同時迎敵，左手攻勢未完，右手劍招突來，有時一劍守一劍攻，奇招迭出，之前練劍時無法連貫的招式，現在都可以發揮得淋漓盡致，竟逼得王猇後退了三步。

賴飛雲突然開竅：「竟然如此！」

宮本武藏是爲劍而生的男人，一生窮究其劍之道，而由他所創的「二刀流」早已失傳，箇中招式何等精妙，世人只能憑空想像。原來賴飛雲之前練來練去都練不對，並不是因爲他看不透宮本武藏的書法，而是因爲他所用之劍長度皆同。殊不知宮本武藏的佩刀是一長一短，有「大刀」和「小刀」之別，一明一暗，或取長補短，或以短護長，如此雙劍合璧，才能施展出攻守兼備的劍術。恰好多了一把劍，恰好鐵樺木劍斷了一截，賴飛雲才成功使此等劍法，三番兩次化險爲夷。

王虓愣然瞪著賴飛雲，實在想不到這小伙子怎會忽然間學會使雙劍，劍術又在短短一剎那突飛猛進，現在竟然幾乎可與自己匹敵。

縱然賴飛雲和王虓鬥得勢均力敵，但他有苦自己知，因爲他從「宮本武藏書法帖」上所學的劍法有限，等於臨陣磨槍，來來去去都是那幾招，一不小心被王虓瞧出破綻，吃虧的反而是他。

不管賴飛雲的劍招如何凌厲，都總是只差數釐才能砍中王虓。

要是賴飛雲手中的泰阿劍能發出劍氣，早就能砍中了，他又豈會想不到這一點？

賴飛雲心想：「奇怪了……劍柄上不像有機關，也應該與握劍的手法無關，但爲甚麼當時有劍氣，現在卻沒有？我現在揮劍，又和那一劍有哪裡不一樣了？咦……難道是……」

劍與書法，這兩樣東西在賴飛雲生命裡重疊了，本來是大相逕庭的概念，忽然都一一連在一起。賴飛雲想起，在傳說中泰阿劍是一把威道之劍，必須用內心之威來逼發出劍氣之威，而在芸芸劍技裡，最豪邁的動作莫過於大力一劍橫揮；賴飛雲又想到，在點橫直撇捺等基本筆法中，只有「一」這一筆能獨立成字，而中國人向來尊崇「一」這個數字，所以說它是最具「霸氣」之字亦不爲過；如此順藤摸瓜，腦際間再閃過與干將決鬥時的記憶，才猛然想到對方所揮出來的劍氣，全都是水平方向的，而且動作幅度都很大。

關鍵就在出劍的手法上。

只有與地面平行揮劍，才能使泰阿劍生出劍氣。

就在下一招交手，賴飛雲左肩被王虢割出一條血痕，而賴飛雲也刺中了對手的右肩。

接著賴飛雲繼續雙劍齊發。

他連連攻出三招，但都被王虢以巧妙的身法避開。

之前的三招只是虛招，眞正的一招乃是在右手的泰阿劍上。

在「永字八劍」這套劍法裡，橫砍的一式名爲「千里陣雲」，而這招的出劍角度和方向，正好與泰阿劍的用法一致。

只見賴飛雲運劍猶如大筆揮毫，持劍由左至右揮出，整個動作不偏不倚，畫出一道遒勁工整的劍弧。

那一筆，是極具氣勢的「一」字——

千里陣雲！

和之前一樣，只差數釐便可以砍中王虢。

一道劍痕卻自王虢的右胸至左胸湧現。

大量鮮血灑出。

王虢仰天倒地。

賴飛雲打敗了王虢！

27

戰鬥完畢。

一劍，成了勝敗的關鍵。

賴飛雲喘著氣半蹲在地，呼出一口口暖氣，到激戰結束後，疼痛感和疲勞感才洶湧而至。到了最後階段，他只是豁命進攻，完全不顧防守，由始至終挨了王虣不少「指牙」，弄得上身血跡斑斑，幸虧都不是致命傷，反而是腰側被玻璃刺中的傷口流血更多。

他也差不多快到極限，再不止血，只怕下個月就要以醫院爲家。

瞧著倒在地上的王虣，賴飛雲感到餘悸猶存，不禁想道：「如果不是因爲泰阿劍，我根本不可能給他致命一擊，倒在地上的不是他，而是我了……他還是比我強得多，我能取勝眞的萬分僥倖。」

又瞧上一眼，只見王虣雙眼圓睜，死不瞑目的模樣，躺屍在汩汩血水凝固而成的血床上。劍痕幾乎深入脊骨，連肋骨一併砍斷，可以斷定王虣已是個死了的人，再世華佗在此也必定救不活他。

這是賴飛雲第一次眞正殺人，心中竟泛起莫名其妙的空虛感，不由得爲這樣的事耿耿於懷。

但王虣殺人無數，雙手染滿鮮血，罪大惡極人人得而誅之，有這個下場也算是死得便宜了。

高架橋上的賈釗不見了，他應該正在趕來工地這邊會合。

賴飛雲一想到自己與他約定的暗號，忍不住就想笑。近處就是中央電視台本部大樓，賈釗會安排在這裡接人，皆因收到賴飛雲託詹先生轉傳的密訊。至於為甚麼訊息中「痔瘡」所指是這裡，說穿了絕對會令人汗顏：原來這幢大樓曾徵求別名，最後得名「智窗」，「智窗」的讀音和「痔瘡」一樣，就鬧出了這樣的笑話。

賈釗曾對賴飛雲提起這件事，賴飛雲記住了，所以才有了這個主意。賈釗和他的默契彷彿是天生的，他腦袋裡的念頭，不用說出口，賈釗都猜得著。

賴飛雲過去巫潔靈那邊，中途撿起劍鞘，將泰阿劍還劍入鞘。

巫潔靈弄了許久，終於打開跑車的門，出車迎接賴飛雲，對他笑咪咪道：「恭喜你！你很厲害呢！打敗了中國第一的殺手。」

但賴飛雲體力透支，失血過多，一到她面前，就累得跪在地上。巫潔靈想起古裝電視劇裡的劇情，女主角遇上這種場合，就會從身上扯下布塊，幫男主角止血。她也依樣畫葫蘆，扯爛了心愛的裙子。但她對急救一竅不通，包紮亂來一通，賴飛雲受不了，便叫她住手，自己親自動手包紮。

這次跟她一起，三番兩次脫險……

賴飛雲偷瞄了她一眼，也有點捨不得這個曾與他共度生死的佳人。

過去兩天經歷的事，就像一場噩夢……

以賈釗和官方的本事，一定有辦法將整件事瞞得密不透風。

只等賈釗來到，一切就會結束了……

「我剛剛眞的太輕敵了。」

在那片空曠的寒地上，驀地傳出詭異的人聲。

那個聲音彷彿發自地獄的深淵——

惡魔站起來了。

賴飛雲和巫潔靈駭然望向那邊，卻見王虓巍然從一片血泊中緩緩站了起來，而他胸口的大傷口好像消失了，但深紅色血跡漂染了黑衣，好像黑死蝶的斑紋，令他整個人看起來更加陰森詭異。

王虓一邊慢條斯理地整理衣裝，一邊冷眼瞪著賴飛雲，鬼魅般的聲音由遠而至：「力大無窮，凌駕一般人的速度……這些都不是我眞正的能力。可以百分之百完全操縱自己的身體——這才是我眞正的能力。」

只見王虓晃晃頭，伸展了筋骨，然後從容不迫向賴飛雲那邊踱步。

每一下腳步聲，都是一個勾魂奪魄的音符。

「你有看過武俠小說吧？我很愛看武俠小說啊。武俠小說裡的描述雖然全憑空想，但也未必全爲扯談。中國人自古就相信有『氣』的存在，只要『內功』練到一個境界，就可以將人體的潛能發揮到最大，變成一個能人所不能的『超人』。」

爲甚麼人不可以擁有狗的嗅覺？爲甚麼人不可以跟豹跑得一樣快？既然所有生物組成的生命元

素都一樣，爲甚麼人類的體能就要有所侷限？

王虢也不知道答案。

他只知道，他與生俱來就是個「超人」。

「我甚至可以控制體內細胞組織重生的速度，催化血小板和一切細胞的化學活動……好聽一點地說，就是『催動體內眞氣流動』，我擁有極速自癒的能力。」

一個妖媚的笑容出現在王虢臉上。

「所以，我是絕對無敵的。」

言畢，他敞開外衣，露出腰帶上繫著的東西。

那是一柄短劍的劍柄。

賴飛雲驚訝地望著它。

「我已經很久沒用過這把祖傳之劍……很久沒出現值得我用此劍來血祭的對手。不妨跟你說，這就是傳說中的龍淵劍。」

龍淵劍！古三劍之首，最強的龍淵劍。

原來龍淵劍是一把短劍，賴飛雲眞是意想不到。但更意想不到的是，原來王虢也是用劍的，而且根據先前的經歷，可以肯定這件神兵利器一定藏著不爲人知的超自然力量。

最強的超人，再加上最強的劍——

果然如王虢自己所說——

他是絕對無敵的！

賴飛雲總算保住男子氣概，雙腳沒有發抖，但他知道自己有一隻腳已踏進了鬼門關。

王虓側耳傾聽，連看也沒看，就知道右方有一件速度極快的大物接近。

他一伸出手，就按住撞向自己的汽車，一下轟然巨響，車頭竟然被他的手掌弄陷。儘管他托住了車，但車子衝擊的力度奇猛，其後輪持續滾轉，餘力仍然足以將王虓推向一邊，在地上輾出了深深的土痕，包括車子和王虓雙腳的「轍跡」。

原來是賈釗開車直撞向王虓。

「快逃啊！」

賈釗嘶喊般的聲音從車窗裡傳出。

剎那間，出現了唯一逃走的機會。

賴飛雲一直以來都很服從賈釗的指示，一直以來都是如此。這一次，眼見賈釗遇險，他的心明明很想留下來，但身體卻選擇了逃走。這並不是來自貪生怕死的念頭，而是因爲他眞的很清楚，王虓眞的恐怖得過了火，即使他留了下來，也不可能力挽狂瀾，反而會徒增兩條冤魂。

他踏盡油門，引擎隆隆，車子飆出。

巫潔靈忍不住回頭瞧上一眼。只見王虓已從車裡揪出賈釗，單手扼住他的脖子，將他高高舉離地面……淚水塡滿了少女的眼眶，她已經看不下去了……

那一刻，在看不見的宇宙蒼穹裡，彷彿有一顆恆星因燃燒殆盡而墜落……

28

重複又重複的路段，綿綿不絕的噩夢。

王虢那詭祕的笑容在腦子裡陰魂不散。

恐懼感也驅之不散。

賴飛雲只記得自己在閉上眼前，頭腦非常昏沉，不理會方向，也罔顧交通規則，駕著紅色的超級跑車疾馳。

他只是死命地逃，卻想不到要往哪裡逃，不知不覺來到一條堵塞的公路，地方似曾相識，左邊就是晌午和巫潔靈待過的「奢華情侶賓館」，於是想也不想就開車進去。

一把車子停好，他的視野就變得完全模糊，比一個酩酊大醉的人更加糟糕，下車後蹣跚走了幾步，就再也睜不開眼，倒了下去。

失去意識之後，只感到身子浮浮沉沉。

夢魘間，生與死徘徊……

也不知過了多久，賴飛雲微微張開眼，眼縫裡出現巫潔靈焦急的樣子。

看了看四周，竟發現自己置身於洛可可風格的賓館房間裡，所睡之床是絲帳式高墊的帝王尺寸大床。

「眞是擔心死了！醫生說你只是失血過多，沒有傷及重要的內臟，眞是奇蹟呢！」

「醫生……醫生是怎麼進來的？賓館的人沒問嗎？」

細問之下，才知道她騙賓館的人說他是黑道大哥，不准對方將他倆藏匿在這裡的事洩露出去。出乎她的意料，賓館的人似乎都習慣了這種事，見怪不怪，只認錢不認人，當瞧見她拿出來的信用卡，眞的睜一隻眼閉一隻眼，懶得多管閒事。

巫潔靈又說了些話，賴飛雲只聽進去一半。

半夢半醒間，他吃光了一碗牛肉粥，然後又迷迷糊糊睡了一覺。

當他再醒來時，四周靜悄悄的，雖然是同樣的房間，但主燈關了，只剩下幾盞像螢火蟲般的黃燈，再細看，側廳裡有鬼火一樣的紅燈，而浴室裡亮著點點藍燈。

耳邊有陣柔弱的呼吸聲，原來是巫潔靈在他枕邊沉沉睡著了。

這已是他第二次和她同床共寢，這種事要是傳了出去，根據賴飛雲個人的道德準則，他就要娶她爲妻了。

但賴飛雲腦子裡根本容不下這種事，首先冒上腦海的是賈釗的事。

房間頗大，沒有陽台，卻有天窗，開在一個莫名其妙地有雙人座搖籃鞦韆的地方。

房裡主燈全關的時候，可以望見天窗外的星星，茫茫的光芒渲染，那種天空假得就像是星象儀投射出來的。

鏡中的自己，上身纏滿繃帶，有兩個幽幽的眼圈。

只要賴飛雲一閉上眼，就會出現賈釗慘遭碎屍萬段的畫面。再睜開眼的時候，賴飛雲發覺鏡中多了一個人。原來巫潔靈也悠悠轉醒，夢遊似地來到了他的身邊。

兩人對望片刻，明明心裡想的是同一件事，卻又故意不提，氣氛一時之間變得沉重，四周是綺靡而迷離的燈光，顯得一切都是假的，一切都是虛幻。

「賈大哥救了我倆。」

巫潔靈先開口了。

鬱悶的氣氛頓時有了破口。

賴飛雲說，賈大哥眞是個很好的大哥，教懂他很多做人的道理。他知道賈大哥一直賞識他是人才，悉心栽培，給了他很多一般人千載難逢的機會，並語重心長地叮囑：「我期望你將來成爲國家的棟梁。你一定要成爲國家的棟梁，繼承我的志向。」

雖然全國的壞人要抓也抓不完，但跟著他查案，兩人搭檔，一智一勇，將一些本來逍遙法外的壞人、惡人逮捕……行俠扶危，剪惡除奸，大快人心，然後到什刹海那邊的酒吧舉杯慶功，那種喜悅眞是一生一世難忘。

巫潔靈說，賈大哥對她很好。

他不是純粹利用她來辦案，不時找她，也會跟她談很多外面世界的事；而且他眞的很疼她，每次見面，都會帶來一堆大大小小零食，節日又會送她禮物，逗得她歡喜萬分，讓她知道世上有人眞的在關心自己；她有次想要某套麥多多的玩具，他也幫她換了回來，真是個童心未泯的大哥呢；當她養的大狗死掉的時候，是他幫她送去寵物墳場安葬。

聊著聊著，賴飛雲和巫潔靈互相訴說對賈釗的追憶。

說到後來，竟是一同陷入深思……

賴飛雲自小有個雙胞胎姊姊，但她被歹徒害死了。

賈釗聽了此事，摟住他的胳膊，正色道：「你不嫌我老的話，就讓我當你的大哥吧。」

賴飛雲有時候也暗暗好笑——這個大哥也有一把年紀了，在官場混了這麼多年，深歷世情，居然沒有變成個老奸巨猾的渾老頭，當眞是「出淤泥而不染」，還保住一顆赤子之心，做甚麼事都是滿腔熱血，充滿衝勁地伸張正義。

賈釗也曾經貪污，就是收了一個小女孩的氣球，然後幫她救回她的哥哥，偵破一個拐騙和販賣幼兒的犯罪集團。

在這渾濁的世界裡，像他這樣的人所剩無幾，堪稱鳳毛麟角。

賴飛雲經過他的房間，瞥向裡面，幾乎都是他埋首工作的畫面。

他也常常自嘲：「哈，像我這種工作狂，這輩子也討不到老婆了。來、來，你這個不近女色的酷男千萬不要丟下我，要和我相依爲命啊！」

賈釗掛在書房裡的字畫，是聞一多的一首詩：

這是一溝絕望的死水，清風吹不起半點漪淪……也許銅的要綠成翡翠，鐵罐上鏽出幾瓣桃花

……不如讓給醜惡來開墾，看他造出個甚麼世界。

中國會有新希望，只要由他這種賢能的人執掌高位，就會爲這世界帶來改變，眞眞正正人人幸福，國泰民安。

「我們要一起改變這個世界。」

賴飛雲對著賈釗笑了。

兩人之間有個無聲的誓言——

就算世上只剩我們兩個笨蛋，我倆都要這麼做！

「爲甚麼這麼好的人要被害死？老天眞的瞎了嗎？甚麼邪不勝正，放屁、放屁！」

賴飛雲不覺已淌下淚水，心中悲慟不已，愈想愈痛心，拳頭握得格格作響。

「明明是我發過誓，即使粉身碎骨都要保護他……怎麼到頭來是由他來保護我？我眞是沒用、眞是沒用啊！」

賴飛雲心中充滿了悔恨，既恨王琥，也恨自己，怎麼當時沒有在王琥的脖子上補上一劍，錯過

了唯一令他死亡的機會。王猇本身已那麼強橫，再加上近乎不死之身，身上還佩帶著龍淵劍……如今，這輩子，只怕眞是雪恨無望了。

巫潔靈按住他的肩膀，自覺不懂得如何安慰別人，就索性不說話，卻不知陪伴就是最好的慰藉。靜靜度過了一段時光，結果賴飛雲的情緒也漸漸平復。

有一番話，一直卡在兩人的喉頭：「可能賈大哥還未死呢。」

他倆每每是還沒有開口，就將話兒吞了下去。彼此心照不宣，只要落在王猇那樣的惡魔手上，就不可能有一絲倖存的希望。

巫潔靈目光突然一亮，想到了一個主意，便問：「你想和賈大哥說話嗎？」

29

「跟……跟賈大哥聊天？」

賴飛雲喃喃自語。

他知道巫潔靈的能力，當然明白她口中的聊天，就是要和賈釗的靈魂通靈。

其實賈釗生死未卜，只要一天未見屍體，他倆心中始終抱著一絲渺茫的希望，殷盼賈釗依然在生。但賴飛雲搖搖頭，仍覺這樣的事萬萬不可能，反問自己：「如果你是王猇，你會放過賈大哥嗎？他這個殺人不眨眼的大魔頭會手下留情才怪！」

另一方面，賴飛雲否決了巫潔靈的主意，理由是折返現場太過危險。

巫潔靈垂頭默想了半晌，才遲疑道：「最後我看見賈大哥的靈魂……有種很強烈的感覺，覺得他的靈魂有很重要的話要告訴我……不過，可能是錯覺。我不清楚。」

賴飛雲聽了此言，肚裡躊躇，對原先的立場已有所動搖。他相信巫潔靈的直覺，與她經歷了這些事，每次依照她的說法去做總是沒錯。寧可信其有，不可信其無，再者他倆現在真是一籌莫展，對將來毫無主意和計畫，不知該何去何從。

賴飛雲暗道：「賴飛雲、賴雲飛，你甘心當一輩子縮頭烏龜嗎？去就去吧！反正我倆也不可能逃匿一世吧？」

下定決心後，他向巫潔靈道：「妳眞的不怕死？願意和我一起冒險？」

「好啊！殉情最浪漫了！」

巫潔靈欣然回答，好沒來由地甜滋滋笑著。

打定主意之後，賴飛雲和巫潔靈各自梳洗，小歇一會，打電話叫賓館送來餐點，吃飽之後，就準備動身，叫服務人員上來結帳。

這賓館保全極度嚴密，顧客果然要付出代價，帳單上的金額驚人，單計服務小費已等於賴飛雲一個月的工資。但巫潔靈毫不著急，原來她拿走管家劉先生的錢包，也擅取了包裡的信用卡來用。

危險駕駛、盜刷信用卡……他和她相處期間，做了不少違法的事……賴飛雲暗自冒出冷汗，有種愧對警局同袍的內疚感。

賴飛雲看到帳單上的日期，才知道自己原來昏迷了兩天三夜。他們進來的時分是夜晚，現在出門，外面是黎明的天色。

賴飛雲以策萬全，早就擬定只會在大雨天出發，偏巧那個早晨冬雨綿綿，酷寒森森，雨滴差點就要變成雪粒，路面濕滑得好像結了一層薄薄的霜。

在車裡，巫潔靈忽然扯聊起來：「對了，有些關於靈魂的事，你可能不知道呢。」

賴飛雲不太明白，便問：「譬如？」

巫潔靈垂頭想了想，緩聲道：「我想，那些事可以稱爲『靈魂的法則』……都是我自己發現的。我由四歲開始就常與幽魂打交道，也有了一些心得。」

「靈魂的法則？」

「對啊，我之前也和你略略提及過，即使我無法向活人的靈魂問話，死者的靈魂一定會說眞話……諸如此類，不過還有些是你不知道的。就好像，假如一個人是『自然死亡』，即是老死、病死、意外呀或者被謀殺而死……等等，這些都是『自然死亡』。」

巫潔靈頓了頓，又接著說：「自然死亡的人，他的幽魂只會在世上逗留七天。」

「七天？」

「對啊。七天之後，不知道甚麼原因，靈魂就會自動消失，總之，連我也覺得這種事很奇怪。唔，你們好像是叫『頭七』，是眞有其事呢！」

對於靈異界的怪談，賴飛雲本來興趣不大，此時聽她侃侃而談，不由得聚精會神，心想知道了這種事或許對了解人生有幫助。

巫潔靈解釋了「自然死亡」，接著便解釋「非自然死亡」：「還有一種特別的死法，靈魂會在世上逗留超過七天以上……那種死法就是自殺。每個人都有陽壽，陽壽未盡，如果選擇要了結自己的生命，死後變成幽魂，依然會在人世徘徊不去，直至熬夠了他的陽壽歲數爲止。」

賴飛雲也好像聽過類似的事，自殺者的靈魂會被縛在身亡之處，飽受死時的痛楚，久久不能投胎轉生，所以佛家常勸世人不可輕生，道理正是在此。

巫潔靈又說到，她在商場裡碰見的亡魂和在工廠裡碰見的亡魂，全都是自殺者的靈魂。靈魂的樣子通常就是死者死時的模樣。她惋嘆地說，那些幽魂都很年輕，倘若有七、八十歲的命，他們都要再飽受四十年以上的煎熬，方可得到解脫。

賴飛雲這才豁然明白。他之前就曾經想過，假如幽魂不停出現，這世界的另一片空間豈不是擠滿了幽魂？巫潔靈一番言辭，就解答了他存在心裡已久的疑問。

隔了半晌，他沉吟道：「所以……如果賈大哥死了，他的靈魂只會在人世逗留七天……」

巫潔靈微微頷首，就是默認了他的說法。

賴飛雲又好奇起來，忍不住問下去：「靈魂消失之後……會去甚麼地方？」

「我不知道。」

「妳爲甚麼不知道？」

「我問你哪，當我們在生的時候，也不知道死後會魂歸何處吧？我知道的事，只是比普通人多一點，靈魂消失之後會去哪兒，我敢說，連靈魂自己也不知道呢。」

她這番話只教賴飛雲無話可說，生時未知死事，死後也不知死後的事，那世界的一切也無法憑這世界的常識來理解，除非自己眞的死了一趟，否則那種事的內情對人類來說終究是個不解之謎。

賴飛雲嘆了口氣，繼續專心駕駛。

如此往央視大樓那邊出發，地面濕滑，一路上小心翼翼行駛，大概半小時後，抵達了工地，當時天色陰沉，霧氣瀰漫，周圍的氣氛恰似傍晚。

賴飛雲和巫潔靈都穿著雨衣，往裡面直走，門口的看守人員只花了一點錢就能打發，此外再也沒有人阻撓他倆前進。

只見工地中有片範圍被膠條圍住，燒焦後的殘景歷歷在目，正是直升機墜毀之處。憑地面的煞車痕跡來推斷，那裡也正好是王猇與賈釗最後糾纏的地方。現在，機體殘骸都被清理得差不多，死者屍體也被送走了，但在地上隱約可見一些乾涸了的血跡。

賴飛雲在賓館裡看過新聞，知道官方對外宣稱有直升機在央視大樓旁墜毀，死了四名警官，整起事件結果被塑造成偶發性的墜機意外。

來到這裡，賴飛雲陪巫潔靈繞行一會，只見她一雙烏亮的瞳孔閃閃爍爍。他看不見她能看見的東西，只好不出聲，不打擾她。

最後，兩人回到原地。

巫潔靈惘然瞧著四周，神色非常困惑，良久才說：「奇怪了……爲甚麼不見賈大哥的靈魂？」

30

乍聞賈釗的靈魂不見一事，賴飛雲既驚且喜，連珠炮地問：「怎麼會這樣？看不見賈大哥的靈魂？難道他依然在生？抑或是他的靈魂不知道飄到哪裡去了？」

天陰陰，路沉沉，冷風帶雨，四周是一片「斷腸」的氣氛。

再看巫潔靈疑惑漸褪的眼神，幾可篤定她剛剛不是隨便說說。

她又說：「這件事……我還不是很清楚。直升機的死者就在這裡，我向他們問問看吧。」

賴飛雲想了想，便知道她口中的「直升機死者」，就是那三個在墜機意外中慘死的同僚。

巫潔靈雙瞳目光如水般盪漾，彷彿不停閃著異光。

就在一片溢滿了雨水的泥濘上，她徐徐踏前走了幾步。

幽魂的聲音一再傳來——

她看見了甚麼？

又聽到了甚麼？

萬物有靈，無處不在，古來已有鬼魂之說，縱然今時人心開明，或多或少亦相信人在死後會變成孤魂。

這時，她正用細得旁人幾乎聽不見的聲音，朝一片空茫茫的地方呢喃。

賴飛雲在認識巫潔靈之前，哪會料到自己今天竟會借助靈媒的力量來與死去的朋友通話？

他心中急不可耐，就等巫潔靈開口。

隔了一會，巫潔靈面如死灰，惻然道：「賈大哥眞的已經死了。」

這番話直教賴飛雲傷心欲絕，曾經抱著的期待幻滅，縱使心裡早就有了準備，到眞眞正正聽到了事實，哀慟悲憤之情亦難以自制，心情立時沉到了谷底。

賴飛雲想起與她在車上的對話，記得那些「靈魂的法則」，覺得有矛盾，想來想去也解不通。他便問巫潔靈：「妳不是說過，被謀殺的人也算『自然死亡』，其靈魂會留在葬身之地七天？怎麼賈大哥的靈魂會不見了？」

「這樣的情況……我眞的從來沒有遇過。這三個幽魂大哥在現場目睹當時發生的事，我聽他們說，賈大哥的靈魂……竟然是被王猇帶走了，就像被『吸收』了……哦……我看見王猇的靈魂是一座『屍山』，說不定就是這個原因，屍山上堆滿的死屍和人臉，就是死在他手上的亡魂。」

巫潔靈想起自古就有惡魔擄走人類靈魂一說，假如王猇是誕生爲人的惡魔，會發生這樣的事也並非沒有可能。

被王猇殺死的人，他的靈魂就會被王猇帶走——

得知這樣的事，兩人默默無言，都是神傷黯然。

正是此故，無法與賈釗的亡魂對談，不知道他最後還有甚麼訊息要留給巫、賴兩人。

至於那三個警察同僚的亡魂仍在，依巫潔靈自己推測，一則那種死法只算是意外，二來他們是在爆炸中被燒死的，屍身早就燒焦。王猇只是擊落直升機，根本沒碰過他們三個，所以他們三個不算被王猇直接親手殺死。

賴飛雲拜託巫潔靈幫忙，向在場的幽魂問一件事：「賈大哥是怎麼死的？」

「聽他們說，賈大哥是被王猇扼斷脖子而致命。死法很簡單。王猇沒有折磨他。」

賴飛雲看過一些被王猇殺死的受害者照片，那些人的死狀都噁心得令人想吐，比起那些死者，賈釗總算是死得好看——也許王猇敬重他是條好漢，才給他這種優待。

突然間，巫潔靈豎起耳朵，好像聽見了些很令人吃驚的話，「咦」地一聲大叫出來，不一會就向著賴飛雲說：「咦，他們說……賈警官臨死之前，跟王猇說了很多話。」

賴飛雲怔了怔。

但他無法親口追問，只待她說下去：「在賈大哥被王猇扼住脖子之後，王猇沒有立刻殺死賈大哥，而是臉帶微笑地看著他，語氣卻是十分森嚴：『你壞了我的好事，你知道自己將會死得很慘嗎？』當時，賈大哥不但毫無懼色，還用很憐憫的目光瞪著王猇，說了一句很唐突的話：『我很同情你的遭遇。』……賈大哥說話時的語氣，竟然很是眞摯，就像將王猇當作朋友一樣。」

賴飛雲聽到這等怪異的事，眞是不能作聲。

在那種時刻，兩人居然還可以聊天？

巫潔靈一字不漏，轉述從幽魂身上聽到的話：「因爲公事的緣故，我調查過你，甚至到過你在西安的老家，訪談過當年那件血案的唯一倖存者……所以，我很清楚你的過去。在你十五歲第一次殺人之前，你不是惡魔，你是個有血有肉有感情的人。」

「我知道你憎恨這個世界，你的父母死於極大的不幸……當時害你的人，才是眞正十惡不赦的惡魔。」

「賈大哥對王猇說：『你擁有惡魔的血統，突破了人體的極限……但縱使你是惡魔，你也有感情。縱使你力拔山兮，也無法改變這個腐敗的世界，所以你就以殺人爲樂……放下屠刀，立地成佛，你的父母才會眞正安息——就算你是惡魔，他們也沒有放棄過你，不是嗎？』賈大哥這番話，王猇聽了，臉上竟露出一種很憂傷的表情……」

說到此處，賴飛雲與巫潔靈均是微微一怔，除了因爲想不到賈釗會在死前對王猇講大道理，也因爲殺人如麻的王猇所流露出來的情感。

「原來……當時王猇動搖了，他扼住賈大哥的手也鬆開了，看來賈大哥說中了他的心事。結果……他不是因爲氣憤才殺死賈大哥的。」

巫潔靈愈說愈奇，也有點質疑自己聽到的傳述，但幽魂說的一定是眞話，這點絕對不會有錯。

她又與三個幽魂對談一會，才續道：「後來他還是殺死了賈大哥……原因是賈大哥發現了王猇一個祕密。」

祕密？

賴飛雲滿腹疑竇。

他忽然想到，賈釗既然知道巫潔靈與亡魂溝通的能力，這些與王猇之間的對話，也許就是要藉巫潔靈之口來轉述，大有可能是給他倆留下的遺言。

忽然間，一抹驚色在巫潔靈的臉上浮現，她不自覺地摀住嘴巴，似乎是聽到了極為難以置信的事情。

「這……這不可能是眞的。」

「妳聽到甚麼了？」

「在賈大哥被王虢殺死之前，他……他最後說的話，實在太過難以置信……」

「賈大哥說了甚麼？」

儘管眼見賴飛雲一副焦急如焚的神情，巫潔靈沒有立刻回答，再三向那三個在場的幽魂確認無誤，才說出來：「他說——王虢只是你的假名，但我知道你眞正的名字。你並不是無敵的——你的名字透露了你唯一的弱點！」

31

一個人的弱點藏在他的名字裡？

「世上怎會有這等奇事？」

賴飛雲與巫潔靈雖非異口同聲，但心裡都有著同樣的疑問。念頭百轉之間，賴飛雲盯著巫潔靈，期望她說下去。

但她仰起臉，與他對望片刻，只發出一聲深深的嘆息。

「到這裡就完了。這是最後一句話。」

「除了這句話之外，還有沒有其他線索？」

巫潔靈搖搖頭，說她剛剛也向在場幽魂問過相同的問題。

「賈大哥似乎還有話要說，但他已經死了。眞可惜，要是他再多吐露半句，我們就可以知道王虢的弱點了。」

「不……我們聽到剛剛的對話，並不是他的本意。我猜，賈大哥本來是想『親自』告訴妳王虢的弱點，可是他的靈魂已經不在這裡了……」

不難想像，賈釗當時自知落在王虢手中，鐵定命不久矣。賴飛雲和賈釗共事數載，對他的爲人再清楚不過，既然他知道巫潔靈與死者溝通的異能，便料到賴、巫兩人必然會涉險回來當地，和他的靈魂對話。

而王琥立刻殺人滅口，由此可見賈釗肯定是說中了他的弱點。

只可惜，在他說出那個名字之前，王琥就殺掉他了。

在他死後，王琥帶走了他的靈魂，以致巫潔靈無法親自向他的靈魂問話。

賈釗不惜以死相告的遺言中揭露了驚人的線索，賴飛雲愈想下去，愈覺匪夷所思，畢竟名字只是對一個人的稱呼，聞其名而知其弱點，世間豈會有如此不可思議的事？

賴飛雲和巫潔靈所想，均是同一件事：「王琥一日未殺掉我倆，就會繼續窮追不捨……如果賈大哥所言屬實，爲了活命，就一定要想法子知道王琥眞正的名字，繼而針對他唯一的弱點下手，這樣才會有一絲勝算。」

話雖如此，天闊地遼，又相隔這麼多年，只怕戶籍裡的資料亦被銷毀了，該到哪裡去找一個人眞正的名字？

「對了，賈大哥說過，他曾到王琥在陝西的老家，見過當年那件血案的倖存者……那件血案是甚麼我不知道，但我們可以循著這方向入手，一路調查下去。」

聽著巫潔靈這番見解，賴飛雲點點頭，回應道：「唉！以前都是他查案我辦事，現在沒了賈大哥在旁，可頭痛得很。」

「扣分、扣分！」

賴飛雲不禁納悶，向巫潔靈問道：「扣分？扣甚麼分？」

「想不到你自認是笨蛋！我原來是跟一個智商這麼低的男人在一起！賈釗是人，我們也是人，他能查出來的眞相，我們也一樣查得出吧？如果你不能查出王猇的眞名，就不能保護我呢。所以，你在我心裡的形象，一下子就被扣分了！」

賴飛雲忽然生起氣來，忍不住逞強道：「誰要當妳的男人呢？拜託，妳還未成年呢！我對乳臭未乾的少女不感興趣。」

巫潔靈做了個鬼臉，嗔道：「我快滿十五歲了！」之後心情就變得很糟，在泥地上亂踹兩腳，泥濘濺得賴飛雲褲子髒兮兮的。

賴飛雲琢磨了一會兒，心想當今之計唯有走一步算一步，縱使沒有賈釗那顆卓越的頭腦幫忙偵案，但說不定巫潔靈能幫上忙，她與靈魂溝通的能力眞的非常有用。

他心中有了決策，便向巫潔靈道：「只好往陝西那邊走一趟了！」

「耶！好呀！」

乍見她這麼高興，賴飛雲不禁懷疑剛剛的話是她編出來的，直至她舉指對天發誓，沒有半字虛言，賴飛雲方始盡信，不再懷疑下去。

此地不宜久留，兩人便迅速上車，離開工地。

賴飛雲曾想過回去住處，看看賈釗有沒有留下甚麼線索。但轉念又想到，調查王猇一事一定是高度機密，以賈釗的處事作風，一定會將細閱過的檔案扔進碎紙機裡，再將碎紙統統放在小火爐裡燒個精光。再者，賴飛雲覺得，王猇到處找不著他倆，也許會到那邊埋伏，敵暗我明，還是不要冒這個險爲妙。

「呀！劉大哥呀！」

開車開了一會，賴飛雲就聽到巫潔靈大叫，這才猛然想起自己把那個身分詭祕的劉先生鎖在後車箱裡，就再也沒管過他的死活，過去三天不吃不喝，也不知翹辮子了沒有。

停車下車，兩人繞到車後，打開後車箱的頂蓋，朝裡頭盯上一眼，均是驚愕不已。

後車箱裡——

空空的，人不見了。

「爲甚麼……會這樣？」

巫潔靈愣著眼問，根本無人能回答她的問題。

兩人思索良久，也是想不出個所以然，不知劉先生是如何逃脫，也不知他是在甚麼時候逃脫。

賴飛雲擔心會被人追蹤，便決定棄車而逃，價值兩百多萬的跑車就這樣被丟棄在路旁。

攔了計程車，賴飛雲和巫潔靈上車。

當他們打開計程車的車門，外面已是熙來攘往的大街，而大街的另一邊就是北京火車站。

賴飛雲心想，車站月台開出的列車班次那麼多，駛向各省各地，十萬八千里遠，王猇再有本事，要追查他倆的下落，也得折騰好一段時日。

由於用的是別人的錢，又爲了安全起見，兩人買的是最貴的包廂座。

巫潔靈竟是興奮無比，挽著賴飛雲的臂彎，盈盈笑道：「我倆裝成情侶才不會惹人起疑呢！」又到便利商店亂買了一堆東西，包括打火機、手電筒和藥箱等應急用品，聽到廣播聲，便跟著人潮登上火車。

目的地，陝西省西安。

爲了生存，就要尋找王猇眞正的名字。

這是唯一可以打敗他的方法。

等著兩人的是一趟前途未卜的旅程。

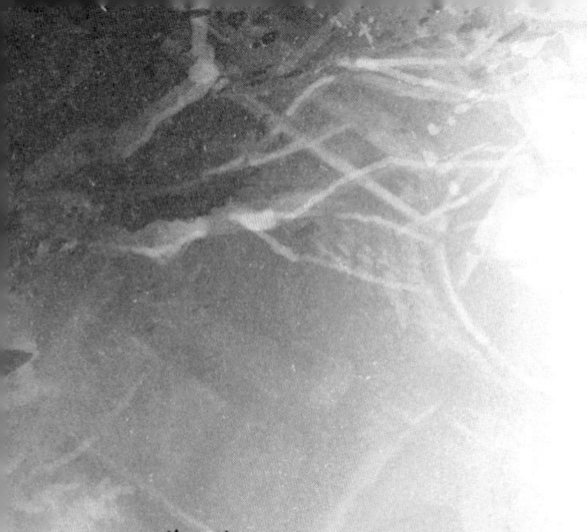

二〇〇八年·西安

丟棄封閉落後的自行車，換成從外國進口的高級轎車。
關注面子工程，在精神廢墟上蓋樓，
城市便有了彩妝般的新貌，中國終於在世人面前抬起頭了。
繁華盛世，全民該貪，人人富貴就會刺激經濟。
甚麼天價豪宅，甚麼寶馬香閨，昔日長安今何堪？
只要口袋有錢，就連惡魔都會變得尊貴。
世界變得比原始時代更加弱肉強食，
苟延殘喘比死亡更加不幸。
善與惡，黑與白，模糊得毫無分別……

32

現代化的火車由月台開出，昔日汽笛般的啓程聲不再響起，但月台依舊是離別和團聚的地方。在一片喧囂之中，有愛的小曲，有故人的驪歌，有望夫平安歸來的吟籟，直到燈光消逝，彷彿一切都變作清風。

賴飛雲看見一對母女，就想起自己當年在火車站告別母親，到異鄉追尋理想，在北京月台上迎接他的人就是賈釗。

告別北京，駛向西安。

「如果中國是一棵參天大樹，北京是樹冠，西安就是這棵樹深紮地下的根……」旅遊書上是這麼寫的。

儘管已離開北京，賴飛雲依然步步爲營，彷彿從孫悟空那裡借來了金睛火眼，樣子凶凶的，盯著每個從包廂外經過的人。他往周遭來回巡了兩遍，並且要求巫潔靈寸步不離。巫潔靈也會順道用她的奇能察看乘客的靈魂，看看有沒有要小心提防的大惡人。

賴飛雲經過這幾天和她變熟稔了，就會有的沒的閒聊起來：「妳隨便看著一個人，就能看見他的靈魂嗎？要不要注意他身上的甚麼地方？」

「我一定要看著他們的眼睛，才能看見他們的靈魂……不是有個說法，形容眼睛是靈魂之窗嗎？這是有根據的。」

賴飛雲聽了只是半信半疑，自從被她騙過「靈魂最愛吃的不是香火，而是甜點和巧克力」、「小怨哥後面被一隻長髮女鬼跟著」……等似真似假的胡言後，他就開始質疑她所說的每句話。

賴飛雲買了個高爾夫球袋，將泰阿劍偷運上火車。那幾本刊載「宮本武藏書法帖」的圖書館藏書都被放入隨身行囊裡，他一有空就會翻閱，仔細琢磨，有時看得入迷，忽略了巫潔靈，她就會在他身邊吵來吵去。

在約半天的車程裡，賴飛雲大部分時間也不是閒著。

他會選擇坐火車，就是在火車裡容易和五湖四海的人攀談，藉此打探消息。

賴飛雲暗中盤算：「王虓是在二十年前出道，一出道就迅速登上殺手榜第一位，這件事我應該不會記錯。賈大哥說過，王虓在十五歲時第一次犯案，之後開始當全職殺手，照此推測，那年轟動全城的血案，很有可能是在一九八六至八八年之間發生。」

「據我所知，當年民風淳樸，社會太平，要是發生了那樣的血案，搞不好會上新聞頭版，民眾不會不知情……這車廂裡的乘客大都是西安人，我們問問，也許可以得到一些有用的情報。」

賴飛雲和巫潔靈談起此事，她也覺得有道理，便循著這方向，沿著車廂找人問話。只問到第五個人，他身後有個退休老警察聽了，便主動和賴飛雲搭話。那老警察也真不賴，談到一九八八年的血案，記憶猶新，竟說出了個大概。雖然未必全部無誤，但也對賴飛雲幫助極大，至少讓他知道：「當年橫屍遍野，十多個人慘死，唯一的倖存者嚇傻了，聽說一直待在精神病院裡，也不知死了沒有。」

賴飛雲問到殺人犯的名字，老警察只是搖搖頭，沉吟道：「我哪會記得！不過當年好像沒抓到犯人，那麼久的事，我眞的不記得了。」賴飛雲心想也問得差不多了，答謝一聲，到另兩節車廂，再問了一些人，便和巫潔靈回去廂座。

墨綠色的山嶺上暮色蒼黃，一列行駛中的火車穿越翠谷，滿載乘客，抵達西安。

多少個世紀，又多少個年代，西安這座古都在歷史長河中閃耀。

西安，古名長安，位於關中平原，渭水之側。古裝電視劇裡常提及的「關中」，所指就是周遭一帶。其實中國定都北京只有短短數百年歷史，但由西周算起，多達十三個王朝都在西安建都，先後爲周、秦、漢、西晉、前趙、後秦以至隋、唐等，總共超過一千一百年。

南屏秦嶺，東近華山，西臨太白，此乃與雅典、開羅、羅馬並列世界四大古都的西安。

舉世知名的兵馬俑亦位於西安市近郊。

今日的西安城垣依舊，雁塔高聳，儘管新式高樓如雨後春筍，到處都是仲介的房產廣告，仍難以蓋住古城的古風和遺蹟的輝煌，外地人在城裡穿梭，聽著古鐘樓悠揚縹緲的鐘聲，偶爾就會有一種時空交錯的感覺。

一出火車站，便看見西安宏偉的城牆。

「哇！太棒了！我要到城牆上租腳踏車！」

巫潔靈第一次遠遊，樂得瘋了，翻著一本外國旅客送她的旅遊書左顧右盼，對一切新奇的事物感到興奮……以至於依然被王猇追殺的事，早就被她拋諸腦後了。

賴飛雲跟在後頭，只是嘆了口氣。他已掌握了與她相處的竅門，只要在小節上滿足她，她在大事上還是會乖乖聽話的。

時值夜間，兩人在火車上睡飽了，不想浪費時間，便開始行動，打算先從市內的精神病院開始逐間察探。

巫潔靈撒嬌，說肚子餓，要吃大餐。

兩人找了間網咖，一邊吃著沿街買來的小吃，一邊查資料。沒想到巫潔靈年紀比賴飛雲小，使用電腦查資料卻比這個哥哥在行得多，不消吃光一個肉夾饃的時間，已查出當年倖存者的名字叫「于學良」。

「小怨哥，其實我想到一件事，怕你失望，所以一直不敢說。」

「甚麼事？」

「于學良住在精神病院裡，一定就是瘋瘋顛顛。只怕找他問話，也問不出甚麼。」

賴飛雲也想過這件事，但事到如今，只有姑且一試。可是，仍是不知于學良住在哪間精神病院，他倆商量一會，決定先查訪市內較大的幾家。

乘夜來到市內一家精神病院，兩人進內，到服務台問話。

「哦……于學良……他是這裡的病人。你們是他的甚麼人？」

出乎意料地幸運，賴飛雲從沒想過會這麼順利，第一間就找中了。

他深明與人打交道的手段，從袋子裡拿出一盒剛買的名貴巧克力，露出個迷人的笑容，就向小姐道：「我明晚請妳吃晚飯，可以嗎？」又指著背後的巫潔靈，解釋道：「放心，這是我妹妹。」

那小姐俏臉飛紅之後，便是面有難色，說道：「于學良他……他昨天死了。」

賴飛雲與巫潔靈對望一眼，互傳的眼色再明顯不過：「怎會這麼巧？天助我也！」雖然對死者不敬，但他倆不約而同都覺得于學良死得合時，死得太棒了。

在小姐面前，賴飛雲即時應變，解釋說他是于學良失散多年的舊友，他會在這時候來求見，乃是因爲接獲他的死訊云云……結果賴飛雲成功矇混過去。

原來精神病院爲了和醫院搶生意，居然自設殮房，想必是人人都曉得進來這裡是九死一生，病院的經營者一不做二不休，結合產業鏈，提供由生前到死後的一條龍服務。不只要賺活人的錢，也要賺死人的錢，連墳墓都有炒賣，難怪連外國人都說中國處處是商機。

不過賴飛雲懶得管這種事，沒放過此良機，拜託小姐帶他去殮房。但小姐不敢前往，便將帶路的任務交給病院的警衛。

在往殮房的路上，巫潔靈湊近賴飛雲耳邊，低聲道：「你知道嗎？我懷疑你有愛滋病。」賴飛雲道：「妳說甚麼？」巫潔靈嗔道：「我確定你平時行爲不檢！老愛泡妞！你這個拈花惹草、亂七八糟、不三不四的大色狼！」

賴飛雲笑了笑，拿她開玩笑道：「咦……妳不會是吃醋吧？」結果挨了她一腿，但不痛不癢。

他和巫潔靈的膽子也夠大，到了殮房，竟然一點也不害怕。縱使死者全身被張大白布蓋住，也可看出他斷了雙腿，白布上凸出之處只有他的頭顱、主軀和兩臂，明顯生前是個可憐的殘障人士。

就在賴飛雲將要伸手揭開白布，想看看死者于學良的長相，巫潔靈卻忽然大叫出來：「慢著！千萬別碰！」

賴飛雲的手停在半空，轉臉問道：「怎麼了？」

巫潔靈轉了轉眼珠，面色大變道：「有毒！」

33

賴飛雲的手差點就要摸上白布，聽到巫潔靈那番話，頓時將手縮回來，回首問道：「有毒？」

巫潔靈點頭，一邊側耳傾聽，一邊說道：「對！于學良的幽魂就在這裡，他向我說他是被毒死的……對方收買了殮房的人，在他死後，再在蓋住他屍身的布上下毒……目的就是爲了設置陷阱……」

不等巫潔靈再說下去，賴飛雲再清楚不過，這陷阱是針對他倆而設。

誰會在精神病院裡下毒？

難道就是爲了殺人滅口，阻止于學良說出甚麼祕密？

不用實際行動的話，也很難得到想要的答案——

賴飛雲拉開高爾夫球袋的拉鍊，拔出泰阿劍。

寒芒四射的劍尖，正指向牆角。

「出來！」

賴飛雲怒喝。

在那個大型文件櫃後，有個烏溜溜的人影。

那人知道無法再躲，便硬著頭皮走出來，只見他穿著襯衫西褲，左眼戴著眼罩，居然就是蒙武。

賴飛雲的劍已抵住蒙武的脖子。

蒙武沒料到對方行動如此迅捷，無力反抗之下，只好乖乖就範，盯著巫潔靈道：「小妮子……想不到老大所說是眞的，妳眞的是個靈媒。世上竟然眞有妳這種人，我眞是大開眼界了。」

賴飛雲早就料到此事與「九歌」脫不了關係，如今逮著了蒙武，當然要乘機追問下去：「你們爲何要衝著她來？還有，你們又怎麼知道我和她會出現在這裡？」

蒙武聳聳肩，說道：「老實說，你問我也沒用，我知道的事也不多，老大叫我做事，我就依他的主意去做，就是這麼簡單。至於我爲甚麼知道你們在這裡，我只可以說是我們老大神機妙算，他就是有方法算到你倆會在這裡出現……」

蒙武略微停了停，才用一錘定音的語氣道：「所以你倆是逃不了的！」

賴飛雲聽到一整個神祕組織要與自己爲敵，難免暗自憂心起來，瞪著蒙武的怒目沒有鬆懈，又問：「王猇也是你們的人嗎？」

蒙武答道：「我們當然想招攬他加入，但他獨來獨往，誰也管不著他，我們也不太敢惹他……他不是我們的人，但我們常常重金禮聘他做事，所以可以這麼說，我們與他之間是『商務合作夥伴』的關係。」

話音甫落，蒙武又冷笑一聲，續道：「有件事我要和你們道歉呢……當你們在這個殮房出現的時候，我就發了個短訊給我的同黨。很快就會有人通知王猇你倆來了西安的事……王猇會來啊！不過，他這傢伙十分麻煩，從來不坐飛機，要慢吞吞地搭火車來。」

聽到這種事，賴飛雲不由得悚然一驚。巫潔靈正在後方與于學良的幽魂對話，蒙武那話傳入她的耳中，突然打斷她的思路，令她也分心關心另一邊發生的事。

賴飛雲和巫潔靈也是坐火車來，知道車程大約是十二小時。換句話說，只剩下半天左右的時間來調查王猇的祕密。神祕集團「九歌」又從中作梗，但幸好他們是賴飛雲能敵的正常人，而不是王猇那種級數的「超人」。現在兩人正是身陷險地，必須趕在王猇來到之前盡快找到這個超級殺手的弱點，然後才會有一線生機。

巫潔靈爭取時間，繼續向于學良的幽魂問話。

與此同時，賴飛雲又想從蒙武身上探口風，但蒙武不是扯三拉四，就是岔開話題。他擺出一張臭臉，虛張聲勢道：「哼，你問了等於白問。你覺得我會這麼白痴對敵人講眞話嗎？我說的哪些是眞、哪些是假，你也不會知道呢。」

賴飛雲突然察覺有異，奇怪蒙武說話不疾不徐，拖泥帶水，當中可能有詐。

「你一直在拖延時間？」

蒙武不再回答，不置可否地笑了笑。

賴飛雲這才感到身體有些不妥，四肢開始變得乏力，有種昏昏欲睡的感覺。他轉首望向後方，驚見巫潔靈已軟軟垂倒在地。蒙武是擅用炸藥和毒藥的天才，賴飛雲以爲只要一直盯緊他，不讓他碰到任何東西，自己就會安然無恙，哪想到他早已在慢慢散播自己調製出來的毒。

在這情況下中毒，解釋只有一個——

四周，無色無味，卻充滿了看不見的催眠氣體。

蒙武狡詐多端，設計了雙重陷阱，連自己也一併迷暈，然後只要等到他的同黨到來，不費吹灰之力，就可以將賴飛雲和巫潔靈一網成擒。

「嘿……你中計了。『毒』這東西除了以固體和液體出現，亦可以氣體出……現……的……」

蒙武靠著牆垂了下去。

賴飛雲閉著呼吸，但爲時已晚，漸漸感到不支。但他憑著驚人的意志力，過去揹起巫潔靈，一邊用劍支撐身體，一邊開門走了出去。

只要沒走出這所病院，就會落入敵人的手上。

在深得不見盡頭的走道上，四周的景物逐漸扭曲。

麻醉的效力太強，賴飛雲自知身體已到極限，再走幾步，就連同背上的巫潔靈向前倒了下去，用膝蓋頂住，但最後還是無法抵禦侵蝕神經的睡意。

闔上眼皮之前，他看到了一個朝他而來的男人。

那男人——

他的右眼上戴著一個黑色的眼罩。

34

一樣的月光。

十萬里秦川。

古城上空的月亮，別有韻味。

陋巷的籬垣上有糜爛的氣息，死水裡的黴菌結出鐵鏽般的花朵，萬里幽谷淒麓，罌粟花盛開，野狼長嘯，荒塚上雜草叢生……

而在某片星光普照的土地下，棲息著一個沉寂的靈魂，埋藏著千古的祕密。

千古一嘆——

盡在墓裡。

在絹緞般的夜幕裡，車的影子在牆上遊走，浮光幻燈交錯，就像皮影戲裡的剪影。

這樣的夜，危機四伏。

賴飛雲是突然驚醒過來的。

當他醒來時，感到一陣顛簸，頭腦依然渾渾噩噩，睜開眼睛，就看到前方駕駛座上的兩個人。

「你醒來了。」

副駕駛座上的男人話聲相當低沉，臉上有種說不出的滄桑感，右眼戴著眼罩，就是賴飛雲昏迷前所見的男人。車後座的椅子收起，就成了置身的空間，原本也擺著不少雜物。巫潔靈仍然未醒，正躺在賴飛雲身旁，不知作了甚麼美夢，嘴角淌出一行口水。

車頭紅光閃字，面板顯示的時間是早上四時半，賴飛雲始知自己昏迷了四個多小時。

一念間，賴飛雲便想到在病院裡昏倒之後，一定就是前座那兩人將自己和巫潔靈抬到這台車的後面。對方沒有綑綁住自己的手腳，也就是沒有加害的意思，某種程度上更是自己的救命恩人。

賴飛雲不禁向剛剛說話的男人問道：「大哥，你們是甚麼人？」

男人依然沒有回頭，只是對著後照鏡說話：「我們是甚麼人？」

說完這句，他就叮嚀鄰座男人將車停靠一旁。

只見戴眼罩的男人將飲料罐拋出窗外，然後拔槍出來，將高高拋出的鋁罐射出個窟窿，手法乾淨俐落，因爲槍頭安裝了滅音器，所以沒有發出太大的聲響。

賴飛雲也學過用槍，深明要打中在空中移動的東西並不容易，而要像他那般泰然自若地出手，在開槍前就擺出一副自知必中無疑的神情，那又是更高的層次了。

男人露了這一手，才向賴飛雲道：「我叫張獒。獒就是藏獒的獒。」

賴飛雲知道，藏獒是藏人養的犬，這種犬體型龐大，堪稱「狗中的獅子」。他再看清楚張獒的面貌，才發現他其實有張年輕的臉，年紀應該和自己差不多；而駕駛座上的男人卻老多了，少說也有四十歲。

「我身旁這位是阿渡，他以前是個賽車手。」

阿渡沉默寡言，沒有回應，自顧自拿下車頭的衛星導航器，專心察看小電子螢幕上的地圖。先前在狹窄的小巷裡穿梭，車速極快，竟然就像在大馬路上開車一樣，與其他停靠在窄巷裡的車輛僅差數釐而過，可見他的駕駛技術果然十分高超。

賴飛雲注意到了，車頭上有七、八個彈孔，而玻璃上沒有太大的裂紋，想了想，便知道這輛車的車窗都是防彈玻璃。

賴飛雲暫時不問此事，而是先探一探對方的底細：「張大哥，其實我是想問你，你的身分……你爲甚麼要救我？」

張嫯輕嘆一聲，語出驚人道：「我？我是你的姊夫。」

聽到這番話，賴飛雲完全無法反應過來，以爲是自己聽錯。直至他看見前面的阿渡在暗笑，才知道張嫯的話原來只是在開玩笑。

張嫯本來嚴肅的神色不見了，搖搖頭，便道：「要解釋的話，眞是一言難盡。總之，我們極需要你和你身旁這位巫小姐的幫忙，而且是急需你倆的幫忙……不然的話，我的同伴就會死。」

聽對方的口吻，好像對賴飛雲和巫潔靈的背景一清二楚。

張嫯接下去道：「我的同伴正被困於一座陵墓裡。」

「陵墓？」

「對……這裡附近最大的古墓，就是那一個了……」

彷彿觸及甚麼禁忌話題，張嫯說到這裡便住嘴了，不過他的暗示已相當明顯。近年泛起一股盜墓小說的風潮，小說終歸小說，「盜墓」是國家嚴判的死罪，而且入侵的還是連小說也不能多提的古墓……張獒和他的同伴竟然大膽到這個地步，賴飛雲只聽得啞口無言，不知如何接話是好，望向車廂後方，果然疊滿鏟子和照明燈等用具。

阿渡突然推了推張獒的肩膀，又指了指車外。

張獒看了看，只道：「沒事，那只是貓。」

瞧向外面那片漆黑的環境，賴飛雲根本只看到模糊一團的東西，但張獒竟然可以看得清楚牆頭上的是貓，此人眼力之強，眞是超乎常人。

又看看前窗，賴飛雲發現，玻璃上那些彈孔，凹陷的是從外面射入的，完整穿透的則是由內向外射出的——這是防彈玻璃的特質，可以擋住敵人在外的槍擊，並可由車裡射出直接穿透玻璃的子彈來反擊。

不久之前曾有一輪槍戰。

賴飛雲感到喉乾舌燥，便向張獒借水喝，順便問道：「我們在躲避甚麼人嗎？」

張獒道：「你看出來了。其實，我們現在的處境很危險……我和阿渡由墓穴出來後，就一直被敵人追殺到這裡……那傢伙是個瘋子，十分卑鄙和陰險……他是『九歌』的人。『九歌』這神祕組織你應該聽說過吧？」

賴飛雲一怔道：「九歌的人？」

張獒一字一頓，吐出一個名字：「他叫易牙。」

「易牙？那個殺手？」

「咦，想不到你也知道他。這個渾蛋是個狂徒，最擅長暗殺。」

以賴飛雲所知，易牙是今年殺手榜上排名第三的殺手，犯案累累，而且處理屍體的手法令人髮指。易牙曾因爲愛上一個女人，而將這女人以前的男人殺光，再賣掉死者的內臟，用那筆錢來吃喝玩樂；他又因爲和那女人吵架，一怒之下將她殺死，後來警方發現女屍的時候，屍體是沒有臉皮的——聽說被縫製成足球的一塊皮，每當易牙踢足球的時候，永遠都會記得他的愛人。

眞是一波未平，一波又起，賴飛雲的命運遭逢巨變，短短一星期內，好像多了一堆敵人，這一刻暫且風平浪靜，就是不知有沒有命活過明天。

張獒將左手伸進黑色皮褸裡，似乎要拿出甚麼東西，一副欲言又止的樣子。

「這個……」

同一時間，賴飛雲喝完水，便將礦泉水瓶還給張獒。

詎料，那一刻發生了意想不到的事。

唰唰兩聲。

突然有兩顆子彈穿透前窗上的彈孔，射進了車內！

35

那兩顆子彈一左一右，穿透前窗而入。

前窗是防彈玻璃，照理說可抵禦一切外來的槍擊，但對方槍法神準，瞄準的竟是玻璃上已有的彈孔，同時發出兩枚子彈，射向前座那兩人。

敵人是使狙擊槍的能手。

暗殺者·易牙。

除了他，張獒已想不到還有甚麼人會有跟他級數相同的槍法，又會用這麼刁鑽的手法突襲。

也不知是張獒命大還是車頭的護身符顯靈，賴飛雲恰好在同一瞬間向張獒遞出水瓶，伸出的手擋在張獒胸前，竟是其中一顆子彈正好射向的位置，巧得不能再巧。

賴飛雲自身有磁氣護體，這股磁氣名爲「超導電極·磁氣逆雲」，自然即瞬而發，因此令子彈的軌跡偏離，歪了歪，間接救了張獒。否則依那子彈原來的方向看來，就會命中張獒的左胸，就算不是致命，也必然是重傷。

「阿渡？」

張獒逃過一難，馬上就想到阿渡。

阿渡中彈了，上衣滲出鮮血。

但阿渡知道敵人仍在遠方潛伏，定了定神，便咬著牙關，要將車子開到較安全之處。

駛了一會，路側有條窄得大車不能進入的小巷，但阿渡目測極準，按鍵令車子兩側的後照鏡自動內摺，然後硬闖進巷裡，撞翻了腳踏車、輾過一堆雜物，總算處於一個敵人難以繼續狙擊的位置。

「那狗養的！這種暗箭傷人的陰險小人，要是讓我逮到他，我一定要在他身上轟開十幾個透明窟窿！」

張嫯接過賴飛雲從車後交過來的急救箱，一邊替阿渡止血，一邊大罵。吵聲驚醒了巫潔靈，她也在這時悠悠轉醒，睜開眼，看見陌生人，根本不知發生了何事，不由得受到驚嚇，還以爲自己仍在夢中。

車的後車門可以打開，張嫯和賴飛雲一個持槍，一個持劍，各自在車頭和巷尾戒備。

張嫯再察看阿渡的傷勢，只見他面色愈來愈難看，便叫賴飛雲過來幫忙，助阿渡穿過車頂的天窗攀出，再由張嫯揹著下地。

巷頭停著一架摩托車，只見張嫯過去，幾下動作，不到三十秒，就啓動了那車的引擎，怎麼看也像個做慣了這種勾當的偷車賊。

張嫯用束帶將阿渡和自己綑在一起，回頭對賴飛雲說：「小賴，你不怕子彈，你就是易牙那奸賊的剋星。靠你來引開那傢伙了，我要帶阿渡去醫院。我很快就會再找你的，到時再慢慢向你解釋。一切小心啊。」

這個來路不明的男人來去匆匆，似乎對賴飛雲的事了然於胸，連他的暱稱也叫得出來。賴飛雲依然有很多話要問張嫯，但張嫯一坐穩，騎著摩托車向前加速，就帶著阿渡揚塵而去，也沒說好彼此聯絡的方法。

賴飛雲往另一個方向倒車開出巷子，他的駕駛技術比一般人強，但和阿渡相比就是天差地遠，車側被刮花了好幾處。他心想，都到這地步了，也顧不了那麼多，盡快逃命要緊，看張嫯也不像個斤斤計較的壞人，人家總不會要他賠錢吧？

暗殺者神出鬼沒，像影子般隱身於暗處，無時無刻都在等候取人性命的機會，惹上這種角色絕對是人生中一大不幸。

賴飛雲一直開著車，不敢停下來，頻頻拐左轉右，始終顧忌萬分。他叮嚀巫潔靈緊靠在駕駛座後方，途中向她略爲解釋之前發生的事。

「對了，當時妳和于學良的幽魂對話，有問出王虢眞正的名字嗎？」

知道了王虢的眞名，就有可能找到他的弱點。

這是賴飛雲當前最急切想知道的事。

「嗯。于學良以前是王虢的同學，兩人曾在同一所初中上課，所以知道王虢的本名。不過，我不知怎麼說，那名字其實沒甚麼特別……所以我覺得很奇怪……」

聽到巫潔靈來得及探出王虢的名字，賴飛雲總算鬆了口氣，就怕她當時末問完話就暈倒，白費了一番工夫。

「妳說來聽聽。兩顆腦袋，總勝過一顆腦袋，我會幫妳一起想的。」

巫潔靈遲疑片刻，才緩緩吐出一句話：「王猇的真名叫駱子夫。」

「駱子夫？」

巫潔靈言之鑿鑿：「我十分確定。是駱駝的駱，子孫的子，夫就是夫妻的夫……不會有錯。」

王猇原名是駱子夫。

剔除姓氏，就是「子夫」兩字。

至於「子夫」兩字中暗藏甚麼玄機，賴飛雲就是抓破了頭，也是想不出個所以然。要是兩個字複雜一點，至少會有多一點琢磨的空間，但偏偏是兩個筆畫不多、線條簡單的漢字。

兩人想了很久，想到腦神經幾乎要扭作一團了。

賴飛雲轉過頭，殷切地瞧了巫潔靈一眼，期待她會說上幾句話，打破這種令人慭悶的沉默。

巫潔靈同樣是摸不著邊，沒有半點頭緒，更懷疑道：「賈大哥最後那番話，會不會只是隨便說說？」

「不可能的。賈大哥說一是一，說二是二，他就是這種人。況且，他又不是妳，都到那種關頭了，哪裡還有亂說話的道理？」

賴飛雲可以斷言，這名字裡一定有甚麼祕密，是他倆現時無法參透的。

「妳頭腦比我好，快幫忙想想！王猇很快就會來到西安……如果想不出來，我們就只有等死了。」

「子夫不就是子夫嗎？倒過來唸就是『夫子』，夫子就是男人……我想到了！他的弱點莫非就是他的『下面』？」

賴飛雲直勾勾地看著她，沒料到她會說出這麼沒教養的話。但要是實情眞是如此，他就要練一招「猴子偷桃」的劍法……但怎麼說也太胡扯了，這番邏輯亂七八糟，既說不通，又言不成理。

賴飛雲搖頭否決，又問：「喂，子夫兩個字會不會有甚麼典故……」

「我又不是辭典，哪會知道！」

「那……子夫會不會是一個穴位的名稱？」

「你白痴啊。我會背人體穴位圖，肯定沒有這樣的穴位。」

賴飛雲深深嘆氣，一時之間沒了主意。

巫潔靈突然想起一事，拍了他一下，接著道：「賈大哥說過，他曾到訪王琥在西安的老家。我也問過于學良這件事，他就向我吐露出王琥老家的地址。我們要不要過去看一看？說不定會有所發現呢。」

賴飛雲聽了，誇讚道：「聰明聰明！妳這次眞的太聰明了！」

在茫無頭緒下，尚有一條線索未斷，賴飛雲覺得一刻也不容耽擱，叫巫潔靈說出那個地址，然後就要開車過去。

巫潔靈的記性極好，一字不誤地唸出一個地址，賴飛雲隨即在衛星導航器的控制面板上輸入，瞧了瞧規劃出來的路線，得知只花十五分鐘的車程，便可以到達。

王琥本來姓駱，駱家的舊居就在一條靜謐的長巷裡。

賴飛雲將車停好後，小心視察周圍，才叫巫潔靈下車。

摸對了門號，兩人看看上方，見是一幢三層樓高的平房，磚瓦破破爛爛的，這種舊區的老房子沒被「強拆」，在當今的中國來說可說是一個奇蹟。

門框有一尺多厚，木門石礎，烙花扉面，上面加了鎖頭。

賴飛雲一拳打在門鎖上，只用半秒就開了門。

他向內推開門扇，便和巫潔靈走進屋內。

36

冬夜漫長，到了凌晨五時，天邊依然沒有出現曙光的跡象。

屋內黑沉沉一片，所見之物只有一團模糊的輪廓，就像過度曝光的黑白照片。

賴飛雲和巫潔靈摸黑入內，找到電源開關，按了按，沒有半點作用。賴飛雲早就料到有這種情況，從肩上的長袋取出手電筒，打開光源，照出一個直徑約一公尺的光暈。

光暈逐一照過這一層的事物，可見玄關整齊放置一排鞋子，右牆側擱著兩架自行車，裡面是個小客廳，字畫春聯，籐椅牌桌，還有幾盆只剩枯枝褐葉的盆栽，四周積滿了灰塵、鋪滿了蜘蛛網。

搜過一遍之後，眼見此層擺設單薄，無甚特別，兩人便走上二樓。

二樓是客廳和書房，三樓是一大一小的寢室。

舊居保存完好，大多是傳統的紅木和柚木家具，瓷器茶具、痰盂都是八〇年代的花款，同時也有洋式的沙發和冰箱等電器，整體陳設簡樸，與那時代的尋常人家無異。

賴飛雲尋思道：「這屋子是王虢的老家，就是他買下的吧？聽賈大哥最後說到，他的養父母雙亡，他將屋裡的一切保留原貌，就是因爲念舊吧？」想到這裡，不禁好奇當年發生了甚麼巨變，不過時間緊迫，必須盡快搜出有助解開王虢名字之謎的線索。

商量之後，賴飛雲和巫潔靈決定從二樓開始調查。

賴飛雲為了令屋裡光亮些，便過去掀開窗簾和開窗。

生鏽的窗欞前，擱著一張帶蹺腳凳的躺椅，清風徐來的時候，賴飛雲不禁聯想到曾經有個飽歷世事的中年男人坐在椅子上，在每晚吃飯啜茗之後，口含菸斗，目光穿透縷縷香煙俯瞰古城的街景。

客廳中有個很大的壁櫃，裡面放滿數目驚人的神佛小像，木雕的、瓷塑的一應俱全，還有一座小神壇。

這樣的東西除了讓巫潔靈知道屋主是個信仰虔誠的人，便再無其他特殊意義。

兩人來到書房。

書房裡有五斗櫃、發條鐘、木質椅凳……還有張很大的寫字桌，但更引人注目的是寫字桌後的兩座大書架。看一個人的書架，就可以了解他是個怎樣的人。書架上藏書豐富，而且不少是艱澀難懂的書，國學鉅著有之，通俗讀物有之，當中以考古類和語言學的書佔大多數，甚麼《漢語學概論》，甚麼《說文解字詁林》……林林總總，都是一些令人看見會頭痛的書，由此可知屋主是位學究型的先生。

「這裡就是書房……」

巫潔靈有股莫名其妙的感覺，認為這裡一定藏著甚麼東西，可能賈釗就是在這裡找到很重要的線索。

賴飛雲把握時間，暫時離開巫潔靈，分頭行動，逕自到樓上寢室。

他用上在警校裡學來的專業搜證手法，內內外外，翻箱倒櫃找了一遍。當他舉起床板，在床架裡找到一箱東西，還以爲有所發現，殊不知只是一堆孩童的玩具和漫畫故事書。

賴飛雲回去二樓，竟見巫潔靈正在翻閱一疊簿子。

她向他仰起臉，露出苦惱的表情。

「妳有甚麼發現嗎？」

「還不知道呢。我在書桌最下面的抽屜裡找到了駱先生的日記簿……駱先生就是王虢的養父，他有不定期寫日記的習慣，這裡就是他的書房。」

巫潔靈舉起手中的簿子，又道：「我翻閱了幾本日記，寫的都是一些生活瑣事，沉悶得很。但可以證實一點，王虢原來的名字果然是『駱子夫』，他的家人都會叫他『阿虎』，這應該是他的乳名。」

「駱子夫、駱子夫……爲甚麼賈大哥單看這名字，就會想到王虢的弱點？實在太不合乎常理了。想不透啊……」

巫潔靈打斷他的思路，說道：「不過，有件事非常奇怪。」

賴飛雲向她投出一個好奇的眼神。

巫潔靈舉起其中幾本日記簿，翻給賴飛雲看，只見有好幾頁紙被撕了下來，觀其前文後理，並無特別之處，就是不知那幾頁日記爲何不見了。

她向賴飛雲問道：「你曾和賈大哥辦過案，我想問你，你覺得，這會不會是賈大哥撕走的？」

賴飛雲想了一會兒，答道：「賈大哥是暗中調查王猇的。以他那謹慎的性格，擔心打草驚蛇，我覺得他不會胡亂取走屋裡的東西。我跟著他辦案，看見他都是戴著手套，為了做到無人察覺，每取一件東西之前都要我先幫他拍照，然後依照原貌放回原處。」

對話期間，忽然聞到一陣燒焦的氣味。

賴飛雲感到不對勁，邁步到樓下視察，竟發覺樓梯口已被熊熊烈火密封，一樓竟是一片通紅。下面沒有易燃物，無緣無故起火，火勢又燒得這麼快，賴飛雲十分肯定有人蓄意縱火，他倆的舉動正被尚未現身的敵人掌握得一清二楚。

現在情勢危急，賴飛雲向著書房大喊道：「我們要走了！」

巫潔靈始終不肯離開書房半步，她對自己的直覺深信不疑，覺得那幾頁日記上記載著很重要的事情，滿腦子都是疑問：「到底是誰撕走了日記？那幾頁被撕走的紙已經被丟棄了嗎？不，賈大哥能揭開祕密，如果真是和日記有關，那幾頁日記一定尚在這間書房裡！」

書房裡沒有檔案夾這樣的東西，文件都是整齊疊好的，但她早已仔細檢查過一遍，都沒有找到尺寸和紙質吻合的紙張。

巫潔靈又想，如果是她自己，一定會將東西藏在不起眼的地方。

一瞥眼，她的目光掠過了書架。

「沒人會碰的地方……書架上的書！」

驀然有了這樣的想法，她便蹲在寫字桌後的書架前面。可是兩座書架上的藏書那麼多，樓下濃煙陣陣，火勢快要逼上來了，最多只可留兩分鐘，在這麼短的時間內，絕對不可能一一搜遍書架上的書。

賴飛雲一時未知她的想法，不斷催促道：「走吧！妳在幹嘛？再不走就來不及了，我們都會被燒成焦屍的！」

與眞相只有一手之隔，雖然萬分可惜，但到了這個關頭，眞的已經別無他法，遺憾的是無法將兩座書架上的書全部搬走。

巫潔靈的目光在兩座書架之間遊走。

除了書脊上的書名不同，每本書看起來都好像一模一樣，要在眾書之中找到藏著日記頁的一本，倘若時間充裕，尚有這個可能，但現在要做到簡直就如在火海中撈針。

但巫潔靈注意到書架和圖書上的灰塵分布均勻，積上那麼厚的灰塵，非得費上三年兩載不可。她馬上推想：「當時賈大哥就算時間充裕，他也一定沒有用上逐本逐本書翻開這麼笨的法子。他一定看到了書架上有異常……」

有了這個想法，她再細看書架，找不到想要的東西絕不罷休。這時候，賴飛雲急得要過來抱起她，已到了不走不行的地步。

也在此時，她的目光突然一亮。

在書架上倒數第二排的整套《四庫全書》之中，其中一冊的位置放錯了，第二十四冊放在第二十二冊和二十三冊之間。

巫潔靈從書架上拿下第二十四冊書。

一打開，就有一張宣紙翩然掉到地上。

宣紙上墨跡拓印的形狀，就像是一個劍鞘。

而那些不染墨跡的空白位置，赫然可見兩個古字！

37

巫潔靈翻開手中的書，書中夾著的就是日記的殘頁。

她只是碰碰運氣，想不到一試便成，眞的讓她找到想找的東西，不由得驚喜萬分。可是還要待她逃過這一場火劫，才能眞正感到高興，不然一切都是枉然。

這時候燒焦的氣味愈來愈濃，往樓下的階梯已被烈火吞噬。火勢極旺，由起火到燒上二樓不到三分鐘，尚未驚動好夢正酣的鄰居。

巫潔靈撿起掉在地上的宣紙，看也沒看就夾回書中，正想走向賴飛雲，卻忽然聽見他大喊一聲：「別過來！等一等！」

賴飛雲現在最擔心的不僅是火，而是敵人會不會在外面埋伏狙擊，只怕她一走近窗邊，就會遭到槍擊。賴飛雲想到一個法子，快去快回，將窗簾布扯下，然後過去單手抱起巫潔靈，邁步跑上水泥階梯。還好她是體格輕盈的少女，所以他抱著她走動，仍覺來去自如，一點也沒有快要斷臂的感覺。

不能往下面逃，就只好往頂樓跑。

經天台下到地面，是他認爲最安全的逃難路徑。

賴飛雲心裡明白，他能想得到，敵人也一定能想到。縱火的眞正目的很明顯就是要他倆暴露在外，被逼置身於狙擊槍的射程範圍之內。

賴飛雲心想：「九歌的人都知道了我的磁場特能，要是他們懂得用特殊的子彈射我，我還是一樣會挨轟。不過我挨一、兩槍未必會死，怕就怕中槍的是她……」

所以他用大簾布包住自己和巫潔靈，就是要令對方看不清他倆的身影。就算對方亂槍射來，也未必可以射中致命的部位。

一撞門，就連人帶著簾布衝到天台。

耳邊出現一下槍聲。

但賴飛雲和巫潔靈都沒有中彈。

晃在半空的大布簾一落，賴飛雲便掩護在巫潔靈前面，捏了個「千里陣雲」的劍訣，手中的泰阿劍蓄勢待發。

憑著剛才的槍聲，他發現了敵人的位置。

敵人就在對面那幢樓房的天台上。

兩幢樓的天台並非鄰接，只隔著一條約三公尺的間隙，成年男人可以輕易跳過去。而敵人正藏身在矮牆之後，長槍的槍頭在圍牆上方露出，看來很快就會再朝這邊開槍。

賴飛雲將泰阿劍緊握在手，只待對方身子探出，無形劍氣便會順著斬勢而去。

到底是子彈快？還是他的劍氣較快？

他也沒有十足把握。

將近破曉，四野泛起霧氣。

霧裡凝聚著的，卻是兩股對峙的殺氣。

死寂。依然死寂。

賴飛雲屏神斂息，正奇怪對方怎麼毫無動靜，忽來一陣亂飆的狂風，吹得冒出來的狙擊槍槍頭歪向一側，隨即砰然應聲而倒。

賴、巫兩人皆感愕然。

只見對面天台上，那扇通往樓下的鐵門慢慢打開，然後有個身披奇怪「披風」的男人賊頭鼠腦竄了進去，狀況甚爲滑稽。雖然周圍晦暗一片，但賴飛雲照樣瞧見那人的背影，他穿著的是用黑色羽毛織成的披風。

傳聞中殺手易牙每次成功殺人之後，都會在案發現場留下一根烏鴉羽毛。

正因如此，賴飛雲心想那人果然就是易牙，至於堂堂大殺手在暗算失敗之後，竟然臨陣逃竄，也實在有夠好笑。

兩人捏了一把冷汗，總算相安無事。

賴飛雲感嘆道：「唉！就怕那傢伙會捲土重來……這種卑鄙小人是最可怕的，明明有實力，卻不會正面和你交鋒，只會耍手段來暗算你。」

巫潔靈道：「難怪他那麼成功。如果他眞的和你拚命，結果很可能是兩敗俱傷。但如果他暗算成功，就只有你一個人死去，只要能夠生存，他就是大贏家。」

有時她的話一針見血，卻教人很難接話。

賴飛雲聽了，只感到極度無奈，想到和她尚未真正脫險，便再次用左手抱起她，緊緊摟在懷裡。他的紅唇貼近她的臉頰，稍爲趨前便可「一親芳澤」，但賴飛雲是個正人君子，才不會乘人之危，佔這種便宜。

賴飛雲吩咐她好好繞緊雙臂，然後沿牆從天台躍下。他早在樓下做過測試，窗架是鋼鐵製的，只要他一發動人體磁場，便能黏過去。可是兩人的下墜力太大，賴飛雲一黏近窗架，便伸出右手牢牢抓住，以減緩下墜之勢，掉到下面的一層，又再依樣畫葫蘆，如此做了三次，便順利降落地面。

賴飛雲搓乾淨手心上的鐵鏽，正想放下巫潔靈的時候，她卻突然親了他臉頰一下。賴飛雲呆在原地，巫潔靈走在前面，長裙輕紗曼舞，笑靨甜美，臉不紅耳不赤，不當一回事地說：「你救了我這麼多次，我只想到這法子答謝你。你不會嫌棄我吧？雖然不是『初吻』，但我的吻很值錢的！」

賴飛雲生平未遇過作風如此大膽的女生，竟顯得有點不知所措。此情此夜難爲情，幸虧沒有被她發現他耳根燙熱之事，不然就會被她笑上一輩子。

兩人匆匆回到車子那兒。

賴飛雲確認安全之後，便叫巫潔靈上車。然後他前前後後巡視了一遍，確保暗處沒有敵人隱身躲藏，才打開車門上車，坐到駕駛座上。

車鑰匙啓動引擎的時候，全車顫抖了一會兒。

一幢幢老房子在窗景上變換，賴飛雲緊控油門，急駛過幾個路口，或快或緩，時左時右，駛過了闃然人稀的泥濘路和柏油路。

來到一條僻靜的隧道，便將車子停在一旁。

在隧道裡，便不怕敵人的狙擊槍，敵人要是從前後兩側出現，蹤影亦會無所遁形。

賴飛雲感到如釋重負，這才與巫潔靈拿出書裡的夾頁，一同研究起來。

首先映入眼簾的，是那張疑是拓本的宣紙。

在宣紙的墨印裡，清晰可見兩個古字：

儘管巫潔靈根本看不懂，她的直覺告訴她——

這兩個古字裡藏著驚人的祕密！

38

巫潔靈看不懂那兩個古字，凝目瞧向賴飛雲，但見他一副若有所思的樣子。

一個懂事的女人眼看男人認眞深思，理應不會打擾他。但巫潔靈愈看愈不舒服，覺得他知道一些她不知道的事情，忍不住嚷道：「喂！你知道這兩個鬼圖案是甚麼意思嗎？」

賴飛雲一直垂頭思索，目光不離紙上那兩字，過了好一會，才徐徐道：「這兩個字是小篆。」

巫潔靈道：「小篆？甚麼是小篆？」

賴飛雲一怔道：「妳竟然不知甚麼是小篆？」

原來巫潔靈雖有名師指導，求學的經歷卻是異於常人，平常人到十歲才接觸詩詞歌賦，但她在那個年紀已經可以寫出格律工整的詩。不過她所喜的是雜學，博覽群書，良莠不齊，國學經史與杜撰謬論混爲一談，故此她腦袋裝的都是古靈精怪、亂七八糟的學問。

對於不感興趣的知識，她眞的會完全不去碰，老師也不會強逼她去學。賴飛雲瞧過她寫出來的字，醜得令他幾乎暴跳，就知道她沒練過字，對書法一竅不通，但她偏偏能道出不少書畫作品的典故，對書法家的生平和軼事瞭若指掌。懂一些又不懂一些，結果罵她孤陋寡聞不是，讚她兼通古今又不是，這種世間稀有的女生還眞是不知該如何評價。

賴飛雲解釋道：「小篆就是秦朝時統一通行的字體，由李斯所創……」

巫潔靈忽來打岔：「哦！李斯！我知道他，他就是秦朝的丞相！他那篇〈諫逐客書〉很有名呢！秦國能統一天下，將國家管理得井井有條，李斯大叔實在功不可沒呢！」

賴飛雲興致勃勃，說道：「李斯也是個很有名的書法家。妳想一想，他能造出一套世人共用的書寫字體，這樣的曠世奇才在歷史上絕無僅有……」

突然間，他發覺愈扯愈遠，便轉回正題道：「秦始皇統一天下之後，其實也做了一件了不起的好事，就是統一六國的文字。在小篆出現之前，中國人所用的文字都很繁雜，異體字多得嚇人。有了小篆，全中國人用的才是一模一樣的文字。」

巫潔靈恍然道：「你這麼說我就明白了。其實你不用長篇大論，你說小篆是秦國統一後所定的文字就夠了，其他的事我比你知道得更詳細呢。車同軌，書同文……我讀過《史記》，你有讀過嗎？《左傳》和《封神演義》都是我小時候的故事書，我對春秋時期每個人物的故事都耳熟能詳呢！」

賴飛雲老是被她打亂話頭，皺了皺眉，想挫一挫她的銳氣，便指著宣紙上那兩個古字，語帶不屑道：「那妳知道這兩個是甚麼字嗎？」

巫潔靈賭氣道：「你在欺負我！其實你是故意裝懂吧？以爲我看不懂，你就可以亂說一通，當我是白痴。」

因爲學過書法，賴飛雲眞的略懂小篆。他不甘心被揶揄，便打算從頭到尾清清楚楚向她解說。他先指著紙上下方的那個「孫」字，說道：「漢字是象形文字，形義俱全，這一點我不必多說吧？而這個古字，主要由兩個部分組成……」

巫潔靈一點即通，又插嘴道：「我知道！我讀過《六書》！漢字有六種造字原則，雖然形聲字佔大多數，但基本結構仍是以象形爲主，用象形字作爲主體，演變出成千上萬個漢字。」

她看了那個「孫」字一眼，又道：「讓我猜一猜……形聲字是在漢朝才大量出現。這兩個古字一左一右，是兩個象形字合在一起，應該就是會意字吧？」

賴飛雲只聽得啞口無言，心想她剛剛提及的事，有些還是超出他的學識。賴飛雲心想：「這樣也好。也許讓她胡言亂語，大家會有啓發，解開這兩個字的奧妙。」他向她微微點頭，回應道：「妳說得沒錯。照我看來，這個字本來是兩個不同的象形字。」

接著他取出紙筆，另外寫上兩個小篆字，正是將原字分拆而成的「子」和「系」。

賴飛雲先指著右邊那部分，道：「這是個字旁，在篆刻中很常見，就是從糸的『系』字，即是嫡系的系。」言畢，就在「系」旁邊標上「系」。巫潔靈見了，覺得這個象形字像一條將東西串在一起的絲繩，果有連續不斷之意。

解完右邊，就到左邊的部分：「子」。

賴飛雲道：「這是個『子』字，子丑寅卯的子。」

他一邊說，一邊寫出「子」字，與原先寫上的「系」字並排，併成一個「孫」字。寫完之後，便道：「好了！妳看懂了沒？兒孫滿堂，血脈相連，那個用小篆寫成的古字，應該就是個『孫』字。」

巫潔靈呆呆看著，驚奇道：「咦……孫字是這麼寫的嗎？」

賴飛雲這才明白，她原來只學過簡體字，所以對繁體字感到陌生，因爲在簡體字裡，孫字是寫作「孙」的。

兩人的目光又回到那張宣紙上。

賴飛雲道：「我只能看懂一些簡單的篆刻。另一個字的下半部分我沒認錯的話，是個『禾』字。」隨即又將「禾」字寫出來，給她看看，又補上一句：「我以前有個姓秦的朋友，他做過一個篆章，好像就是這樣子的。」

無須他伸手指明，巫潔靈也曉得他所說的，乃是那個形狀爲「」的古字。

秦孫。

如果賴飛雲的解讀無誤，譯成現代人讀得懂的文字，那兩個古字正是「秦孫」。

至於「秦孫」兩字有何含義或隱喻，賴飛雲一番揣摩和推敲之後，還是大惑不解，有種如墜五里霧中的感覺。但細心一想，這張有拓印的紙只是無緣無故出現，未必和王琥的祕密有關連，與其深究下去，倒不如全心思考王琥眞名之謎。

巫潔靈一樣苦思無果，此時想起日記的事，便說：「你眞笨啊！我們手上還有很重要的線索。駱先生會將這幾頁日記撕下，又藏在那樣的地方，一定就是有古怪。我們快看看吧，說不定字裡行間會有答案！」

賴飛雲瞇著眼看她，不忿道：「妳怎麼不早說！」原來他當時沒瞧見書裡的日記殘頁，她一直不告訴他，他就不知道那樣的事。

兩人小心翼翼取出書中夾著的殘頁。

只見紙上的鋼筆字工整易讀，一筆一畫都很清楚，賴飛雲暗讚駱先生寫得一手好字，讀起來令人心曠神怡。

一頁接一頁。

兩人開始讀起駱先生的日記。

他倆卻沒有發覺，有雙眼睛正在黑暗中窺視……

39

一九八五年X月X日

虎兒今年十二歲了。

他開始發育了，聲音變了，每次帶他到朋友家，大家都說他又長高了一點。

我這個當父親的，既欣慰又擔憂。

自從當年那奇人走了之後，已有十二年了，時間眞是一晃眼就過去。日月如梭，這個梭就是織布上用來牽線的工具，將日與月的交替比喻成運行極快的梭子，古人的想像力眞是豐富。

十二年來，那個人的話一直在我腦中牽絆不去。

甚麼惡魔的後裔，我始終想不明白。

虎兒頑童脾性，偶爾也做壞事，都只是一些無傷大雅的惡作劇。他本質善良，我身爲人父看得出來。三歲定八十，這是有道理的。我教的，他都乖乖聽話。他走來問我：「爸，我最大的優點是甚麼？」

我就對他說：「你最大的優點是善良。」

他顯得有點失望，問我善良也算是優點嗎？

人善人欺天不欺，人惡人怕天不怕。

這是我對他的回答。

他似懂非懂，嘻嘻一笑又跑去玩了，根本不把我的話放在心上，也莫怪他，他這年紀的孩子想的淨是玩的事情。

這麼天眞爛漫的孩子，長大後會變成惡魔，我眞是死都不願意相信。畢竟甚麼惡魔後裔只是隨口說說，但不得不提防有人要傷害虎兒。幸好這許多年來我和阿妍三緘其口，至今相安無事，就盼望上天會庇佑我家平安一世。

我一直很想消除心中的隱憂，可是關乎虎兒身世的線索，就只有那一把古劍。

我翻閱不少關於鑑賞古董的書，也向大學裡考古系的朋友請教過，幾可斷定此劍是春秋戰國時期的古物，價值難以估計。這樣的東西本來是要無條件捐獻給國家的，但現在時機未是合宜，我有必要代虎兒好好保全他的東西。

假如這把劍是虎兒祖傳之寶，他的家族一定顯赫不凡、大有來頭。因爲在古時，佩劍就是身分的象徵。

古劍的劍鞘上兩個篆文是甚麼意思，我至今未能參透。

秦，姓氏也，追祖溯宗，虎兒的先祖可能是中國一個姓秦的名人。當然，也不排除他的身世和秦朝某個大人物的血統有瓜葛。

我翻查過無數典籍，頭上白髮不知多了幾根，也是尋不出個所以然來。

說到惡魔，我倒想到中國的一位暴君，不過這種事太過荒謬，而且暴君的本姓根本不是

「秦」，一切只是天馬行空的胡思亂想。

也試過將兩字拆開，逐一鑽研，從字源的角度去猜想，結果一樣徒勞無功。單是兩個字就讓我有了這許多聯想，漢字眞是奧妙精深。

昔者倉頡作書，而天雨粟，鬼夜哭。

傳說漢字是倉頡發明的，從靈龜的龜背得到靈感，就創出文字。近代考古又的確發現了甲骨文，與傳說吻合，這種事眞是玄之又玄。有了文字之後，人類自此靈智大開，有了一套利於記事和傳播知識的系統。另外有趣的是，倉頡造成文字那一天，天地間鬼哭神號，就是因爲有了文字，民智日開，民德日離，人類變得邪僞狡詐，爭奪殺戮由此而生，所以連鬼也不得不哭了。

明明人跑得比狗還要慢，身形不及大象，力氣也不如猛獸。但人類可以主宰世界，有人說是因爲人類有一雙靈巧的手，我們這些學過語言學的人看了那篇文章，只有搖頭嘆氣的份兒，只覺寫文章的人詭辯一通，不明事理。

人類貴爲萬物之靈，主因是人類有複雜的語言。

言歸正傳，那兩個古字帶來的迷思，線索只得這麼少，就算我再想下去，耗盡一輩子精力也未必有答案了。

不管虎兒的祖先是甚麼人，他現在就是我的兒子，是姓駱的。就算在血脈上無法斷絕與祖先的連繫，他也可以用與過去全無相干的身分活下去，只等我和阿妍夫妻入土爲安，世上便再無人知曉這件祕事。

我本來是這麼想的，但我最近發現自己大錯特錯，要做到這樣的事可能遠比想像中困難。

虎兒自小體質特殊，隨著他歲數增長，這特質愈來愈明顯。他做甚麼運動都比別人強、容易上手，半天學會游泳，再過半天就贏過了大人。我和他比臂力，竟也輸給他。我不否定有人天生神力，但一個小學生能做出這種事，令我不得不想到他的身世上頭。

年初有個朋友匆匆趕來大學找我，說他目睹虎兒被大貨車撞倒。我們趕去學校，竟看見虎兒安然無恙地上課，只是身上有些血跡，除此之外完好無缺。我朋友直呼見鬼，因爲他當時明明瞧見我兒子頭破血流、半死不活地躺在地上。

我知道，朋友所說的話是眞的。

虎兒自小就沒生過病，無論大小損傷不到半個小時就會自動痊癒。我這個當父親的，又豈會沒察覺兒子異於常人的體質？

前天虎兒闖禍了。

他和同學踢足球的時候，球一飛，弄破了別人的窗子，我接到他的電話，就過去幫他賠錢。我向那群小鬼訓斥一番：「你們踢足球，哪會在人家門口踢的？學校不是有足球場嗎？」

虎兒一個同學小聲說話，但我還是聽見了：「我們就是在學校的足球場踢的……」

我當時的表情一定驚愕萬分。

我大概知道位置，學校與那房子相距至少一公里遠，能將球踢到那麼遠的地方，這到底是多麼驚人的神力？

回家的時候，虎兒跟著我走，我回頭看他，他垂頭吐了吐舌。他以爲我在生氣，其實我悶不作聲，只是因爲我心中充滿了憂慮。

經過街口的時候，我們買了炒栗子，就一起愉快地回家。途中我和他談起他身體的事，他親口答應我，不會在別人面前逞強，張揚自己的神力。

「我明白的！將來我要當中國的超人！」

前陣子我和他看了一齣美國電影，他很崇拜片中那個超人，說要學他一樣，平時隱藏眞正身分，只在適當時候才變身成救人的英雄。我不忍心打消他的興致，因爲在現實裡，根本不容許他做出這樣的事，別人發現他的奇能，只會將他看作怪物。

再這樣下去，除非到無人島隱居，不然眞的無法瞞下去了。

我日夜憂心，虎兒的事遲早會被人發現……

40

一九八六年X月X日

升上國中之後，虎兒更加懂事了。

但他有時候會有些很奇特的想法，做出一些令人大吃一驚的事，行爲往往出人意表，有時就像個脫線的木偶。

難道青春叛逆期的少年都是這樣子的嗎？

不過，聽說他在學校裡人緣挺好，老師都對他讚賞有加。

不知不覺，他的個子已長得比我還要高，猶幸他現在失去了那股神力，變得和正常人無異。

我也是在極爲偶然的情況之下，發現這個關於他身體的重大祕密。箇中原理是全然無法解釋的，不過管不得那麼多了，總之我終於知道如何克制虎兒的力量，讓他可以像個正常人一樣生活，這就已經夠了。

我的隱憂並未完全盡消，到虎兒長大成人的時候，他一定會發現這個祕密。他擁有那股強大的力量，只要用在正途上，說不定可以改變世界；但如果他用來做壞事，後果將不堪設想。

這是他的命，一切就由他自己選擇好了。

我這個當父親的，能做到的就是在旁循循善誘。

而我對他很有信心，因爲他是我養大的兒子。

今天和學生上了有趣的一課。語言學是比較冷門的專業，所以主修我這門學科的年輕人都是滿懷熱誠和對研究語言充滿了濃厚的興趣。

我們談到古埃及文。

這不得不提到非常有名的羅塞塔石碑。

它現在是大英博物館的鎮館之寶，就和無數中國文物的命運一樣，這塊石碑亦是英國從別國掠奪過來的。

在羅塞塔石碑重見天日之前，無數考古和語言學家極盡所能、殫精畢思，都一直無法破譯古埃及文這種神祕文字。羅塞塔石碑意外成爲解譯古文的關鍵線索，是因爲碑體上有三段銘文，分別是古埃及文、埃及草書和古希臘文，而碑上三種文體記載的都是同一件事（記憶所及，是埃及一個法老王的詔書）。這塊三語對照的石碑就是給所有學者開啓一個通往古埃及文明的鑰匙孔。

當語言學家最大的夢想，就是成功破譯一種失傳的文字，而這世上仍然有很多已被發現卻無法完全解讀的古老文字，譬如著名的A類線型文字和復活島上的rongo-rongo。倘能解讀一二，發表論文，就能在歷史上留名，但是要做到這樣的成就談何容易！

可想而知，當時各國學者爲了爭相成爲破譯古埃及文的第一人，競爭的氣氛一定十分熾熱，再加上十九世紀初整個歐洲都捲起一股「埃及熱」，誰能最先譯出碑文，就會成爲整個學術界的「英雄」。可是事與願違，無論那些權威學者費煞多少心思，抓破了多少顆腦袋，面對那些由鳥蛇杖繩等圖案拼湊而成的古埃及文，他們都是一籌莫展，莫衷一是。

直到年輕的天才學者商博良出現，羅塞塔石碑的神祕面紗才被揭開。商博良的確是個奇才，語言天賦空古絕今，十九歲就已經成爲歷史系教授。這個法國人精通十種以上的他國語言，更特別是他還精通唯一與埃及語有親屬關係的科普特語。一切就像冥冥中自有天意，上天讓他生於人世，彷彿是要他來爲人類了解埃及文明而作出偉大的奉獻。

很多人第一眼看見埃及金字塔、墓室和神廟裡的圖案字符，必定以爲古埃及文純粹是一種象形文字。這是錯的。往這個錯誤的方向展開研究，一輩子也不會找到答案。只有商博良獨具慧眼，第一個意識到那些圖案都是充滿誤導性的幌子，底細卻是一種拼音符號。

原來石碑上的碑文中有些是字母、有些是音節，也有一些眞的是代表某一事物的象形義符。那些字母和音節一一都與古希臘文對應，而古希臘文是人類仍能讀懂的活文字。有了這番高見爲基礎，其他學者就用嶄新的角度來研究碑文，最終達成破譯古埃及文的成果，商博良居功至偉。

我的學生都對這則故事深感興趣，下課時間到了都不願走，大家繼續留在講堂裡討論。我把這樣的事記述下來，整理之後，將來可爲學生做筆記。

本來下午要和大家講解和漢字同屬象形文字的瑪雅文，但最近我的身子不太好，老覺得胸口憋，喘不過氣來，於是早退，回家休息。之前做了身體檢查，本來今天要去醫院看報告，但實在太不舒服，便打算改天再去，或者託醫院的朋友送來我家。

……

擱筆之後，補寫一段：

傍晚散步之後回家，看見玄關有女生的鞋子，又聽到樓上有女聲。

虎兒只不過在唸國中，就帶女同學回家，這種事太胡鬧了，我帶著怒氣上去開門，看看這兩個小傢伙在幹甚麼。

怎料到開門之後，我比虎兒和那女生更加驚訝。

他倆其實規規矩矩的，應該沒做出甚麼壞事，至於我驚訝的原因，寫出來也好像是甚麼怪談一樣……

那個女生是沒有牙齒的。

她緊緊閤上嘴，不敢對我說話，我看她這模樣，就曉得她很怕別人發現她沒牙齒的事。

我感到愕然，甚麼都來不及問，虎兒已匆匆帶著那女生走了，還說今晚可能會在朋友家中過夜。

他這孩子真是令人擔憂，之前還讚他懂事，我要收回這句話了。

明天我一定要找機會向他問個明白。

41

一九八七年　大寒

我被診斷出心臟病這件事阿妍和虎兒是知道的，但我還沒有明白告訴他們，其實我隨時會有生命危險。

年事已高，經歷過風浪，活到這把年紀算不錯了。生死有命，實在不希望身邊的人爲我操心。若問我人生有甚麼遺憾，就是無法看著虎兒長大成人。

不知何故，前幾天在家裡找東西，翻見虎兒童年時的事物……漫畫、彈彈球、鐵皮蛙、海軍衫、椏杈彈弓……我不禁老淚縱橫，獨愴然而淚下。

虎兒是個很好的孩子。

今個早上，我也差不多快走到大學了，忽然就聽到虎兒在背後喊我的聲音。這個孩子眞是的，他騎著自行車追上來，就是要拿我忘了帶的飯盒給我。我問他不擔心上學遲到嗎？他就說對自己的腳很有自信，一定來得及趕回去學校，這個學期他可沒有缺過課。

我提著那個飯盒，看著虎兒高大的背影漸漸遠去，心中便有股說不出的感觸。

「就算我不在，你也會代我好好照顧媽媽吧？」

當時我差點衝口而出，對他說出這番話。

這個孩子知道了我的病情，就一定瞞不過他媽。

就算失去了天生的神力，虎兒的體能也比一般人優越。去年十一月的地區運動會，他神祕兮兮地請我一定要去觀賽。當天他在運動場上的表現，眞的一鳴驚人，甚至有點誇張，大勝其他選手。有芳鄰在場，他在我面前誇讚虎兒，說虎兒在這年紀能跑出那種成績，前途無可限量，將來有機會爲國家增光。

虎兒贏了比賽，得到一筆小獎金，就說要請我和阿妍上館子。這個傻孩子，笑著說甚麼將來要賺更多的錢，來給爸媽享福。

一整晚，阿妍和我心裡都是樂孜孜的，阿妍說有這個孝順的兒子是我倆的福分，我表面嘆氣，心底裡是認同的。

早前國中的體育老師來我家，特地和我談虎兒的事。他說虎兒是萬中選一的人才，他想引薦虎兒到國家隊。虎兒當時也在客廳聽我們談話。我考慮了一會兒，堅持自己的立場，要他們再等兩年，等到虎兒國中畢業，到時他滿十六歲，他的命運就由他自己來決定，而這兩年我希望虎兒可以專注在學業方面。老師勉爲其難答應，虎兒也是有點不高興，但他還是乖乖聽我的。

只有我了解，要是虎兒的力量一旦解放，到時候代表國家參加最高水準的奧運會，虎兒即使未出全力，也一定可以遠遠勝過世界一流的選手，世界紀錄想破就破。

這個決定，我也不知是好事還是壞事，但我眞的寄望虎兒能代替我好好照顧阿妍。

其實我還有一件事瞞著家人，就是我遭大學開除了的事。

上星期收到這個消息，我根本不能相信。這一定不會是我的教學出了事，唯一的解釋是我得罪了人。我這人瞻前顧後，很少與人爭執，常常吃了虧都是忍氣吞聲，這種事怎會發生在我的身上？我至今依然不明白。

有同事小聲向我告密，是胖領導下的決定。胖領導是黨派過來的人，他沒架子，脾氣也很好，平時和我有說有笑。我只開過他一個玩笑，除此之外，根本不可能和他結怨，而且還嚴重到要解僱我的程度，不給我任何賠償。

我滿腦子一片空白，走去和上級理論，但他們不肯接見我。退休金化爲烏有，我當時眞的傷心到了極點，胸口一陣窒息，要同事扶我到醫護室，差點兒心臟病發，魂歸天國。

十分奇怪的是，當我離開大學的時候，胖領導竟然在門口等我，繃著臉瞟了我一眼之後，就塞了一包錢給我。

「有些事，你不要多問。你一定要保密，不然我會陪著死的。」

這中間發生了甚麼事，我不明白。

我答應他，想尋根究柢也不行了，而那筆錢不是小數目，無論如何，我們一家日後的生活總算有了著落。

幸好今天要回去大學那邊收拾東西，才沒有被虎兒發現我被開除的事。我在過年後會向阿妍解釋的。噩運接二連三，今年流年不利，但願炮聲一響迎新歲，過年後會有一番新氣象。

今晚要去老關子那裡串門子。

老關子是我的舊同學，早就聽說他的祖籍在陝西，失去聯絡這麼多年，沒想到竟在西安碰面了。其實他本名叫關子吟，他這人愛賣關子，年紀在班上又是最大的，所以大家都叫他「老關子」。他在學術上的成就比我大得多，現在已是有名望的學者，這邊有大學請他，他便回來教書。他也住在西安市裡，上次到他家裡作客，偶然一席話，令我有所啓發。我開始思考到語言的本質，再琢磨「秦孫」這兩個字，彷彿有了嶄新的見解。

其實已有了眉目，我感到與眞相只有一步之遙，但未經證實，還不知如何表達出來。

今晚老關子請我去他家作客，我再和他談談吧。

42

一九八七年　拜訪關子吟翌日

眞相居然是這樣子。

只怕我將我發現的事說出來，別人一定會以爲我是個瘋子。

世上未必會有人相信我的話，因爲連我自己也在懷疑，可是種種跡象都引導我作出那樣的結論，整件事再難以置信我也得接受。

我相信，那古劍上的名字是虎兒的本名，更可能是虎兒祖宗後嗣代代繼承的名字（就像洋人父子會有相同的姓名，只冠上「jr.」或「sr.」，以茲識別）。

我忽然想到，要是被人發現當中的祕密，虎兒的生命一定會受到威脅。

故此我翻看所有舊日記，看看有沒有不該洩露的事情，一旦發現，就撕下來，連同這篇日記，找個隱蔽的地方，最好是家人和客人不會碰的，小心謹愼藏好。

我曾發過誓，不可向虎兒吐露半句關於他身世的事。雖是如此，我看著撕下來的日記，竟渴望他會發現，從而了解一些他有必要知道的眞相。到底要不要將一切我所知道的事寫出來？我仍在猶豫，我若是有一天突然病發，關於虎兒身世的祕密就會跟著我一同埋入墓裡。

這件事實在難下決定，總之我先將日記藏好，留待日後處置，到時要徹底燒燬也不一定。

最近我心緒不寧，有很多不吉利的念頭，覺得自己大限快到……也許我丟了工作之後，時間多了，人就變得愛胡思亂想。

我還不知道自己可以活多久。

昨晚，我在枕邊看著阿妍，差點要流出眼淚。做夫妻這麼多年，我最愛看她睡覺的樣子，再看上一輩子，我也不會厭倦。

阿妍在睡夢中發現了我的目光，就轉身過來，用手掩住我的眼睛，叫我快睡。

我握緊她的雙手，貼近她耳邊說：「阿妍，來世我倆依然會再做夫妻吧？」她只是喏喏兩聲答應，也不知她有沒有眞的聽見。

我又問她：「過年時要去拍全家福，好不好？」

這次她沒有半點回應，是眞的睡熟了。

自從虎兒升上國二之後，我們一家很久沒出去玩了。

我要將阿妍和虎兒的照片貼身帶著，這樣的話，若我某天突然病發，就可以在臨終前瞧上他倆一眼，此生就算活得圓滿了。

十五年了，時間過得很快。

虎兒和我的毛衣都是阿妍織的。

我還記得十五年前，那種天天活在地獄一般的感覺，阿妍是個瘋得半死不活的人，就在絕望到谷底時，虎兒在我倆的生命裡出現了。多虧虎兒，阿妍才恢復了心智，我才有了這十五年的幸福。

無論別人怎麼想、怎麼說，虎兒是我的寶貝，是我的天使，是上天給我這輩子最好的禮物，是他將幸福帶來我們這一家，拯救了我和阿妍的人生。

我有個孝順的兒子，有個賢淑的妻子，相士瞧我耳大鼻大，說我是個有福之人，這果然半點沒錯。爲了讓老婆、孩子過上好日子，我努力工作，不敢懈怠，這一生算是過得充實。我眞的很希望在我走了之後，阿妍和虎兒可以繼續永遠幸福。

我慶幸自己活在這個時代。雖然大家都很窮，懶人也很多，但骨子裡壞透了的人不多，在需要時彼此都會守望相助，夜不閉戶也不會發生竊案。其實只要不是餓得瘋了，人人活得平等，活得有尊嚴，沒有人會想去爲非作歹。

中國人明明這麼勤儉，腦袋也不見得比外國人差，但爲甚麼中國人這麼不幸，有些人辛勞一輩子也是朝不保夕、三餐不繼？

照我看，問題就出在精神層面上。最基本的是精神，最重要的也是精神。

就算外國人比中國人富裕得多，就算中國現在看起來亂糟糟的，我堅信，只要華夏民族的子孫團結起來，上一代爲下一代著想，人民就不怕再被欺侮，國家就會有出路。

國家國家，就是以國爲家。

我實在想不明白，當官的爲甚麼可以虧空公款，用人民的錢來吃喝玩樂——這豈不是等於當爹的拿家裡值錢的東西去典當，到最後散盡家財，全家人都不會好過嗎？

但我相信，只要隨著國家發展，將正確的價值觀灌輸給下一代，這種不公義的事情就會慢慢消失，貪污舞弊、靠走後門來成功的人會受到懲罰，國泰民安而天下無賊。

只要不做傷天害理的事，人人共同追求幸福，我們的國家就是充滿希望。

改革大潮席捲神州，這是我眼見的事實。

鄧小平同志的改革理念我深表認同，讓一部分人先富起來，然後他們就會照顧其他較窮的人，回饋社會，帶起落後地區的經濟，良性循環，欣欣向榮，新中國就是由大家撐起來的。

我有股很強烈的預感，國家在不久的將來就會富強，這種富強是精神上的富強，而不單是物質上的富強。

我見證了正在崛起的中國，也見證了最糟糕的中國，我是衷心祈求國家發展成眞正的強國。

只要有這麼一天的到來，就算我已不在人世，看不見將來的繁華盛世，我也會同樣感到安樂，死前死後都會因爲自己是中國人而驕傲。

就算在最漆黑的夜空，天上依然有星星，只不過我們看不見。

希望在明天。國家的未來一定美好。

吾願足矣。

43

巫潔靈讀罷駱先生的日記，有種沉甸甸的感覺，就像有塊大石壓在胸口，半晌說不出話來。

賴飛雲比她早讀完，也是差不多的心情，垂著頭不語，眼神空洞洞地說道：「駱先生眞是個愛國的人。若他泉下有知，看見自己的兒子變成惡貫滿盈、殺人如麻的壞蛋，又看見國家的現況，一定感到痛心疾首！」

巫潔靈黯然道：「我有點同情虎兒……王猇呢。我記得賈大哥說過，王猇會憎恨這世界，是因爲他的父母爲人所害，死於極大的不幸……」

賴飛雲沉默片刻，咬一咬牙說道：「不管如何，他現在已變成罪大惡極的殺人魔，雙手染滿了鮮血……賈大哥也是被他殺死的。駱先生、賈大哥都不在了……現在，世上知道這些祕密的人可能只剩下我倆。一定要盡快找到王猇的弱點，阻止他，才不會有更多人受害，這才是眞正的救贖。」

此時窗外旭日初昇，照得車廂裡亮亮燦燦的。車子停在隧道口，呈現在前窗玻璃的景致美不勝收，半城山色，滿天彩霞，晨光像金光澄澄的瀝青，鋪在舊牆老柏古道之上，鬱悶的空氣彷彿從夜裡釋放出來一樣。

賴飛雲和巫潔靈凝望著天末，靜思了一會。

這對男女第一次相伴看日出，如果不是正被多方追殺，兩人共享如此美景良辰，眞的很容易生出繾綣纏綿的情愫。

兩人各自提出見解，又斟酌了一會兒，總算是理出一些頭緒。駱先生的日記大多數是殘頁斷張，但從手上的資料可知，王猇眞的有弱點，而這弱點果然隱藏在他眞正的名字之中。再看劍鞘的拓印，劍的大小模樣大致就和賴飛雲當時所見王猇腰間的劍相似，慮及前因後果，關乎王猇身世之謎的古劍應該就是龍淵劍。

那古劍上的兩個字——

「秦孫」才是王猇眞正的名字。

駱先生會替王猇改名「子夫」，極有可能就是取自這兩個古字，因爲「子夫」是其中包含的筆畫，前者是「孫」字的左字旁，後者拆自「秦」字的上半部。

巫潔靈還發現了一些事，歪過頭，撥了撥頭髮，向賴飛雲道：「駱先生有寫日記的習慣，都是偶爾一篇，不是每天都寫。在我翻過的日記本中，只有到一九八七年的。而且，我看到的最後一篇，是駱先生描寫過年時的感受……再之前的幾頁被撕了下來，就是我和你剛剛讀到的最後幾頁。」

「妳是說……駱先生寫完那篇日記不久，就不在人世了？」

「嗯。依我看，王猇沒有看過那些殘頁，我是他的話，才不會笨得留下那種東西。當年駱先生可能來不及處置日記就病發了。舊居依照原貌保留，賈大哥上去之後，一定發現了那幾篇日記，但爲免打草驚蛇，所以沒取走屋裡的任何東西，將它們放回原位。多虧他這麼做，我們才沒有撲空，找到這些日記，眞是僥倖呢。」

「唉，可惜他來不及向我們說出一切，就已經遇害了……莫名其妙出現兩個古字，要我們動腦子，有夠混帳的，眞是頭痛……」

話題又回到關鍵處——

那兩個古字當中有何玄機？

賴飛雲想過數個可能性，將兩個小篆字寫出來，又轉成行、隸、草、楷幾種字體，看來看去，還是看不出半點端緒。他又試過用拆字法，將字的細部拆開，部首字旁，橫豎撇捺，左一撮右一塊，都是枉費心思，思考鑽入了死胡同。甚至乎別闢蹊徑，將那兩個古字看成兩個人像，細究當中有沒有穴位的暗示，但結果也是一樣，只怕自己想入了歪路，再這般瞎子摸象地猜想下去也不是好方法。

賴飛雲暗道：「古字古字，會不會和字源有關？甲骨文？」但又想到：「不會的。駱先生家中有那麼多研究漢字的書，《說文解字》也有好幾本，如果實情眞和字源有關，他早就該想到了……」但千緒萬端，罔有遺漏，也不該否定這個可能性。

巫潔靈默默在旁看著，又再重讀日記中某些段落，喃喃道：「到底甚麼是『語言的本質』呢？爲甚麼駱先生見了關子吟之後，就能解開王猇身世之謎，知道他的祖宗是甚麼人？」

「這件事，親自問問關子吟就知道了。」

巫潔靈訝然道：「你有方法找到他嗎？」

賴飛雲微微點了點頭，卻遲疑道：「未必可以，不妨一試。反正，我們在這裡鑽牛角尖，挖空心思也不會有答案。我擔心的是，這個人有一把年紀了，也不知是否尚在人世……」

就在賴飛雲思緒飛馳之際，他的脖子前晃過一點異光。

那點光來自一條套在半空的銀絲。

索命的銀絲向他的脖子束緊。

駕駛座的後面，有人影。

在最不可能現身的地方，敵人突然偷襲！

44

車身四面緊鎖，賴飛雲哪怕有一刻恍神，敵人也不可能在他全無察覺之下潛入車內。

但敵人眞的出現了，委身在靠座後方，在後照鏡裡露出半張臉，竟是個戴著銀口罩的黑衣男人。

男人成功暗算賴飛雲之後，隨即雙手互繞，拉緊套索，做成一個牢不可破的絞環。

賴飛雲無法呼吸，由於被勒緊在座椅上，就連轉身也做不到。他使勁抓住索圈，但後方的殺手是來討命的，自然不容他有反抗的餘地，結果怎樣用力也無法使頸上的索圈鬆開半分。

再這樣下去，賴飛雲在三十秒內就會窒息。

面色漲紅，發青，死亡。

座後男人眼布紅絲，面目猙獰，自以爲得手，喉頭裡發出「桀、桀」的怪聲，陰沉的話聲透過口罩而出，傳入賴飛雲耳中：「我要殺死你……你死定了……王猇殺不了的人，我也殺得了……我可以取代他第一的地位，他就不敢再小看我……嘘嘘……」

他是易牙！

賴飛雲仍在苦苦掙扎的當時，即使猜中對方的身分也是毫無意義，偏偏車廂空間狹隘，縱然他將泰阿劍拔了出來，也不可以向後反刺或者揮斬。

再加上全身漸漸乏力，在這互相拚命的關頭，誰也不讓分毫，如果不能向易牙施以足以致命的一擊，這個專業殺手是死也不會鬆手的。

車內彷彿沒有氧氣，卻溢滿沉重的呼吸聲和死亡的呻吟聲。

巫潔靈嚇得傻眼了，呆了好一會。但她自知不能見死不救，要是賴飛雲死了，下一個就輪到她遇害。在情急之下，她亂抓一通，將東西亂扔過去，但根本無濟於事，易牙殺得眼紅，豈會因為一點小疼痛而放過快煮熟的鴨子？

巫潔靈急得快哭了，很想幫賴飛雲，苦於想不出任何方法，翻來摸去也找不到用來救命的東西。單憑一個少女薄弱的力量，其實連開槍拔劍也做不到，試問又如何對付全國排名第三的殺手？

人到了瀕臨死亡的時刻，潛力就會如洪水崩壩般爆發出來。在賴飛雲意識漸變模糊之際，體內磁能恍若一個急流盤湍的漩渦，生出巨大的吸力，使車裡含鐵的雜物紛紛向著他直飛，其中連重鏟和錘子都被懸空吸過來，撞到易牙的身上和頭上。

易牙後腦吃了一記重擊，雖被硬物砸中，但神志依然清醒，雙手只是微微一鬆，很快又再重新勒緊。

但就是這一下鬆開，讓賴飛雲有機可乘。

倏忽間，賴飛雲虎口套住劍鞘上端，接著發勁向後飛甩，使鞘中的刃身嗤地一聲順勢吐出。劍刃只吐出二分之一，他就用指頭夾住鋒刃，這一下拿捏簡直是妙到毫巔。

卻見賴飛雲迴臂旋斬，劍柄與劍鞘之間的鋒刃風激電飛，便似斷頭台的鍘刀一樣，迎向易牙的脖子，如果易牙再不閃躲，後果一定是人頭落地。

易牙縮頭翻身後滾到車尾，以快得出奇的手法打開車後門，整個人彈出車外，逃之夭夭，這一連串動作就像柔軟體操，看得巫潔靈目瞪口呆。原來易牙的身材瘦削，穿上緊身衣之後，確有幾分像馬戲團裡的雜技表演者。

賴飛雲來不及去追，大呼可惜，但好不容易撿回性命，也不該再去計較那麼多。他大口大口吸氣，撫著頸上的紅痕，又看看周圍，始終不明白易牙是如何暗中侵入。

他呼吸暢順了，便問巫潔靈：「妳瞧見他是怎麼進來的嗎？」

巫潔靈同樣大惑不解，座椅後的置物間一片狼藉。正自想道：「我也沒看見有人走進車裡，莫非那個壞人懂得隱形不成？」忽然瞧見一物，便嘩地驚呼出來，嚇了賴飛雲一跳。

巫潔靈指著一個空著的有蓋置物箱，大聲道：「他是躲在那裡的！」

賴飛雲爬到後頭，看了箱子一會兒，量了量，那箱子是個正立方體，每邊的長度只等於四個成年男人的手掌，怎麼可能藏得了人？

賴飛雲道：「箱子真的被掏空了……這本來是有東西的吧？不過這箱子太小了，易牙又不是侏儒，哪有可能躲在裡面？妳不是在開玩笑吧？」

巫潔靈道：「我沒騙你！我在網上看過一段影片，是關於一個橡皮人的表演。他的身體柔軟得可以將自己縮進箱子裡。那箱子比這個還要小呢！你不信的話，可以自己上網找影片看看。」

除了這個解釋，賴飛雲也想不到別的，只好接受她的說法。但細心一想，易牙的身材真的又瘦又長，她的說法確實有根有據，如果這人眞的可以將自己縮入這麼小的空間，要執行暗殺任務還眞是無往不利。賴飛雲不久前也曾懷疑屋頂上那人是不是易牙，沒想到這個暗殺者詭計多端，竟然製造煙幕，令自己中了他的圈套。

賴飛雲自我反省：「這次太大意了！以後要小心提防！」

整夜都在勞碌，巫潔靈睏得想睡覺，但賴飛雲不准，說一刻未解開古字之謎，他們都不可以高枕無憂。但耐不住她的央求，他答應陪她去吃一頓豐富的早餐。賴飛雲暗暗有了主意，必須打一通長途電話，便盤算道：「到了市中心，我要想辦法弄一支手機回來。」

就在正要開車的時候，耳邊響起了一陣電子鈴聲。

兩人一起尋找聲音的源頭，在車裡搜來搜去，終於由巫潔靈揭開前座中央扶手下的暗格，發現了一支螢幕正在發光的手機。

45

「喂？」

賴飛雲接聽之後，認出聲音是那個叫張獒的男人。

「我朋友阿渡在醫院裡躺著，剛剛過了危險期。你們在哪？你和巫小姐還好吧？沒在我的車裡鬼混吧？」

賴飛雲手上的手機是件爛貨色，揚聲器的聲音大得連巫潔靈也聽得見。巫潔靈聽了張獒的問話，馬上湊近手機，裝哭大喊：「嗚嗚，我被他強暴了啊。」

「嗄!?」

電話另一端的張獒愣怔了一下，賴飛雲匆匆推開她，急忙向張獒澄清。張獒不熟識巫潔靈的個性，眞的不知他對賴飛雲的解釋相信了幾成，只是帶笑打圓場道：「哈哈哈，我相信你不會對她做出禽獸的行爲……」胡鬧了一會兒，回到正題，張獒說有重要的事要和賴飛雲當面談一談，便請他立刻開車到市中心鐘樓那邊，在約定的館子裡會晤。

賴飛雲依照導航器的指示駕駛，路上留神警惕。他爲剛剛的事生氣，便叮嚀巫潔靈待會兒不得亂說話，否則就會對她不客氣。

巫潔靈露出很驚訝的神情，圓睜雙眼道：「你不覺得我很幽默嗎？」

賴飛雲道：「幽默個屁！」

巫潔靈佯裝受驚，道：「你如果對我不夠好，我就會在別人面前說你強暴過我……這的確是事實呢，你說話很凶，在言語上強暴了我……」

賴飛雲伸出拳頭，明明很想敲她的頭，就是無法下手。巫潔靈用一雙淘氣可愛的眼睛看著他，抿嘴笑道：「不過，我長得這麼漂亮，國色天香，你跟我睡在同一張床上，也沒對我怎樣，竟然忍耐得住，可見你眞的是個正人君子！」言語間，說到「國色天香」和「同一張床上」兩點，語氣特別加強。

兩人曾睡在一起，雖然當時處境是逼不得已，但畢竟確有其事，賴飛雲唯恐她眞的將這種事說出去，氣得七竅生煙又拿她沒辦法，便狠狠地瞪了她幾眼，車裡一時間散發著無比沉重的怨氣。

這對怨男痴女抵達目的地，附近一帶是遊客區，簷樓雅築沿著車水馬龍的大道叢立。停好車，登階上樓，賴、巫兩人跟著負責帶位的旗袍小姐，一進貴賓廳就看見了張嫯。

這個狼派打扮的大哥一個人佔一張大圓桌，一邊狼吞虎嚥，一邊叫人坐下。

巫潔靈翻開菜單，目光大亮，看著一道道將餃子捏成花鳥魚蟲形狀的點心，食指大動，肉香餡、醬香餡、果香餡、素香餡……幾乎全部口味都叫齊，壓根兒不理會是否吃得完。

張嫯喝了一大口茶，想起巫潔靈還不認識自己，便對著她道：「巫小姐，幸會。我叫張嫯，嫯就是藏嫯的嫯。」

巫潔靈道：「藏嫯？你有養過藏嫯嗎？我以前養的狗就是藏嫯啊！」

賴飛雲聞言，心下一凜，想道：「這種狗大得跟獅子一樣，哪有女子會養這種狗！她眞是奇怪。」再想深一層，就想到國家高幹每做一件事都是經過精心策畫，安排那種大犬當她的寵物，就是想保護年幼的她。

又聽巫潔靈道：「我的初吻就是給了我的狗啊。」

這一句話令賴飛雲如夢方醒，早前聽到她說初吻已經獻出，他已暗暗覺得奇怪，原來實情就是這樣……但這麼說來，她「眞正」的初吻豈不……賴飛雲搖頭想道：「又不是嘴對嘴，有甚麼好大驚小怪的？」他長年混在一堆男人裡，不近女色，骨子裡還是個純情的少男。

蒸籠上桌，巫潔靈只顧著動筷吃東西。

賴飛雲簡述了老宅遇險和與易牙正面交鋒的事，只聽得張獒瞠目結舌，萬萬想不到在他不在場期間，竟發生了那麼多事；而當聽到「王猇」這名字，張獒差點從椅上往後跌倒，面色大變，疾呼一聲：「王猇！你們惹上了王猇？」

張獒沒戴眼罩的單眼睜得大大的，又驚叫道：「二十年來，他要殺的人，從來沒有一個可以活著！」

賴飛雲覺得張獒值得信賴，便對他說出此行的目的，乃是尋找王猇唯一的弱點。

張獒一直聽著，皺著眉不語，顯然是心煩之至。他露出一個沉鬱的苦笑之後，便伸手摸進夾克的口袋，拿出一個東西，輕輕地放在桌面。

賴飛雲記得之前張獒有東西給他看，還以爲是甚麼，想不到那是——

一支俗稱「愛瘋」的智慧觸控手機。

賴飛雲呆住了，覺得這東西與張嫯很不搭。

巫潔靈見了，卻道：「眞巧！我也用『愛瘋』呢！不過我沒SIM卡，只能玩小遊戲。」

眾人之中只有賴飛雲不懂高科技產品，令他感到自慚形穢。

張嫯用指尖在手機螢幕上翻頁，向大家展示一張照片，照片中人是個正在彈鋼琴的少女，臉部輪廓竟與賴飛雲有幾分相似。

張嫯道：「這是你的姊姊。」

賴飛雲聽了感到難以置信，因爲這照片中的少女大有名氣，原來是中國鋼琴界明日之星蕭紅！至於自小失蹤的姊姊爲何和張嫯這種人有關係，箇中緣故一定曲折離奇，並非他能猜得透的。

張嫯拿出一塊黑色玉珮，賴飛雲認得是姊姊小時候的東西。

「她是我姊姊？我姊姊還在世嗎？」

「嗯，這故事太長了，等我帶你去見她，你到時自己問。我和她都屬於一個叫『刀片』的組織，而我就是組織裡的『鎗客』。總之你要明白，她現在被困在陵墓裡，你再不去救她，她就活不久了……」

張嫯這人不喜歡多話，懶得長篇大論，打算遲一點才慢慢解釋，便轉移話題：「如果王猇眞的有弱點，我們一定要盡快找出來。『九歌』的人委託他做事，他一定不會放過你們倆，要是在陵墓裡碰到他，逃無可逃，大家都死定了……」

「喔！快看電視那邊！」

巫潔靈突然指著房裡的大電視，叫了出來。電視台正在播放早安新聞，畫面中出現的就是數小時前到訪過的駱家老房子。

一場大火，整幢房子燒成一片廢墟，屋裡的東西只要是會著火的，皆化爲灰燼，災情亦波及鄰房，險些鬧出人命。

賴飛雲看著電視，暗暗嘆了口氣，曾想過折返那兒尋找其他線索，這主意現在已經行不通了。

忽然間，張嫢放在桌上的「愛瘋」手機響起，顯示出一組陌生的電話號碼。

張嫢想了想，覺得奇怪，因爲ＳＩＭ卡是新買的，自己不曾把號碼給人。他覺得可能是打錯的，沒有接聽，鈴聲很快便停了。

一回頭，張嫢叫人過來結帳。

賴飛雲想起一事，問張嫢：「我一直想問你，你是怎麼找到我的？」

「我？我由火車站那邊遇見你，跟蹤你到精神病院。我確定你沒有被別人盯上才現身。至於我爲甚麼知道你會搭上那班火車，是因爲……」

突然間，手機螢幕亮了亮，出現收到訊息的提示音。

簡訊的發訊號碼是阿渡的。

但署名是「王虢」。

46

王猇借阿渡的手機傳來簡訊。

稍微想一想，便知中間發生了甚麼事。

張嫯與賴飛雲閱畢簡訊之後，臉上均是陰霾重重。巫潔靈湊近過來，眼看兩人毫無反應，逕自拿起手機來看。

手機螢幕上顯示：「天寒地冷，這種天氣正是殺人的好時機。我邇來喜讀古文，總是羨古惜今，往往驚歎，古人嗜殺，眞正懂得殺人的絕詣，在死前將仇人折磨一番，酷刑駭法，剝皮削骨，痛快淋漓，爲殺人這事增添無窮妙趣。言歸正傳，你朋友在我手上，勞煩轉告巫小姐，如她親自送死，我定當恭候大駕。今晚八時如不見人，我一旦手癢，忍不住就會殺死無辜的人。王猇親啓。」

無怪乎老行尊嘆惜一代不如一代，新一代的殺手都沒唸過甚麼書，連恐嚇信都寫不好，又如何贏得別人的尊重？看了王猇文采斐然的一則簡訊，相信很多殺手都會自愧弗如。

張嫯找的，已是宣稱「將客人隱私視爲一級機密，保證連閻羅王也查不到」的醫院，沒想到又是「假大空」的浮誇廣告語，只要出得起錢，醫院就會出賣住院者的隱私。

但張嫯轉念一想：「小賴說過，王猇的嗅覺可媲美獵犬，我和阿渡曾揹過小賴和巫小姐，身上沾染了氣味，搞不好王猇就是用這法子找到阿渡……王猇來到西安，我們無時無刻都有危險。」

正自沉思間，卻見巫潔靈按下通話按鈕，電話響出撥號音，正回撥到那個傳來簡訊的號碼。

張婺和賴飛雲大怔不已，未來得及阻止她，她已衝著說：「喂，你是王猇嗎？」

也不知王猇有甚麼反應，巫潔靈滿口憤言道：「我就是巫潔靈。你要的只是我的性命，我就給你，請你別害死其他人！」

賴飛雲一把搶走手機，正想掛線，卻不小心按錯地方，王猇響亮的聲音便傳遍整個房間：「除了妳，我還要那小子的命。我是個公私分明的人。我要妳的命是爲了公事，而我和他有私怨，你倆的命我都要定了。除此之外，我對其他人的命不感興趣，保證會放人。方便的話，請妳代我跟那小子說……」

賴飛雲心想都到這地步了，不得不說：「我就在這裡。」

對方沉默了數秒，聲音又再傳出：「縮頭烏龜終於出來了嗎？」

賴飛雲氣往上衝，怒道：「你說甚麼？」

王猇冷笑一聲，又在電話另一端說：「人生苦短，時間寶貴，我不想再互相浪費大家的時間……我建議速戰速決——你敢跟我決鬥嗎？」

賴飛雲大喝道：「誰怕誰啊！」

「那好吧。今晚八時，西安碑林見。那邊有大庭院，很適合決一生死，也適合當你的葬身之地。那是個不錯的景點，你死前可以去參觀一下，我覺得你會喜歡的。」

王猇在死前還會關心自己要殺的人，這樣的殺手眞是天下少有。

賴飛雲應允道：「好！」

「不要遲到啊。魯迅說過，遲到的人就是在謀殺對方的人生。來西安之前，我故意繞了點路，順道接了你媽媽過來。她就在我身邊，很安全呢。一人做事一人當，為人子女，必須孝順父母吧？白髮人送黑髮人，還是黑髮人送白髮人，你自己來選好了。」

賴飛雲氣得渾身發抖，只吐出一個字：「你！」

「今晚八時，碑林見。」

說完這句，王虢就掛線了，看來他已摸透了賴飛雲的性格，很有信心自己的激將法會成功，賴飛雲今晚一定會赴約，與他決一生死。

在這麼糟糕的情況下，賴飛雲魯莽下了決定。他瞪了巫潔靈一眼，本來想責怪她亂接電話的事，但心想要來的遲早會來，正面決戰總好過遭受暗算。王虢的手段雖不夠磊落，但畢竟是名正言順向他下戰書，賴飛雲心中明白，要是自己逃避了這一次，就會逃避一輩子。

張獒久久不作聲後，便向兩人坦言道：「事到如今我也不應該隱瞞了。九歌的人會委託王虢追殺巫小姐，要怪就怪我們呢……我們的人和九歌的人在爭奪陵墓裡的一件『寶物』，現在雙方陷入僵局，我們有個重要的成員死了……而他知道一個很關鍵的祕密。我們要找巫小姐幫忙也是這個緣故。」

震撼的事接二連三，賴飛雲和巫潔靈一同望向張獒。

張獒想起墓中的事，似是餘悸未了，目光一沉道：「陵墓裡凶險異常，我的一隻眼睛就是因此失去的……我會找到你和巫小姐，是因爲我們隊伍中有個術數師，他算出了你和巫小姐會搭上那班火車，就派我過去等你。這些事比小說更離奇，眞的不知從何說起……眼前最重要的是對付王琥。如果王琥眞有弱點，我們無論如何都要找出來，現在我會在這件事上全力協助你。」

賴飛雲愈聽愈奇，但始終不太明白，忽然想起蒙武亦曾說過差不多的話，便在張獒面前提起。

張獒聽了，面露惑然之色，尋思一會兒才說：「奇怪了……應該不可能的……據我所知，你戶籍檔案裡的出生日期是假的，對方沒有你和巫小姐準確的出生時辰，不可能透過術數來預知你倆出現的地點……」

忽見服務生拿來帳單，巫潔靈取出信用卡付款。張獒呆呆瞧著這一幕，巫潔靈也不覺有何不妥，待服務生走後，便向張獒笑道：「這信用卡不是我的，你就讓我付錢好了，反正用的是別人的錢。」張獒問明一些事，心中了然，差點就想破口大罵，對兩人解釋一會兒，賴、巫兩人才醒覺九歌的人能得知他倆的行蹤，原來是因爲他倆刷卡之故。

張獒搖頭嘆氣之際，又問賴飛雲：「你有辦法查到關子吟的地址嗎？」

「借手機給我吧。」

結果賴飛雲只打出了一通電話，聯絡在北京某局裡情報科工作的朋友，提供關子吟姓名、曾任西安某大學教授、大約歲數……等等資料，不消半分鐘，竟然就查出了一個住址，連關子吟的配偶姓啥名誰都查得出來。

事實再一次證明，要在中國成功，人際網絡和關係至關重要，即使是擁有三頭六臂的菩薩，也不如深諳交際之道的富豪般神通廣大。

三人回到車中，看看時鐘，深知時間無多，距離今晚八時不到十二個小時，是生是死且看可否在此之前揭開王猇的祕密。

張獒曾經疑心敵方在車上加裝了跟蹤器，但車中有不少物資和裝備，換車又著實費時失利，愼重起見，便和賴飛雲裡裡外外檢查了一會兒，確認無事才出發。其實他這一舉純粹是多疑，九歌的人與王猇互通消息，要是明曉他們的行蹤，又豈有不通知王猇之理？

車子行駛期間，三人又討論了一會古字的事。張獒自言自語道：「如果其他人在這裡，他們或許會想得到，因爲他們的頭腦都是一等一的聰明……」賴飛雲和巫潔靈均感無奈，心情都是忐忑不安，擔心假如這趟找不到有用的線索，接下來眞是唯有等死了。

這一路無事，轉眼就來到關家大宅。

賴飛雲等人敲門求見。

出來應門的是個老婦，問了問，便知她是關夫人。賴飛雲出示警員證，說了一堆開場白，就要求與關先生見上一面，更強調這是性命攸關的要事。

關夫人卻面有難色，欲言又止：「他……只怕已無法回答你的問題。」

賴飛雲驚聲問道：「爲甚麼？」

關夫人正想回答，屋裡便傳出一陣聲響。關夫人轉身就走，賴飛雲等人不管三七二十一，擅自跟著她進屋，穿過大廳，走進房間，就瞧見了關先生——他是個坐在輪椅上的痴呆老人。

47

書房中，對仗楹聯，水墨畫遍壁滿廊，家具飾以團花、籌符及松梅菊竹等鏤刻，內觀是傳統中式宅第，奇趣在於偶爾可見的西方天主教木雕擺設，書架上多半是中英日韓等外語翻譯用工具書，相框裡皆是屋主身在外地大學學府裡的留影。

關子吟先生是個學貫中西的學者。

但一切已成過去，垂老的關先生目光呆滯地坐在輪椅上，只認得自己的妻子，對著賴飛雲、巫潔靈和張嫯的問候則是充耳不聞，十問九不應。

關夫人一邊收拾地上的東西，一邊說：「你們也看到了吧？我先生他有老人痴呆症，無論你問他甚麼，他都答非所問。你要問他好幾十年前的舊事，他根本忘得一乾二淨。」

巫潔靈柔聲暖語，問了幾道問題，關先生只是肌肉僵硬地笑著，對於外界發生的一切，貌似懵然不知，看來他的痴呆症已到了十分嚴重的地步。

賴飛雲有種說不出的失落感，就像碰壁般。

張嫯無奈地搔搔頭皮，眼見問不出甚麼，就說要到外面留守，他了解自己長得有點像壞人，不在屋裡反而教關夫人安心。

賴飛雲道：「怎麼辦？」看著滿屋的藏書和雜物，心想當時駱先生過來只是閒談，日子久遠，留下蛛絲馬跡的機會可謂渺茫得很，不由得又道：「眞倒楣！」

巫潔靈不以爲然，道：「眞幸運才對！」

賴飛雲不解道：「幸運？有甚麼好慶幸的？」

巫潔靈不知忌諱地說：「這屋子曾有人自殺。」賴飛雲差點就要捂住她的嘴巴，斜瞥一眼，幸虧關夫人有點耳聾，聽不清楚他倆的對話。

據巫潔靈透露，那幽魂二十來歲，死於文革時期。賴飛雲心想：「這大宅這麼氣派，前屋主是大富之家也不稀奇。這種人在文革期間被批鬥得最慘。」巫潔靈又說，幽魂先生「棲身」在這屋子已有四十年了，就是由文革至今，關先生一家是在一九八六年遷入；幽魂先生長期逗留在書房裡，因爲這裡是他自殺的地方。賴飛雲聞言，看著巫潔靈，想道：「以後買房子，一定要帶她同去，免得買到了凶宅……」

雖然比不上直接向關先生問話，由幽魂轉述也不失爲一個可行的辦法，問對了門路，也許可以從中得到解開眞相的提示。

在巫潔靈與幽魂對話期間，賴飛雲時而假裝和巫潔靈聊天，時而逗關夫人閒談，瞎編藉口，以免她起疑。

賴飛雲奇道：「已經是那麼久的事了，『他』還記得嗎？」話中所指就是那個幽魂。

巫潔靈道：「這一點你不用擔心。如果你明白大腦的運作原理，你就知道記憶是會永遠保留在腦裡的。但我們會忘記事情，你知道爲甚麼嗎？」

賴飛雲惑然道：「爲甚麼？」

忽然有個男聲代爲回答：「這是因爲人腦功能有障礙，我們無法好好喚醒腦中的記憶，所以才會好像『丟失』了記憶。有時候我們忽然得到暗示，想起一個人的名字，就是因爲那暗示幫助我們讀取記憶。」張嫠不知甚麼時候回來了，在背後一直瞧著，第一次目睹巫潔靈的能力，不禁嘖嘖稱奇。

巫潔靈接著道：「張大哥說得對。我個人認爲，人腦中儲存記憶的地方同樣是藏著我們靈魂的地方。靈魂就像是暫存記憶體，保留著生前記憶，沒有肉體的限制，所以不會遺忘……唔，靈魂去了天堂地獄，或者投胎轉世之後，記憶才會消失，這之後的事情我只是瞎猜的，眞的不曉得。」

話鋒一轉，巫潔靈向賴飛雲和張嫠道：「幽魂先生說，來過這裡拜訪老關子的客人很多。除非我們能提供實實在在的日期，否則他無法回答我想知道的事。」

賴飛雲暗暗感到頭痛，那些日記殘頁他是看過的，牽涉到關先生的兩則日記，標題分別是「一九八七年大寒」和「一九八七年拜訪關子吟翌日」，內文只是略述時值春節前夕，並沒有寫著甚麼日子。

巫潔靈向張嫠借手機一用，張嫠便將口袋裡的「愛瘋」拿給她。賴飛雲和張嫠在旁看著，只見她熟悉地操作著觸控營幕，同時解說：「我之前借過你的手機來用，看到一個『萬年曆』的軟體，現在眞的幫上大忙了。日記中提及的『大寒』，不是說那天眞的很寒冷，而是二十四節氣之一。」

原來巫潔靈看過駱先生其他篇的日記，留意到他偶爾會用「立春」、「穀雨」、「大暑」、

「秋分」……等等節氣來代替日子。

西曆一九八七年的「大寒」，就是一月二十日。

巫潔靈重述幽魂當天目睹的事情。

時光倒流一般，那些已逝的陳年舊事，透過抽象的聲音，彷彿貫穿了過去和現在，在這書房之中重現——

「當晚駱先生來拜訪老關子，老關子出去接見他，帶他走進書房裡。書房裡還有另一個客人，彼此還沒正式打招呼，老關子就說這客人不是中國人，至於他是哪個國家的人，就要駱先生猜一猜，謎面是『紅梅子便當』。」

「駱先生眉頭一皺，便回答：『這位先生是日本人吧？』老關子聽完後，哈哈大笑，說：『這個謎語太容易猜了。日本人的國旗是那樣子，我懷疑是因爲他們愛吃梅子便當。哈哈。』老關子說話就是瘋瘋顛顛、愛亂開玩笑，駱先生和那日本客人都習慣了，懶得理他。」

「然後三人過去了客廳那邊，他們在那邊說的話，幽魂先生就聽不見了。半個小時後，駱先生跟著老關子回來書房，拿皮夾，打算外出。老關子當時說：『哈！你跟我去一個地方，看一幅中國著名國畫大師的畫，就會有答案了。』駱先生表現得很雀躍，一副茅塞頓開的樣子，果然兩人所談之事就和那兩個古字有關……」

說到這裡，巫潔靈突然露出一個怪異的表情，似笑非笑，像哭非哭。賴飛雲和張嫯正想問個究竟，她卻先說話了：「這種人眞的太欠揍了！」

賴飛雲怔怔看著她，忍不住問：「甚麼欠揍！」

巫潔靈攢眉道：「駱先生問老關子要去的是甚麼地方，老關子就回答：『那個地方嘛，我讓你猜一猜：我每週都會去那地方一次。它的門口應該是向西的，但它卻朝南了。名爲金木水火土。』到底是甚麼混帳地方啊？駱先生猜不出來，索性就不猜了，與那日本人跟著老關子外出……」

甚麼向西又朝南的，賴飛雲聽得一頭霧水，更加難以相信看了一幅某著名國畫大師的畫，就可以解開一切謎團……將一堆亂七八糟的東西扯在一起，簡直是豈有此理。

張奘道：「我最討厭就是這種愛賣關子，說話要繞一大個圈子的人。」

巫潔靈道：「這位幽魂先生說，很多人都曾經這麼罵過老關子。然後老關子就會反問他們：『我算過命，你知道相士說我五行欠甚麼嗎？』很多人都答不出來……」

賴飛雲和張奘無言以對。

巫潔靈接著說：「五行欠『揍』！」

三人一同凝望著輪椅上呆呆的關先生，想像他從前老頑童的模樣，五味雜陳，百感交集，半晌說不出話來。

48

一個地方。一幅名畫。

王猇的養父駱先生就是到訪那地方，看過關先生帶他去看的畫，於是印證了從兩個古字上衍生的臆測，從中了解到王猇的族源與身世。

而揭開了王猇身世之謎，就有可能同時揭發他的弱點。

這一切盤根錯節，這一切撲朔迷離，所有關鍵的線索都出現了，但千端萬緒彷彿打成了一個死結，答案明明近在眼前，感覺卻是不著邊際。

賴飛雲、巫潔靈和張獒三人離開關宅後，滿腦子都是疑問，便商量找個地方歇息。張獒駛入鬧市，眼見前方有幢五星級大酒店，未暇多想，乾脆就開車進去。到了服務櫃台，張獒出手豪氣，要了頂樓的總統大套房，一人一張大床，又託人送來兩台筆記型電腦。

張獒叮嚀道：「王猇現在來了西安，他有方法找到阿渡，我怕他也可以靠氣味找到我們。西安市不是很大，九歌的人也在這裡，眞是處處危險重重……我們還是不要隨處走動爲妙，你倆明白我的意思嗎？」

套房主廳裡，大家盯著電腦螢幕，都是萬分惆悵。三個腦袋加起來，也解不開老關子當年那個謎語。巫潔靈心念一動，就說：「不如直接從『著名國畫大師』這點著手！現在很多名畫都可以在網上搜圖，或者我們用不著去那地方，就會有所發現。」

賴飛雲不敢抱太大希望，唉聲道：「不計現代，歷代名畫家無數，如果給我們一個月的時間還有可能找得著，但現在我們只剩下半天不到。」

巫潔靈不忿道：「你這個人眞悲觀！」

賴飛雲自知今晚一戰無可避免，與其再花時間尋找王猇的弱點，倒不如全心備戰，苦思一下取勝的辦法。這套房佔地一整層，可不是一般的大，主廳寬敞得好像空中庭院。他將沙發推到一邊，空出一大片地，左手提木劍，右手持泰阿劍，開始練習腦中記住了的劍招。

張嫯與巫潔靈盡力而爲，抓住最後的希望，各自在網上搜索資料，在另一邊瞧見賴飛雲專心練劍，也不便過去打擾。

大家奔波了一整晚，睡意濃濃，便輪流進房歇睡。

賴飛雲很快睡熟，醒來時，張嫯和巫潔靈已不知去向，望向牆上掛鐘，心情不自覺緊張起來。下午兩點。尙剩六個小時。

雖然睡的時間不長，但賴飛雲覺得精神飽滿，又繼續練劍。

總統套房極具氣派，遠眺視野絕佳，站近兩層高的玻璃窗，俯瞰天下，大有神魂飛馳之感。在五星級酒店的總統套房裡練劍，這樣的事可能是空前絕後，賴飛雲不禁覺得好笑。

他沉思：「還好我是用劍的，可以砍斷王猇的手腳，他的自癒能力再厲害也好，我就是不信他可以接肢……這樣我才有一絲勝算。」一邊想著，左劍畫圈，態如潑墨，右劍便在劍圈中疾刺而出，這招正是「永字八劍」中的「百鈞弩發」。以他現在的修爲，已可結合二刀流的動作，融入自身早已熟練的劍招。

賴飛雲自幼勤功學劍，機緣之下獲一代宗師收爲弟子，但空有高超劍藝還不夠，全靠賈釗不斷給他考驗，才有了無數與惡匪交戰的實踐機會。

正是這樣的經驗，加上他的天資確實是世間少有，左手使劍一點也不比右手遜色，才能在極短時間內學會一套二刀流的劍法。連賴飛雲自己也說不出因由，雖然只是透過書法帖來仿傚宮本武藏的劍法，一招一式卻隱隱喚來心靈相通般的感應，就像一個人找到了天造地設的配偶，這套劍法竟似爲他量身訂做，出招時隨心而發，學起來事半功倍。

不久，巫潔靈和張獒回來了。原來巫潔靈瞎說某處會有線索，就騙張獒陪她外出，歡天喜地亂買了一些東西。賴飛雲見張獒一臉頭痛的表情，就知道他終於領教了她的麻煩，對這個壞主意多多的少女無可奈何。

張獒趁著賴飛雲休息，便坐下來，談起他姊姊的事，簡述她自小賣身給盜王亞善和加入義盜組織的經過。賴飛雲聽了之後，淡淡一笑，臉上並無多少驚訝之色。這反應出乎張獒的意料，賴飛雲想了想，便解釋道：「我和姊姊是雙胞胎姊弟，我一直感覺到她依然在世。」儘管擔心姊姊被困墓中的窘境，但大前提是要先擊退王猇，大夥兒才能出發去救人。泥菩薩自身難保，賴飛雲也不知道自己可否活過今晚。

浴室濕氣瀰漫，巫潔靈洗了個熱水澡出來，換了新買的白色毛衣，一頭涓涓烏髮垂在胸前，頸繫垂鍊，麗質天生，衣香鬢影，香氣彷彿飄來這邊。兩個男人朝她望上一眼，想不到她這個年紀的少女竟然也有這麼美艷的一面。

張獒笑道：「巫小姐眞是美若天仙！」

巫潔靈笑謝一聲，故意走到賴飛雲身邊，低聲道：「小怨哥，你怎麼不讚美我？」賴飛雲在鼻裡悶哼了一聲，然後尷尬道：「妳的頭髮眞美呢。」儘管他只是稱讚她的頭髮，她已感到樂不可支，笑道：「那你想不想要我的頭髮？我的頭髮可以爲你帶來好運呢。」一番話說得楚楚動人，頗令旁人信以爲眞。

賴飛雲懶得回答她的問題，抹了抹汗，便又走向主廳中間，打算再練一遍劍招。

張獒在另一邊整理槍械，朝他背影說：「你一定要打敗王虓，活著回來，然後去見你姊姊。」

賴飛雲點頭。他握劍的雙手更緊了。

落地玻璃窗外，霞光漸透，橘色天空像瑪瑙般鑲嵌在平房上。

日夕時分，黃沙飛揚。

古城樓的鼓聲裊裊若無，如快要褪色的墨跡。

是蒼天的哀號？還是死神的淒吟？

是戰鼓？還是喪鐘？

決戰的時刻轉瞬即至。

賴飛雲披上紅外衣，揹劍，出戰。

二〇〇八年．碑林

古有三劍，沐天地精氣而成——

一曰龍淵，二曰泰阿，三曰工布。

稀世名劍出亂世，末世預言焉是吉兆？

縱觀人類歷史，和平並非必然，血戰才是常規。

蒙古鐵騎橫掃千軍，戈甲耀日，旌旗蔽天，

擁有壓倒性的力量，看似不可戰勝。

凶虐強橫的元軍卻被朱元璋所滅，

軍師運籌帷幄，成其千秋霸業。

人不如獅凶猛，不如豹快，亦不能飛，

但主宰天地萬物的是人類。

人類憑著智慧，戰勝了比自己強大的野獸。

最偉大的是智慧，最邪惡的也是智慧……

49

「每週都會去那地方一次。它的門口應該是向西，但它卻朝南了……名爲金木水火土……到底是甚麼鬼地方啊？」

巫潔靈聽著「愛瘋」手機裡的錄音，出神半晌，指頭繞著細長的黑色項鍊，漫不經心地瞧著車窗外的風景。原來她在通靈時說的話，張獒都一一錄下來了。

此時車裡只有她和張獒。

賴飛雲早在黃昏之時不辭而別。

只留下一張字條：「我去了。勿來，不然我會分心。」

巫潔靈看著賴飛雲有如絕筆般的字跡，不禁傷感起來，語帶哽咽道：「我還沒有親口鼓勵他，他就走了……小怨哥太過分了……這張紙不會是他的遺書吧？」

張獒生氣道：「別說這種不吉利的話！」

原來巫潔靈還爲賴飛雲準備了十字架和大蒜，還有避邪用的八卦鏡和獸牌，但賴飛雲沒有領受她的心意，不牽長物，走得瀟灑，獨個兒赴約去了，也不知他是否記得帶零錢搭車。

上下班時刻，道路有點塞，車子在鬧市中走走停停，如孤魂野鬼。張獒爲了掩飾車窗上的彈孔，貼了幾張膠布，就算會惹來閒人的注目，也顧不得那麼多了，反正別人都怕他惡狠的目光。

張棨問過賴飛雲要不要他幫忙。賴飛雲斷然說不，還替宿敵說話：「王猇抓了人質回來，其實可以要脅更多，但他只是逼我和他決鬥。他不想再跟我們玩『躲貓貓』，我也不想再躲來躲去，是時候和他做個了斷。」那一刻，張棨啞口無言，彷彿看見宮本武藏的身影與他重疊了，看見他身上閃耀著一種武者獨有的光芒。

張棨憂心忡忡：「我答應小賴，要是在八時十五分還沒接到他的電話，我就要將巫小姐送到警察局，由國家的人來保護她……這樣一來，我就無法帶她進陵墓了……所以，求求你，別輸啊……你輸的話，死的人不光是你一個啊……」

車內愈來愈悶熱。時間是七時四十五分。

張棨和巫潔靈皆知賴飛雲此去是凶多吉少，耗了大半天，尚未揭穿王猇弱點所在，現在只剩一丁點時間，又豈可一下子解開所有謎團？就算他們忽然想到答案，也來不及通知賴飛雲了。

其實有個疑問一直壓在巫潔靈心頭：「爲甚麼會是一幅畫？畫上究竟畫了甚麼？中國畫裡最多的就是山水、花木、鳥獸、美女……不可能是這些東西吧？這實在太令人費解了。」

駱先生那幾頁日記巫潔靈已經翻得快爛了，心中有股不自然的感覺，就是說不出來。她仍在思索老關子的啞謎，因爲比起兩個古字，這個謎語至少有理可循。雖然張棨和賴飛雲都說不值得再去想那幅畫的事，但她就是有股直覺，只要找到那幅畫，所有謎題都會豁然而解。

兀自想著，車子駛過一個路口，映入眼簾的是一個藍底白字的路牌，漆印「五星街」三字。一個念頭猶如晚空中的燎原之火，照亮了心緒。

「停下！」

巫潔靈突然大喊，令張檠暗暗吃了一驚，隨即將車子違規停在路旁，關切慰問：「怎麼了？」

「我好像猜到了老關子的謎語！」

只見巫潔靈翻開西安市的地圖，一副若有所思的樣子，手指在地圖上沿著一條五星街移動，目光如明星般閃爍，像是正在尋找甚麼地名。

「金木水火土……這五個字有可能是暗示地名。我早就想過這點，但搜來搜去，西安市就沒有一條以『五行』開頭的街道。原來我想漏了一點。金木水火土代表五行之外，也代表金星、土星、水星、火星和木星。」

如她所云，古人稱這五行星爲五星，即是太白、歲星、辰星、熒惑及鎮星。術數書中記載的「五星連珠」，其實就是五大行星相連並見於一方的天文現象。

張檠看著地圖，問道：「整條街這麼長，我們要怎麼找？」

巫潔靈的指尖倏然在地圖上的一個位置停下，語氣十分堅定，說道：「就是這裡了！我明白了！」又翻到地圖後面的名勝景點簡介，讀了幾行字，就向張檠道：「果然和我所想的一樣！老關子帶駱先生去的地方，是『五星街天主堂』！」

五星街天主堂？

張檠相信她所說的話，便在衛星導航器上搜尋地標，但心中好奇起來，便問：「妳是怎麼想到是教堂的？」

巫潔靈忙不迭道：「在你開車的時候，我一直開啓手機裡的指南針功能觀察外面，發現古老建築物的門口都開向南面。坐北朝南，南尊北卑，這是中國建築的特點。但我看過一個旅遊節目，知道教堂都是正面朝西，座席的方向則恰恰相反，所以信徒會向著東方祈禱崇拜。西方的教堂來到中國，入境隨俗嘛，便要將門口向南。老闞子還說每週會去一次，我肯定錯不了！」

這番話說得極快，幾乎毫無中斷，內心的焦急都在臉上浮現。

時間是七時五十一分。開始倒數。

張嫯放好了導航器，不理會交通狀態，直接讓車子硬闖入鄰線道，開車有夠狠的，對後方車輛的喇叭聲置若罔聞。

巫潔靈盤算好了，在張嫯耳邊道：「你這個手機借我。一會兒到了目的地，你放我下車，然後你趕過去碑林博物館那兒。如果我有發現，會用電話和你聯絡……」

在一片灰燼似的天色之中，有隻烏鴉突然飛來，落在車窗前面，情況怪異至極，猶若帶來甚麼不祥之兆。

定眼一看，這烏鴉嘴裡銜著冥錢，而牠的足上繫著一件像是小型儀器的筒狀物。

那東西閃著異樣的小亮光，閃動得愈來愈頻繁。

張嫯立感不妙。

一陣熾熱的烈風蓄勢待發。

然後烏鴉在車上爆炸！

50

古柏參天，鬱鬱蔥蔥。

漫天黑雲之下，朱紅門扉飛簷，歷代石碑豎立前殿。

碑林雖然名曰「博物館」，布局卻儼如廟宇殿堂，它的前部就是由孔廟改建而成。古典園庭連接展館，假山亭閣，棟宇軒窗，碧瓦獸柱，墨香石韻，經文薈萃如溪林，碑石滿院三千方，碑林因而得名。

王羲之的「大唐三藏聖教序碑」、歐陽詢的「皇甫君碑」、唐玄宗李隆基御筆寫成的「孝經」、宋徽宗趙佶自創一格的瘦金體「大觀聖作之碑」……草書有張旭的「肚痛帖」和懷素的「草書千字文」，楷書有顏眞卿的「多寶塔碑」和柳公權的「玄祕塔碑」，篆書有李陽冰的書法神品，宋四家蘇黃米蔡的傑作俱全……

一座座黝黑高大的石碑林立，鬼斧神工，各臻其妙，相映成趣。

庭林疏影下，一個揹著長袋的少年在踱步。

賴飛雲提早來到這裡，一一觀摩古人名家的刻字，一個個字竄入他的眼中，也竄入了他的血液之中，回憶漸漸泛上心頭。

這並不是他第一次遊覽碑林，多年前師父曾帶他來這地方，逐一臨摹碑石墓誌上的刻字，整個暑假都在這裡修行，夙夜不懈，寫字寫得十指都長出厚繭。師父當時還和他穿林走上華山，爬險道，賞析峰岩上的石刻，在華山上度宿三宵。

賴飛雲自幼缺乏父愛，師父待他有如親兒子。星光浩瀚下，蒼天為被，大地為床，在碑林裡談天說地，天南地北，一老一少直至倦極才睡。

「我們可以目睹歷代書法家的傳世佳作，皆因字跡刻在碑石上。唉，人生七十古來稀，但這些石碑由唐朝保留至今，差不多有一千三百年，歲月漫長，光芒仍然不衰！」

此時重臨舊地，賴飛雲仰望星空，不禁想起賈釗。他記得賈釗愛看科幻小說，而自己則愛看武俠小說，兩人常在書局裡消磨半天。

賈釗的觀點與師父大同小異：「就只有我們中國人沿用古老文字，兩千年前的字，兩千年後的中國人都讀得懂。漢字是神傳文字，並非無稽之談啊……古老文明藏著很多祕密和天機，我覺得，如果世界發生甚麼大浩劫的話，救世主一定是中國人。」

賴飛雲曉得，師父和賈釗都對自己的期望極高，師父更說眾多徒弟之中，就以他的天資最高。在師父嚴厲督導之下，中國人千古傳承的書法，全都變為他的功力，一招一式都是古人精力凝聚的修為。

賴飛雲由第六陳列室回頭走到第一陳列室，中間穿過幾座庭院，跨步踏著青石小道，眼前門框之後就是整部《開成石經》，一道道比人還要高的碑碣相接，總共一百一十四方，陳列成蔚為奇觀的石屏，立足其間，猶如置身石質的書庫。

決戰的時刻快到了。

賴飛雲閉著眼，沉思。

他會赴約，就是相信自己尚有一絲勝算。

賈釗之死，賴飛雲一直感到內疚。

他要打敗王猇，就是爲了替死在王猇手上的亡魂報仇雪恨。

歷史上無數實力懸殊的戰役最後都由弱方取勝，就是不知今晚是否會上演相同的戲碼。

賴飛雲沒穿內衣，赤裸裸的上身就只披著外套。腦中還在冥思，無意之間，雙手放進外套的口袋裡，竟摸出一件異物。賴飛雲暗暗納悶，取出那物一看，竟是一個護身符，想了想，就知道是巫潔靈偷偷放進去的。

賴飛雲看了看護身符裡的東西，莞爾笑了笑，此外還發現了一張小紙條，笨拙的字跡歪歪斜斜地寫著：「我最喜歡小怨哥了。」

也不知算不算示愛，她這鬼靈精太愛搞怪了，時時令他暈頭轉向、哭笑不得。

這一刻，賴飛雲腦中竟出現她的臉龐。

他要保護她。

「就算我戰敗，至少也要斬斷他的一臂，不容他再遺害人間。」

以死來捍衛正義，就是賴飛雲的生存之道。

賴飛雲琢磨宮本武藏的書法，亦了解到一代劍聖的人生觀。

書法所以被稱爲藝術，乃是後人可從一筆一畫中感受到創作者的氣魄和魅力——著墨深淺，用筆根還是用筆尖，同樣的字亦有千千萬萬種寫法，一切都與書寫者的性情、技藝和心境息息相關。

宮本武藏的書法耐人尋味，從中演變出的招式怪絕無雙，暗含兵法之道，眞髓在於「出其不意，兵不厭詐」，卻又符合劍術之道。爲求一擊必殺，無所不用其極，寧可勝得醜陋，也不雖敗猶榮。賴飛雲學了他的劍法之後，覺得宮本武藏的劍是眞正殺人的劍，也是他所學招式中最狠最絕的劍。這位劍聖無師自通，從賭命的決鬥中悟得劍道，自創的絕學名爲「二天一流」，內涵正是「世間諸法，一以貫之，互通互轉」，說的是劍法武學，其實也是人生之理。

陰與陽，黑與白，生與死……

萬變不離其宗，太極生出兩儀，亦衍生出萬物。

凜風殘月，一個聲音從黑暗中發出：「想不到你眞的敢來赴約，你是我見過最有勇氣的男人。說起來，我還不知道你的名字，請你報上名來吧！在你死後我會好好記住的。」

月下，銀光如血般灑滿空地。

蔭間，枯枝如殘骸般曳擺。

他來了。

賴飛雲向著黑暗深處，發出咆哮一般的吶喊：

「賴飛雲，字劍魂！」

51

轟隆一聲，猶如鬧市裡的旱天雷。

帶著爆彈而來的烏鴉，亦帶來了一場熾熱的風暴。

玻璃窗化爲霰彈一般的碎片，碎片一旦沾染鮮血，就變得像紅玫瑰的荊刺。

在生命瞬即流逝的一刻，時間就像凝止了，但儘管只有一秒鐘那麼短，張嫯這種慣活在槍口上的人，眼見形勢不對，迅即就能做出判斷，使勁踏下油門，撞向前車的車尾，車內的安全氣囊即在爆炸前一剎那膨脹彈出。

幸虧那種迷你炸彈的威力有限，只是將車子的防彈玻璃炸個稀爛，不過爆炸的位置較近張嫯，幾塊碎片飛向他，劃破了他的臉皮，差點就刺中眼珠。

張嫯瞥向副駕駛座，慶幸巫潔靈無恙，回想剛剛發生的事，暗道：「烏鴉和炸彈……是易牙和蒙武聯手嗎？把自己養的烏鴉當作殺人道具，眞是沒人性到極點！」

前方的七人座轎車沒人，正好當作掩護。

現在每分每秒都被易牙的狙擊槍瞄著，隨便探頭出去，身上或頭上搞不好隨時會多了幾個透明窟窿，豈不是中了他的下懷？張嫯更爲顧忌的是，車裡放了不少見不得光的東西，如果再不快點解決這件事，警察介入，他的處境只會更加難堪。

張嫯將左側的後照鏡向前轉了六十度，藉此觀察半空中的情況。鏡面上，可見又有一隻烏鴉飛來。

易牙趕盡殺絕，這麼快就來第二波攻勢。

張嫯知道易牙是引他探頭出來，好讓狙擊槍可以瞄準要害。

轟！轟！

張嫯將左手繞出窗外，向天空連轟兩槍。

那兩槍彷彿是亂瞄的，其中一槍打在霓虹燈招牌上，第二槍便射中烏鴉。原來第一槍是用來測準位置，修正之後，轉瞬又開出第二槍，兩槍快得幾乎是同一時間射出。張嫯將空中的鳥射下來，單看鏡面的投影就能瞄準，簡直是神乎其技。

張嫯自知現在的情況萬分危急，眼觀右方，驚覺右方座位空空如也，目光沿著開著的車門望去，卻見巫潔靈擅自下車，神色間竟是義無反顧。

「我自己會去教堂！你快過去小怨哥那邊！」

巫潔靈一下車，便頭也不回地奔跑，只留下一臉愕然的張嫯，怎麼也阻止不了。

其實她不熟路，走在簷篷下，只是憑著一股勁兒向前衝，瞧見五星街的路牌就轉彎，亂衝亂闖走對了方向，真是天公疼憨人，傻人有傻福。

本來一分鐘的車程，大概走五分鐘就會到。

時間是七時五十七分，巫潔靈擔心會來不及，便又加快了腳步。

晚風吹拂，天已經全黑了，路上微光斑駁，行人朦朧的影子一一閃過，有濃妝艷抹的女人、窮忙累透的上班族、騎著鐵馬的中學生、披髮垢面的流浪漢……

巫潔靈看了流浪漢一眼，便不敢回頭多看，只是低著頭向前走，竭力掩飾心中的驚訝與徬徨。

她發現流浪漢是蒙武僞裝的。

要不是直接瞧見蒙武的活人靈魂，巫潔靈亦會被蒙武的易容術所騙，其容貌落差之大，好比現代人工美女的超視覺化妝效果，橫看豎看都是截然不同的兩個人。

根據記憶中的地圖，五星街天主堂就在前方不遠處。

巫潔靈心想：「這個壞人只知道我能與死者靈魂溝通，卻不知道我能看見活人靈魂這回事……有沒有擺脫他的法子呢？」不用回頭看，也知道蒙武在後面亦步亦趨地跟蹤她，只等她走到行人較稀少的之處，他就會動手了。

正自焦慮之際，前方路旁來了一架快要滿載的公車，開往與五星街天主堂相反的方向。

巫潔靈跟著人群擠上車。

她的心跳愈來愈快，握著車上拉環，走入擠滿人的車廂。男乘客見她是個小美女，也沒有怪她，甚至主動讓路給她。她目光牢牢盯著車中間的門，又瞧向車頭那方，蒙武果然不肯放過她，也跟著上車，成爲最後一個上車的乘客。

就在車門快要關上的一刻，巫潔靈穿過門的縫隙跳車。

車上絕大部分乘客都看呆了，但駕駛沒有發覺，繼續開車。

巫潔靈也不理會掉了的鞋，更不在意內褲會不會走光，拔腿就跑，邊跑邊甩掉另一隻腳上的鞋，赤著腳沿著忽明忽暗的人行道前進。

她忍不住回頭一看，只見載著蒙武的公車開了一會就停下來。

蒙武正用手槍抵住駕駛的頭顱。

車內一片騷動，前面的車門便在眾目睽睽下再度打開了。

蒙武若無其事地走下車，一雙眼遠遠瞪來，而地上拖著的長影子彷彿向著巫潔靈一路延伸。

他要追來了。

巫潔靈識破他的事露餡了，這時候唯一的對策，就是繼續跑。

她心裡猛喊著：「救命！救命！」腳下卻不敢停頓，儘管一個弱女子跑得並不快，但蒙武也是個缺乏運動的成年人，故此一時之間也未能追上她。

這場追逐戰持續不了多久，便瞧見一座與眾不同的建築物——頂有十字架，門口有天使像，橫書「天主堂」二字，毫無疑問就是五星街天主堂。

巫潔靈含著最後一口氣，便匆匆上了短台階，率先走入教堂裡。

教堂裡兩面皆壁，巫潔靈已經無力再跑，便只好找個地方躲藏起來。

砰地一聲，沉甸甸的門被推開，雖然看不見，但肯定就是蒙武闖了進來。

空曠的教堂內部，迴盪著蒙武的聲音：「妳逃不了的！快乖乖出來吧！」

巫潔靈在暗處瑟縮，她真的已無路可逃了。

52

八時正。

一陣穿越鬧市的烈風吹來，將庭院的落葉捲成漩渦。

庭院一角正在髹漆，空氣中有一絲油漆的氣味。

惡魔出現了，正如王猇自己所說，他是個非常守時的人，不早不晚，就在八時正到達碑林。

王猇身穿黑色古服，袖口和紅腰帶飄逸，頭髮束起，清俊魁梧，有幾分像賴飛雲在圖書插畫中見過的佐佐木小次郎。

佐佐木小次郎就是宮本武藏的宿敵。

不過他是用長刀的，而王猇腰間佩帶的是短劍。

賴飛雲面對的是有生以來最強大的對手，難免會有所緊張和畏懼。王猇人未到，殺氣先到。

賴飛雲左手已提著鐵樺木劍，右手按在泰阿劍的劍柄上，凝神以待，大聲喝道：「我的媽媽和朋友呢？」

王猇微笑著的時候，額上的觀音痣就像鬼眼般，瞪得賴飛雲心裡極不舒服。

王猇沒有回答，只是拋出一條掛在卡牌上的鑰匙。

賴飛雲怔怔地瞧著鑰匙，問道：「這是甚麼？」

王虢含笑道：「儲物櫃的鑰匙，他們就在裡面。」可以將人塞進儲物櫃裡，方法只有一個……

乍聞此言，賴飛雲惱道：「你把我媽媽他們怎麼了？」

王虢知道自己的話被誤會了，便道：「行內人皆知我一向善待人質，我當然會好好招待你的媽媽和朋友，將他們安頓在頂級美容水療中心……我吩咐過，那邊的人收到這張卡，就會放人。水療中心是我投資的項目之一，美女秀色可餐，不輸後宮佳麗三千，只招待城中的權貴富豪。可惜你是個快死的人，我無法盡地主之誼，眞是遺憾啊！」

賴飛雲過去撿起那張連著鑰匙的智慧磁卡，只見寫著一段字：「**拾此卡者，攜此卡到敝店地址，重重有賞。**」卡的另一面就是水療中心的地址和電話，看來王虢所言非虛，不會殺害人質。雖然王虢殺人手法殘忍，但他言出必行，信用度極高，這樣的人在現今社會確實難得一見。

室內地方狹窄，並不適合大打出手，更何況這裡擺滿歷史文物，王虢和賴飛雲懂得釐清私人恩怨和公民責任，彼此對望的眼神中有種無形的默契，自動自發走出外面的庭院，來到一片空曠的地方，分庭抗禮，繼續對峙。

黑幕張開，月光照射，庭院裡的兩人一紅一黑。

賴飛雲卸下背上的長袋，如臨大敵，一雙眼不敢從王虢身上移開。

王虢文絲不動，琥珀似的瞳孔放光，又再挑釁道：「那邊有個洗手間，眞是方便呢。我喜歡殺人後洗手的感覺。我是個一等一的好公民，會把現場清理得很乾淨。我腦海中已出現了你躺屍在血泊中的畫面……」

賴飛雲拋開輕飄飄的外套，右手拔出泰阿劍。

紅色外套尚未落地，王犹已搶先蹬到賴飛雲面前，一眨眼的工夫，如電閃，如雷鳴，當眞是快捷無倫！

王犹的手刀由上而下斜斜劃過，但賴飛雲看得清清楚楚，後跨一步昂首避開。

這是兩人第三度交手，賴飛雲自己也說不出爲甚麼，感覺就像心眼突然開竅，摒除雜念，以心觀之，就可以看穿王犹的動作。不過看穿歸看穿，身體能否跟得上就是另一回事了。

這時王犹身體露出破綻，賴飛雲右手反攻一劍，左手的劍同時攻向他不備之處，雙劍各自施爲，一招是「陸斷犀象」，一招是「勁弩筋節」，雖然都被王犹一一躲過，但總算是反客爲主，與王犹不相上下，沒有輸掉氣勢。

王犹如鬼魅般在賴飛雲身邊轉來轉去，一是不出手，一出手就是快得迅雷不及掩耳，賴飛雲都是在千鈞一髮的一刻才避開。表面上是王犹佔了上風，但他不禁皺眉，知道賴飛雲是眞的很有把握，才在最後一刻僅僅避開。

倏來忽往，幾招過後王犹躍開一段距離，暗自忖度：「看來他並沒有發現我的弱點……」

他最大的顧忌就是這件事，剛剛試探時更故意賣個破綻，但賴飛雲並未針對自己的弱點進攻，當下心頭一寬，這番心計亦只有王犹自己曉得。

賴飛雲盯著王犹腰間的龍淵劍，問道：「你爲甚麼不拔劍？」

王虢笑道：「你還不配。」

話是這麼說，王虢清楚賴飛雲劍藝進步不少，不敢再貿然輕敵，便撿起洗手間外的掃帚，用指牙削去帚頭，竟將掃帚當成長棍來使。

王虢一轉身，就向賴飛雲攻出排山倒海的棍法。

原來經過上次一戰，再加上從九歌那邊得來的情報，王虢已知道了泰阿劍的用法，決鬥前早就想出對策。泰阿劍雖能發出無形劍氣，但必須依照固定軌跡畫劍才能成招，如此一來就很容易被王虢這樣的高手瞧破。

一旦賴飛雲將劍擱到一邊，王虢就會伸棍攔截他揮劍的動作，劍勢和氣勁受阻，便只是普通的一劈。

王虢天賦驚人，十八般武藝樣樣皆精，這種在武學上的造詣已教賴飛雲望塵莫及。賴飛雲不僅無法接近他的身邊，還處處居於挨打，膝蓋和胸口各自中了一棍，痛楚徹骨，沒有骨折已是萬幸。

一個初出茅廬的劍士挑戰武學大宗師，只有靠拚才會贏。賴飛雲明白這一點，便咬緊牙關全力提劍進攻，到了這一刻，終於心神合一，使出自己真正的劍法。

劍光四溢，筆氣縱橫，雙劍就像兩條盤纏交繞的蛟龍，挾著霸道之勢，一左一右向著敵人夾攻。

本來是單劍一招，現下雙劍各出一招，強弱互補，便將陰陽相輔的優點發揮得淋漓盡致。一元二極，此乃「二天一流」的心法，跟中國人「太極生兩儀」之道如出一轍，更巧合的是賴飛雲體內自帶正負兩極，一切渾然天成，整套劍法就像上天爲他而設。賴飛雲愈使，愈感得心應手，由劣勢轉爲強勢，逼得王虓毫無還手的餘暇。

只是不見了幾天，賴飛雲的劍法就變得如此變化多端，王虓一邊招架，一邊暗暗叫苦，雖然招式上沒輸，但在兵器上吃虧，手中的木棍亦被削斷，便只好丟掉木棍，重用雙手進攻。

兩人招來招去，愈鬥愈激烈，已再沒有一點喘息的空間，只要其中一方稍有不慎，就會被對方一招斃命。

賴飛雲趁著王虓後蹤一步，劍勢亦恰好來到肩上，心中響起一個聲音：「這正是使出無形劍氣的好時機！」當下全力逆手揮劍。

可是「千里陣雲」此招只使到一半，賴飛雲雙腿就被王虓用指勁射出的石珠打中。王虓袖裡乾坤，竟藏了那樣的暗器，其威力更勝氣槍的子彈，兩顆石珠深入肉裡。

賴飛雲收勢不及，整個人往前微沉，王虓亦挺掌前迎，近身廝殺。

書法家畢生追求「神來之筆」，而這一筆往往是興之所至、率性而爲，並非殫心竭力就可以做得出來。即使是被喻爲「天下第一行書」的《蘭亭序》，其實只是一篇不經修飾的草稿，可見眞正的完美不能刻意追求，只要書法中多次出現妙筆，便已是傳世佳作。

賴飛雲身子一晃之際，在危急中心念如電，力貫右臂，自創章法轉劍疾攻下盤，生出一個凌厲的劍圈，劍光的軌跡正與王虓雙腳將到之處重疊。

這種在瞬間起死回生的一劍，正是「神來的一劍」！

王猇唯一拆招的方法就是往上跳。

這是賴飛雲等待已久的良機。

人在半空，勢必著地，賴飛雲算準時機，就要揮出一擊必殺的磅礴劍氣。

終於被逼入絕境了——

在寒空裡——

王猇拔劍了！

53

教堂裡，莊嚴肅穆。

外面風聲颼颼，吹得窗戶格格作響。

巫潔靈躲在白色的壇台下，仰臉可見左右兩支洋式長燭台，正堂後牆上的十字架耶穌像居中。被釘在十字架上的聖人彷彿用垂憐的目光往下看。

巫潔靈信佛教，也信天主教和回教，既然這裡是主耶穌的地頭，當然要雙手合十祈禱，誠心懇求道：「神啊！你恩澤深厚，你的大能無邊無際，你也不想世上從此損失一個美女吧？我又乖又可愛又漂亮又善解人意又愛護寵物，求求你保佑我……」

但她這番默禱只是緣木求魚，進來時就發現這教堂地方不大，很容易被發現，躲得一時也躲不了一世。除非眞的有甚麼奇蹟出現，否則她這手無寸鐵的少女又焉能敵過持槍的惡徒？

蒙武推開圓頂大門，走進正堂。

他早就扯下假髮，平常戴著的眼罩只是道具，因爲他練了很久也無法瞇著單眼開槍，所以才戴上那種東西，久而久之，也就變成習慣。

教堂內沉寂無聲，漆黑而朦朧，依稀可見頂上的中國風壁畫。

中間是一條通往祭壇的灰磚甬道。

左右兩旁都是供信徒禮拜時坐的長凳。

蒙武握著手槍，沿著一排排長條木凳搜索，雙眼顧左望右，置物的板几有幾本未收拾好的聖經。他一步步行走，注意的是長凳之間的空隙，還有兩邊的紅柱和影壁，蛇般的目光在昏暗的空間搜刮巫潔靈的行蹤。

他心中有恃無恐，覺得巫潔靈就躲在這裡，出言引她動搖，便大聲道：「妳乖乖出來投降的話，我是不會傷害妳的！雖然我長得像壞人，但我從來不會傷害女人。我們只需要妳的能力來幫我們辦一件事……那小子一定會被王猇殺死的。有我們九歌的人來保護妳，世上就無人可以傷害妳！」

蒙武的腳步聲愈來愈接近祭壇了。

巫潔靈心裡打了個哆嗦，壓根兒不相信蒙武的話。

祭壇後方兩側都有微弱的光線，與內堂相通，只有衝出去才有一線生機。巫潔靈鼓足勇氣之後，蹲了起來，離開壇台低著身子竄向右側。

蒙武就怕她不出現，這下子看見她出現在前方，心中暗暗乾笑，急步就向前追去，一雙眼如影相隨地跟著她的身影。

就在要跑過最後一排長凳，他卻不知被甚麼東西絆倒，重重地摔向地面，磕掉半個大門牙。

巫潔靈眼見詭計得逞，便竭力俯衝回來，推倒整座壇台。一推之下，壇台應聲倒地，壓在蒙武身上。

砰……

周遭的一切渺無聲息，那條繫在兩隻椅腳間的黑色長項鍊仍在晃動。

她一直戴著這條垂到腰際的長項鍊，想不到在今晚救了自己一命。

隔了一會，巫潔靈想看看蒙武是否昏倒，躡腳躡手地走到下面，卻驚見傾倒的壇台下伸出一隻手，要是她遲了半秒才縮腳，就會被蒙武抓住。

「妳走不了的！」

蒙武滿眼金星亂迸，正從地面爬起，就被一件像蜂螫的東西黏上手臂。

那是裸露在外的接頭電線。

蒙武全身顫抖了一秒，就像在卡通動畫裡看到的一樣，彷彿有股電流連到周身各處，霎時昏厥了過去。

原來巫潔靈接近蒙武時，手中拿著一個電暖爐，連住插座的電線亦剛好夠長。

巫潔靈擔心會觸電，立刻扔掉手中的電暖爐。就像做完了過分的惡作劇，她感到有點心慌意亂，探一探蒙武的鼻息，才鬆了口氣，知道自己沒有電死他。

巫潔靈看著身邊的女幽魂，低聲道：「謝謝妳。」

一進教堂，她設置了陷阱之後，就向在聖堂裡徘徊的幽魂求救，問問有甚麼可以當作自衛的武器。那幽魂是個老女人，她的喪禮近日在教堂裡舉辦，生前是這裡的信徒，熟悉教堂裡的一切，便告訴巫潔靈壇台下有個會漏電的電暖爐。

巫潔靈已經走投無路，就抱住電暖爐躲在祭壇下面，插上電源，起初也沒想過眞的要用上這樣的「武器」，到最後因此自救，眞是僥倖到了極點。

巫潔靈捏了一把冷汗，感謝女幽魂之餘，也感謝造出這件電器的無良製造商，爲平價的電器增添了這麼神奇的特殊效用。

「噢！天呀！」

此時內堂有個修女走出來，看見被壇台壓住的蒙武和一旁的巫潔靈，一時間大驚失色。

巫潔靈本來想向她說出眞相，但心想這些事一言難盡，錯綜複雜得令人難以理解。她想好了說辭，便擺出一張可憐兮兮的臉，向修女撒謊道：「這男人是個大色狼！他想侵犯我，結果自己白痴觸電昏倒……眞是很可怕呢！」

修女也是女人，當然相信巫潔靈的話，正想回去內堂打電話報警，巫潔靈卻拉住她的手。

巫潔靈眼珠機伶一轉，又瞎編出一個藉口：「妳認識關子吟先生嗎？我有急事要妳幫忙……關子吟老伯伯快死了！他現在奄奄一息，他念念不忘一幅以前在這裡看過的畫……他很想在臨死之前再看看那幅畫，就託我趕來這裡，幫他取那幅畫。那幅畫是由中國一位國畫大師所畫，妳知道放在哪兒嗎？」

原來她記得關子吟先生是這裡的常客，所以便藉此來求修女幫忙，一番話說得文情並茂，不由別人不信。

修女懵然不懂道：「畫？」

巫潔靈再三催促，加油添醋地圓謊，自己也覺得自己不當騙子是浪費人才。

修女忽然想起雜物室裡有一堆畫，便帶她走進教堂裡面。

到了內廊，推開黑門，就是一間布滿灰塵的雜物室。

修女指了指那堆畫的位置，逕自急步離去，盡快找其他人過來。

事隔已久，巫潔靈也不知可否尋著老關子所說的畫，默唸一句：「天主保佑！」接著就開始逐張察看那堆在歲月裡塵封的畫，只盼其中一張是解謎的關鍵。

一幀幀的畫在眼前掠過，有的是中國畫，有的是西洋畫，當中不少都是名畫的仿製品。教堂內部裝潢本來就是中西合璧，所以掛上中國畫就有古風的風韻，展出西洋畫就有典雅的宗教氣息。

其實巫潔靈心中的希望愈來愈渺茫，在一堆畫中，根本不知哪幅才是自己要找的，擔心就算眼前出現當年給了駱先生莫大啓發的畫，她也未必知道就是那一幅。

但拉出其中一幀畫時，巫潔靈不由自主地停頓了，一雙纖手凝在半空，目光裡散發出不一樣的異采。

「原來……原來是這樣！」

這就是要找的畫了。

找到那幅畫，就會找到答案……她的直覺果然準確。

她知道了王猇的弱點所在！

54

在鬧市的一個地點，空氣中瀰漫著燒焦的氣息。

這場爆炸已引起路人矚目，再不撤離就會遭到警察盤問。可是車裡的裝備和物資不能說丟就丟，張骜藉著前面的七人車作爲掩護，一方面顧慮敵方會再度襲擊，一方面思索如何逃離現場。

車頭前窗的玻璃完全粉碎，車內人失去最大的保護，情況糟糕至極。

狙擊槍最遠的殺傷射程可達二千五百公尺，約爲二十五個足球場首尾相接的長度。狙擊手可以從任何方位及任何角度暗彈傷人，也就是說，被狙擊的目標隨時隨地都籠罩在死亡的陰影之中，有時中彈身亡都不知自己是怎麼遭暗算的。故此，在近代戰爭中，狙擊手都是極爲惹人憎恨的角色，一旦被敵人逮著，都會被狠狠折磨至死。

張骜恨透了易牙，心中怒火極盛，連番遭人暗殺，已到了忍無可忍的地步。張骜很想反擊，很想把那傢伙揪出來，但最大問題在於：只要易牙一天未開槍，就無從得知他的藏身地點。

但是，易牙那種級數的殺手，一是不開槍，一開槍就要他斃命。

大馬路上塞車混亂，張骜覺得自己是一隻快被封死的棋子，再不闖出重圍，車子就會像掉入蜘蛛網，被黏得死死的，動不了。

但他腦際同時泛起一個疑問：「奇了……那傢伙怎會知道我的行蹤？」

早在從陵墓出來之後，易牙就好像有辦法探知他們的位置，無論他們去到哪兒，易牙都會預先在附近埋伏。但張獒萬分肯定，他已用最先進的儀器來檢查ＧＰＳ訊號，確保車子沒有被敵人動過手腳，將衛星位置洩露出去。再說，如果敵方眞有法子準確知道他們的所在地，在酒店裡暗殺他們豈不是更加容易，怎會等到現在才下手？

張獒驀地想到一事，心裡直喊自己笨蛋，然後大聲自語道：「幹！時間來不及了，我要立刻起程。再不趕過去碑林那邊，小賴就是死定了！」

說完這句話，張獒緊握方向盤，即將開車。在這條大馬路上毫無遮掩，實在太容易受到狙擊。張獒來狠的，將車子駛上人行道，在五光十色的招牌與篷蓋下慢駛，見到路人就按了按喇叭，鬧得雞飛狗跳，結果成功駛到路口，便右轉入小路。

兩側是屏障般的平房，車子彷彿在水漬粼粼的路上留下兩條夜光色的軌轍，續往碑林的方向直闖，眨眼間消失在小路的盡頭。

夜空。

黑雲。

殺人月。

一根烏鴉的羽毛，落自碑林上方的天空。

另一邊廂，敵人移動得更快。

在一幢高聳的樓宇之上，有雙邪惡的眼睛在隱伏。

狙擊槍。托腮架。夜視微光瞄準鏡。

子彈上膛的聲音卡卡刺耳。

但易牙覺得非常動聽。

他全神貫注地俯察著碑林正門外的動靜，他知道張爇很快就會將車子開到那裡。

只等到張爇的頭顱在瞄準鏡的圓圈內出現，易牙就會扣下狙擊槍的扳機，比音速更快的子彈將貫穿目標的頭部，血漿迸流的畫面就會塡滿整個鏡頭。

那一發子彈的快感太令人期待。

易牙是接近死神級數的奪命狙擊手。

他在等待，喉頭因興奮發出怪聲。

在一次槍戰之中，他敗給了一個被稱爲「鎗客老張」的傳奇神槍手，在近距離被斜彈打碎了下頷致傷，所以才要一直戴著銀口罩做人，當時的屈辱懷恨至今。

——而張爇就是那個鎗客老張的兒子。

復仇的火焰在易牙心中燃燒起來。

這會使射出去的子彈更準！命中率百分之百！

陣風吹來。

神經緊繃。

張爇的車子在瞄準鏡裡出現了。

殺人的最佳時機即將出現。

正當易牙調整瞄準鏡的放大倍率時，卻看見極爲出乎意外的事——

車子仍在行駛，但張爇已從天窗探出身子，整個人站了起來，而與他臂與胸膛緊密結合在一起的，竟是一枝槍口仰天的狙擊槍。

反狙擊！

張爇身具超強的眼力，尤其在失去了一隻眼睛之後，這特質在剩下的單眼上更加強化。張爇驅車直入之前，已組裝了一支狙擊槍，憑著天才神槍手的直覺，加上用超強眼力盱衡全景，很快就找到易牙的潛伏點。換成自己，也會在同樣的地方置槍，所以張爇這次是賭命和易牙幹上了，讓他領教一下由獵殺者變成獵物的感覺。

狙擊戰是最強槍手之間的對決。

假如易牙是黑色的死神，張爇就是白色的死神。

易牙在上，張爇在下，本來是易牙佔了極大的優勢，但張爇爲了爭分奪秒，竟然在車子未停定的情況下就瞄準上方，與對方鬥快開槍。而且他採用的是穩定性極低的立姿，由下向上射擊，更受風的影響，要命中對方簡直是奇蹟一般的難事。

張爇極速對準易牙的面部，在陣風的間隙中斷然扣下扳機。

槍口到哪裡，子彈到哪裡。

神槍轟天！

一發子彈劃破天際，然後彷彿出現淒厲的慘叫聲。

在瞄準鏡裡可見，如被一記大榔頭敲中了頭腦，易牙仰後就倒，毫無疑問已經中彈，就是不知死了沒有。

張嫯贏了。

回想剛剛的處境，眞是險到了絕點，張嫯一直門戶大開，如果那發子彈有絲毫偏差，易牙就會瞬即還火，魂歸天國的人就是張嫯了。

張嫯倒抽了口冷氣，目光打轉間，撿起車裡的彈頭，心道：「我果然猜對了！易牙最初射進車內的子彈裡，應該有一顆是『竊聽器』吧？也虧他想得出來，會用這種原始的方法，我太過依賴高科技，差點就著了他的道。」

原來他故意透露行蹤，就是引易牙在碑林附近埋伏，以其人之道還治其人之身，結果絕地反擊，好不容易終於解決了那個難纏的眼中釘。

車外是庭院深深的碑林入口。

裡面的決鬥發展到甚麼地步，張嫯全然不知。

剛從鬼門關走出來，張嫯瞧著後照鏡，抹了抹臉上的血跡，拔出幾片玻璃碎片。他擔心起巫潔靈的安危，卻在這時，手機響起一陣穿透夜寂的鈴聲。

一接聽，便聽到巫潔靈在另一端大喊：「張嫯！我知道王猇的弱點啦！你一定要盡快想辦法通知賴飛雲……」

張嫳聽到這個消息，又喜又憂，喜的是她終於解開謎團，憂的是賴飛雲生死未卜，再者自己不熟悉這裡的環境，偌大一片碑林，到眞的找到他的時候，也許他早已變成一具死屍……

忽然間，有個照明光圈在張嫳身上晃來晃去。

「你在幹嘛？」

有個提著手電筒的警衛來了，剛剛的槍聲那麼大，也難怪會驚動他前來看個究竟。

在這節骨眼上還惹上警衛，禍不單行……

55

劍光一掠而過。

賴飛雲那一劍的劍氣穿空斷影，無形劍刃揚起土塵，就要取王猇的性命。

就在生死攸關的毫秒之間，王猇拔出龍淵劍，急蹴而起，手肘向下，看來就像體操裡的屈體騰越動作。

然後，不可思議的事發生了，王猇整個人就像凝在半空中，直至凌厲的無形劍氣乘風而過，他整個身子才微微下沉，霎時以正常的降速墜地。

在樹影幢幢與瞀壁重重的古庭裡，被砍出橫橫一條深長劍痕的不是王猇，而是蒼挺俊拔的老樹，無數被切斷的枯籐如飛絮般吹散。

只見王猇單手撐地，打了個側手翻，一條黑影在空中疾捲，接著揮灑自如地翩翩著地。

賴飛雲完全無法看透剛剛發生的事，只知那是龍淵劍的神妙力量。

他迅即提劍朝王猇直衝，目光不離王猇手中那不光不亮的短劍，深深明白對方既已拔劍，就是要來真的。龍淵劍的劍刃通體黑透，就像用玄鐵打造，在賴飛雲還沒摸清它的底細之前，只有攻得王猇無暇施展，才會有一絲活命的可能性。

六種劍法——楷書的嚴，草書的狂，行書的快，隸書的逸，瘦金體的削，篆書的曲折，悉數化爲暴風疾雨的招式。賴飛雲使出雙劍，妙就妙在可將不同的劍招組合使出，譬如楷書與篆書一方一圓，草書和行書夠快夠狠，兩招同出合爲一招，便成變幻無常的一擊，猶如屢出新招，攻破王猇固若金湯的守壁。

劍風颯颯！

左一劍，右一劍，王猇在劍光之中左躲右閃，血花飛濺，儘管身上被劃破幾道口子，薑到底是老的辣，生死關頭臨危不亂，那些肩膀上的輕傷亦在短時間內痊癒了。

狂風暴雨式的猛攻必有衰竭之時，王猇眼裡看得透徹，只待賴飛雲一輪力氣用盡，就是他傾力反噬之時，向這個只憑一股衝勁揮劍的小子狠下殺手，首級手到擒來。

突然間，王猇看準機會來了，一手撥開賴飛雲的木劍，旋身之際再以短劍格住泰阿劍的斜砍，兩把古劍首次正面交鋒。鏗然一聲之後，一把長劍凝空而不能再進寸許，王猇的龍淵劍短小精悍，側刃壓住泰阿劍的鋒刃，竟有「四兩撥千斤」之效，而他剛剛亮出的一手，也是深不可測的劍法，絕不比賴飛雲的劍招遜色。

「吾之劍法，名爲『龍噬燕返』！」

大多數劍法都是直來直往，皆在剛勁迅捷兩點上克敵制勝，而王猇這一路劍法，招式如龍騰，如虎踞，如燕翻，不停有股源源不絕的綿勁纏著對方，恰似人劍合一，不求快但求絕，逮著對手的破綻尋隙插劍，一招斃命。絕頂身法配上龍捲風式的快劍，遠擋近攻，剛柔並濟，每招都暗藏連續後著，是眞正的暗殺劍。賴飛雲若非精通劍道，也絕不可能和王猇鬥得難分難解。

劍刃再度相交，王猇朝賴飛雲壓下來，隔著交叉的鋒刃，兩人的臉竟貼得可以望清楚對方的眸子。王猇眸子裡是大汗涔涔的賴飛雲，而賴飛雲眼中是笑意盈盈的王猇，兩人體力上的差距高下立見。

王猇有心和賴飛雲比力氣，傾前再壓下去。賴飛雲差點就要蹲倒，在身子沉下的一瞬間，大喝一聲，舉起左劍，使出一招「枯籐纏樹」的豎劈，劍鋒還沒碰到王猇，就被王猇突然拋出的紅腰帶纏住。

只見紅腰帶像蟒蛇般繞住木劍纏了幾圈，王猇竟想奪劍，眼看賴飛雲死命不撤劍，便轉肩托劍，借力使力，捲起賴飛雲，將他連人帶劍摔了出去。

賴飛雲沒料到有此一著，被重重摔倒在地，恐怕被王猇補上一招，恰巧旁側就是矩形排列的小石柱陣，數十條獸刻雕頂的石柱可作屏障，便一滾過去，鑽進方形石柱的間隔裡。

有如狂風掃落葉，王猇的腳力一過，便將幾十條小石柱一一掃倒。賴飛雲身在柱陣中心，石柱紛紛向他倒塌激撞，便如遭受四方八面而來的棒擊，受盡內傷，幾天前縫好的傷口一再破裂，不住流出血水。

王猇踢倒石柱陣之後，跨步後蹬，身子便如黑隼般晃到十丈外。

在一片土崩瓦解的斷柱堆之中，賴飛雲正想忍痛站起來，身子卻重重下沉，四肢百骸的力氣無從施為，勉強只能保持半跪的姿態，背上像有千斤岩壓下來似地，感覺恍如墜進無底深淵。

龍淵！

王虓舉劍指著這邊，劍尖不離賴飛雲身上，劍刃的顏色由黑轉紅。

「怎麼樣？這就是龍淵劍的威力。」

賴飛雲痛苦得面容扭曲。

在賴飛雲的半圓之內，彷彿有股沉重無比的氣壓，一切東西都被一股無形的拉力吸向地面。賴飛雲仰頭望著王虓，稍微動一下都變得異常吃力，回想適才王虓避開泰阿斬的情形，心中冒出一個念頭，忍不住脫口而出：「重力！」

王虓笑對賴飛雲道：「你眼光不賴，看得出來。龍淵劍就是一把控制重力的劍。雖然我未見過外星人，無法向他們請教，但我一直相信ＵＦＯ的飛行原理就和這劍差不多。」

可以自由操縱重力，也就可以擺脫地心吸力，反之亦可以擴大固定地點的重力。正如人在無重力狀態下可以躍起幾丈高，人在重力加倍的狀態下便是舉步維艱，甚至動彈不能。

所向無敵。

王虓已立於不敗之地，加上龍淵劍就是如虎添翼，過去不曾有人可以打倒他，將來也無人可以破滅他的不敗傳說。

絕望才是真正的萬丈深淵。

王虓對著無力反抗的賴飛雲說話：「與中國的傳統相反，在歐洲，砍頭是王親貴族的特權。很久沒有人死在我的龍淵劍之下──你可以被我殺頭，這是你的光榮。」

賴飛雲啐了一口，不屑道：「那我該向你叩頭謝恩嗎？」

賴飛雲握緊劍柄，卻連站起來都成疑問，哪裡還有反擊的餘力？在千鈞重負般的重力之下，他全身力不從心，仰視著王虓高大的身影，運起「磁氣逆雲」，將泰阿劍投擲出去，結果也是徒然，那劍擲不遠，便掉在地上。

賴飛雲靠臂支撐身體，拖著雙腿，向後划行，連劍也撒手了，已到了束手待斃的絕境。

王虓一步步逼近，如看螻蟻般地瞪著賴飛雲，手中的龍淵劍紅光四射，殺意大盛的目光似在說：「你完蛋了！要結束了！」

與此同時，一陣爆破似的嘈雜聲驅走了沉寂，接著傳來一道低沉的嗓音，場內竟響起繞梁般的廣播：「小賴——你聽得見嗎？」

是張嫯的聲音！

56

萬籟俱寂之中，突然出現張褩的聲音，當眞嚇人一跳，連王琥也不禁怔了一怔。

原來張褩在外面正煩惱如何尋找賴飛雲，恰巧碑林的警衛前來盤問，這樣的事對張褩來說簡直求之不得，廢話少說便脅持警衛，逼他帶自己到辦公室，開通全院的擴音器，讓廣播聲傳遍每個角落。

「小賴，巫潔靈託我向你傳話，她說她已找到答案——答案就是她放在護身符裡的東西。」

巫潔靈爲了保佑賴飛雲取勝，偷偷放了個護身符在他外套的口袋裡。護身符裡除了紙條，還藏了一樣東西——

賴飛雲心中斗然冒起一個聲音：「是頭髮！」

巫潔靈的話那麼婉轉，用心良苦，就是以防王琥察覺自己弱點暴露，之後警惕了起來。當時她本著好意送給賴飛雲的東西，純粹只是希望帶來好運，無心插柳柳成蔭，現下竟可用來打暗語，向賴飛雲提示王琥的弱點。

賴飛雲想不透頭髮爲何會是弱點，卻對巫潔靈的話深信不疑，更想道：「難怪如此！兩個人決鬥，只想著制住對手的要害，哪會笨得去斬斷對方的頭髮？」

可是，賴飛雲置身在龍淵劍的重力狀態下，行動異常緩慢，使盡全身之力，也只可站起來和舉起手臂，縱使知道了王琥的弱點，也沒法子做出甚麼。

王琥朝賴飛雲走一步。

「你燒掉我老家的房子，本來我要將你剁成肉醬，才能洩我心頭之恨……現在我要將你的腦袋斬下來，帶回家血祭……」

其實燒掉房子的是易牙……不知九歌的人說了甚麼，王琥將這筆帳算到賴飛雲頭上。都到了瀕死時刻，賴飛雲忍住痛楚站起來，周身關節像生鏽的螺絲釘，憋著一口氣，根本不會浪費精力去澄清那種誤會。

王琥再朝賴飛雲走一步。

這時兩人相距約四公尺，突見賴飛雲怪模怪樣地高舉右臂，由下而上向腦後斜斜一拉，就像在半空中牽扯著甚麼似的姿勢。

王琥自以爲勝券在握，看不懂賴飛雲的奇怪舉動，正感詫然之際，劍鋒已在他眼前匆然劃過。

御劍！

半空中飛來一劍，沿著大迴環的軌跡凌空揮劈，劍柄上繫著一條不容易看見的鐵芯絲，末端被賴飛雲捏在手中。

原來早在與王琥決鬥之前，賴飛雲深思熟慮，唯恐會被王琥奪劍，又或者愼防泰阿劍脫手，便用鐵芯絲將劍柄與自己的右掌繫在一起，磁力便能透過導體傳到劍上。鐵芯絲極爲纖細而柔韌，院內暗沉沉的，又因爲他的掌上包著繃帶，所以王琥一點也沒有看出來，沒想到最後會變成了救命的法寶。

在重力之下，磁力依然發揮作用。

賴飛雲就像放紙鳶般操縱著浮起的劍，以自己爲圓心，畫出一道空中劍弧。

但這招也只是湊巧使出，賴飛雲只能順勢掌控著飛劍的去向，斬不到王猇的脖子，只好自左而右橫削他的眼睛。

王猇雙目突然一黑，只覺劇痛無比，雙眼已被弄瞎，那劍竟削出一公分深的傷口。王猇自知已遭暗算，擔心那劍會迴旋再斬，逼不得已之下，只好解除施加在賴飛雲身上的重壓，改用龍淵劍來減輕周遭的重力，往上一縱，便似懂得輕功一樣飄到上空。

半空中的王猇就像厲鬼，賴飛雲在下面瞧著他，心想：「一定要盡快對付他！要是他眼睛癒合，我就失去了這難得的勝機。」

王猇只能靠耳朵來探知賴飛雲的動靜，聽著下面細碎的腳步聲，大概猜到賴飛雲正繞到另一邊做一些小動作。他曉得賴飛雲有飛擲鐵器的伎倆，便將重力一放一收，雙腳一碰到空地，隨即又再躍起，有如太空漫步，打算用這法子來拖延時間。

雖然可以騰空很久，但物理軌跡始終無法違反大自然的定律。只升到一半，王猇的預感便已成眞，忽然感到一陣急風向著自己而來，便迅即解開重力，讓自己降回地面。他顴骨上的血痕已漸漸褪色，由一公分深變成半公分深，再過半分鐘雙眼就會痊癒。

在下面，賴飛雲持劍直奔，衝到王猇的落點。

這是最後搶攻的機會，賴飛雲右手倒握劍柄，由內而外大劍一劈，竟使上蘇軾〈寒食帖〉中的劍招。

快劍卻只能掠過王虓胸前，他閉著雙眼，本能反應極快，感受劍風和殺氣，竟也躲得開賴飛雲的劍招。由〈寒食帖〉化出來的劍法肅殺無比，招招霸道迅猛，卻背離了書法秀逸之道，半點也不優雅，對敵窮追猛打，近乎亂砍，跡近無賴，砍砍削削劈劈疾刺，招式間毫無停頓，一筆疾書到底，勢如山倒地撲向王虓。

寒食絕殺劍！

不是置之死地而後生，也無法將這套劍法的威力發揮得淋漓盡致。賴飛雲所學劍法之中，就以這套劍法的威力最為龐大。但有利必有弊，劍法意境絕處求生，動作豪邁非常，處處都會露出破綻，若非王虓瞎了雙眼，賴飛雲也萬萬不敢在他面前使出這樣的絕招。

在劍光與血花飛濺之間，王虓巧妙地躲開和用劍來擋格，並無呈現半點敗象。

賴飛雲受傷之後，力氣亦大不如前，再著急也好，終究無法向他揮出致命的一擊。

王虓的雙眼開始能看得見模糊的東西。

而他睜開眼之後，第一眼看見的，竟是一團火。

他早就嗅到一陣油漆的氣味，但因為全心閃躲，沒來得及細想那樣的事，更沒想到對方所攻之處竟然並非自己的身體。

火劍！

原來賴飛雲剛剛乘著王猇看不見，單手同握雙劍，繞過自己的長袋取了打火機，又跑到置放著油漆桶的牆邊，木劍一插進桶裡就沾滿油漆。他的腳步沒有一刻停下，全在轉瞬間完成，點了火，繞了一圈回來就衝向王猇。

賴飛雲一直只用單劍進攻，左手握緊著了火的木劍，忍受被火燒傷的痛苦，就只等一個順風向著王猇的機會出手，倏來一招高峰墜石般的極速快劍，刺向王猇晃起來的長髮。

王猇的頭髮著火了。

賴飛雲早在捏碎打火機的同時，已將煤油含在嘴裡，現在便乘機吐向王猇。

猛聽得王猇大呼一聲，他的頭上一下子燒起來了。只見王猇狼狽地在地上翻滾，無法止住極猛的火勢，又奔到廁所外面，拿起水桶淋向自己頭上。倉皇之中，也顧不得儀態，他直接將頭塞進水桶裡，這才眞的滅了火。堂堂一代超級殺手，現在危坐在地，面目全非，頭髮已燒光了，連眉毛也只燒得剩下半截。

地上多出一道影子。

賴飛雲的劍已架在王猇的脖子上。

57

在夜燈凋零的街道，巫潔靈快步行走，亂過馬路，向幾個陌生人問明方向。一路走來，灰色道路像在漸漸褪色，最後終於到達碑林博物館。

正常女子怕鬼，一定不會獨自夜闖這種行人絕跡之處。但巫潔靈天不怕地不怕，有時覺得人比鬼更可怕，心裡擔心賴飛雲，一路赤著腳，涉險來到這個在黑暗裡陰森森的地方。

當巫潔靈溜進碑林屏門後庭院，便瞧見張嫳正在亭外的小石墩上坐著。

張嫳的目光一與她交接，就露出相當黯然的面色，似有甚麼噩耗要轉告她。

巫潔靈一顆心往下沉，神色慌張地問：「小怨哥呢？」

張嫳垂著頭，泣聲道：「死了。」看見巫潔靈失神恍惚的樣子，又道：「抱歉……儘管我和他說了王虢的弱點，他還是敵不過王虢……他被王虢殺死了。」

死了？正當巫潔靈信以爲眞，感到萬念俱灰之時，賴飛雲便從洗手間走了出來。因爲他剛洗去血跡，全身濕淋淋的，而且也處理好受了燒傷的左手，手上纏著密密麻麻的綳帶。

看見巫潔靈淚眼婆娑的樣子，賴飛雲只是一臉愕然，雖然常被她作弄，他卻沒有想過要報復，騙她一事全是張嫳的壞主意。

張嫳在後面暗笑一聲，還擔心巫潔靈會因此生氣，卻見這少女不顧一切地朝賴飛雲直奔，飛撲到他懷裡。賴飛雲怕她眞的摔倒，便緊緊摟住她，離地轉了半圈，這一幕可媲美青春偶像劇裡男女主角可歌可泣的相逢，只看得張嫯好生羨慕賴飛雲的艷福。假如賴飛雲嘴裡不是有煤油的異味，巫潔靈情難自禁，搞不好就會和他親嘴。

張嫯微感尷尬地瞧著兩人，不想被當成電燈泡，便假裝咳了一聲，向巫潔靈解釋剛剛發生的事。巫潔靈知道賴飛雲戰勝王猇，頓時拍手稱快，笑靨生花道：「哇！小怨哥你好厲害，果然是我沒有看錯的男人。你打敗了天下第一的殺手，從今以後你就是天下第一的劍客！」

張嫯惋嘆了一聲，向賴飛雲道：「不過，你放過了王猇，沒有殺他，太可惜了……放虎歸山，你眞的不怕後患無窮嗎？」

賴飛雲含笑以對，氣宇軒昂。

「我已經知道他的弱點。哪怕以後再碰到他，他也一定不是我的對手！」

這番話說得豪邁十足！張嫯忍不住豎起拇指，而巫潔靈眼裡波光流轉，有種心跳加快的感覺，更加喜歡眼前這個小帥哥。

到了最後，賴飛雲堅持了自己的信念，沒有用他的劍來殺人。

原來巫潔靈帶去的手機電源耗盡，與張嫯的通話到一半就中斷了。張嫯正愁著如何找她，她便自己跑來這裡，眞是再好不過了。

「爲甚麼妳會知道王猇的弱點是頭髮？」賴飛雲和張嫯均感好奇，便問起這件事。

巫潔靈做了個可愛淘氣的鬼臉，道：「我也要學學老闆子，賣一賣關子，讓你們猜一猜！」張槳和賴飛雲不甘心被她擺布，有默契地對望一眼之後，便對她不理不睬。巫潔靈吃了悶虧，便道：「好啦！你們想知道答案，就跟我去一個地方吧。」

出了碑林，眾人搭上車，聽著巫潔靈的指示，往五星街天主堂那邊直駛。逃過大難之後，再看西安鬧市濃妝艷抹的景致，夜裡笙歌酒徒，坊間肉香市販，頓有恍如隔世之感，總算放下心頭大石，享受這片刻的愜意。

只有張槳真正知道，更大的磨難和危機還在後頭，現在只是稍微喘一喘，優哉遊哉言之尚早。

來到了五星街。

在幽冥的月色之中，教堂門外，天使像旁，有一幅色調深沉的油畫。雖然巫潔靈騙人不打草稿，但也記得圓謊，將那幅找到的畫帶出教堂，但由於不便攜畫走動，便將它倚牆放在教堂外面。

只見那畫構點四邊黴黑，疑在洞穴似的帷幔裡，一個胸口袒露的男人在幾名敵人刀口之中掙扎，右眼被利刀插入，臉上乍現憤恨交雜的表情，就像遭人陷害和出賣。在畫中央，有個面露歹意的女人，她一手提著斷髮，一手拿住利剪。

巫潔靈領著賴飛雲和張槳，到了那幅畫前，徐聲道：「這幅畫名為《參孫與大利拉》，由徐悲鴻大師所繪……徐悲鴻先生是一代宗師，也是中國現代美術的奠基者。他擅長油畫和中國畫，尤以畫馬馳名中外，我敢說，就算你不認識他，也一定見過他畫的駿馬……」

因為巫潔靈喜歡徐悲鴻的畫，所以說得出他的生平。

「徐悲鴻早年出國留學，眼前這幅《參孫與大利拉》便是他在美術館裡臨摹的名畫，至於原作出自哪個畫家的手筆，我就不記得了。這幅畫是關於一個聖經故事，出自舊約裡的《士師記》。參孫是猶太人的士師，他擁有上帝所賜的超人力氣，令鄰族的敵人相當痛恨。敵人便使出美人計，派出一個叫大利拉的女子，套出了他的弱點在頭髮這個祕密，然後成功捉拿他……」

眾人這便想到，駱先生本來知道王猇頭髮的祕密，看到此畫便想到他的身世。至於他當時印證了甚麼結論，人都死了，只怕要到黃泉才能問他。

巫潔靈提出自己的一番見解：

「駱先生的日記給了我很大的提示。語言語言，語言的本質就是人類用嘴說出來的話，即是我們溝通的說話。」

「由於我們有了『漢字是象形文字』這個根深柢固的思想，就被引向錯誤的方向，從造字的角度來剖析這兩個字。其實，本來是先有音，才有字的，這是語言發展的過程。很多字的意思都是附寄在讀音上。你想想看，你會記得一段字，是用聲音還是圖像？我們嬰兒時牙牙學語，就是用聲音來記憶的。」

「現在我們假設這樣的情況：有一個外族來到中國，就要改一個中文的族名。我學過一點日文，知道日語裡有片假名，主要用來翻譯外來語。我們中國人不懂英文，有時也會將一些外國的品牌翻成中文，道理是一樣的。」

賴飛雲聽到這，還抓不住重點，當下問：「妳意思是……『秦孫』是一個族裔共用的名字？」

巫潔靈想了想，答道：「應該是的，或者是個姓氏。」

賴飛雲指著那畫，又問：「那『秦孫』和這個叫參孫的大力士有甚麼關係？」

「關連是在『秦孫』兩個字的古讀音上。」

「古讀音？」

說到這裡，巫潔靈拿著「愛瘋」手機，連到一個網上百科全書的網站，叫大家稍等，又觸控螢幕按了一會，才道：「參孫的名字在希伯來文裡是這樣的……」她說話的同時，順手展示電子螢幕裡放大了的字：「Šimšon」。

「我們現在講的中文，實際上是北方的官話，與古漢語的讀音有很大的分歧。隨著時間的變化，很多字的古讀音都已失傳。但要推斷『秦孫』兩字的古讀音，還是有方法的……據我所知，古代日本完全使用文言文，日語的漢字甚至保留了中國漢字的古音。以前我的老師說，『阿房宮』的上古音聲母，就和現代日語中的發音極爲接近。在日語中，『shi』就是『si』，而日語中只有『n』，沒有『m』這個尾音。『s』和『sh』，『m』和『n』，本來就很容易混淆嘛……」

巫潔靈舉起「愛瘋」，向大家演示，切換到日語輸入法，用「n」來代替「m」，輸入「しん（shin）」，就可選出「秦」字，而輸入「そん（son）」，就會出現「孫」字（在日語輸入法中，「ん」的輸入法是將「m」連按兩次）。

如果巫潔靈的臆測全部正確——

「秦孫」兩個字的古讀音就是「Šimšon」。

這種事聽來就像鬼扯，但王虢的弱點確實是在頭髮上，賴飛雲和張棨縱然驚訝，對她的話也不得不信。

巫潔靈臉上忽然出現憂傷之色，指著另一個方向，說出偶然發現的事：「我剛剛走路過去找你們的時候，經過一片空地，在那邊碰到一個很特別的幽魂……我帶你們過去吧。」

感覺就像是在命運的引領之下，眾人沿著平日熙熙攘攘的大街，一下子轉進夜間極爲僻靜的空地，這樣的地方如同城市中的小綠洲。

在那片雜草叢生的荒地上，有一株蒼老的巨樹。

那裡就是當年發生那起慘劇的地點，不過隨著時代變迭，城市面貌日新月異，已沒有幾個人記得那樣的事，歲月遺失了細節，霏霜亦洗去了血跡。

眾人凝望著那株大樹，只聽巫潔靈說話：「這株樹上依附著一個叫阿虎的幽魂……我以前就知道一個人可以有幾個靈魂，靈魂亦可以分裂，不過這樣的例子相當罕見……殺人是最大的邪惡，因爲殺了人之後，就連自己的靈魂也會隨之失去。」

巫潔靈站上粗大的樹根，一邊撫樹一邊說：「這個阿虎就是王虢靈魂中代表『善』的部分。只要本體王虢一天未死，他仍會陰魂不散……」

蒼茫大地，風吹寒梢，耳畔彷彿響起一首淒涼的輓歌。

多少個時代，又多少個春秋，這株樹是慘劇的目擊者，枯瘠的樹皮就是皺紋，低訴著來自遙遠過去的古音。

巫潔靈轉述那個阿虎的話。

那可是他們聽過最悲傷的故事……

一九八八年・阿虎

58

阿虎。

這是靈魂的名字。

阿虎說，他死的時候是一九八八年，當時他虛歲十六。

正確來說，他並沒有死，只不過脫離了主體。

雖然看不見長相，但據阿虎自己描述，他是個高大清秀、充滿陽光氣息的短髮少年，特徵是額上的觀音痣。

他自小運動神經發達，小時候經常做到很多人做不到的事。

「這個世界是有神明的，神賜給你很不可思議的力量。」

當阿虎還是孩子的時候，他就相信這個世界有神，神是公平公義的，善良的人會得到保佑，善有善果，惡有惡報，而這世界會變得愈來愈美好。

儘管沒有宗教信仰，他一直相信神。

身爲一個靈魂，他最眷戀的是童年的時光。

他在一個幸福美滿的家庭裡健康成長。

阿虎十二歲開始，爸爸就只准他留短髮，對這件事異常執著，有時甚至向髮型師指定頭髮的長度。阿虎升上國中後，就成了田徑隊之星，就是爸爸不逼，他也喜歡一頭清爽的髮型。

阿虎之後會遭遇不幸，就是因爲得罪了刑煌。

刑煌是個很有家勢的獨子，人人私底下都叫他「紅孩兒」，他父母就是牛魔王和羅剎女。這比喻其實頗恰當，刑家之主簡直是地方小皇帝，有財有勢，門庭赫奕，有心巴結的人要排隊兩年，敢得罪他家的人就是活得不耐煩了。

因此，同學總會在刑煌的臉上看到他驕矜不可一世的神色。家境太好也不是好事，刑煌無心向學，連年留級，快十八歲了還在唸國中。不過只要他一聲答應，就可以出國到地球上任何一國留學。刑煌常說，他是「紆尊降貴」，想體驗一下民間疾苦，才來這所學校唸書。

「甚麼共產主義，甚麼資本主義，我看都是一樣披著狼皮。無論甚麼主義，都是有財有勢的人佔著優勢，將資產從窮人那邊剝奪，流進有智慧的富豪的金庫裡。」

刑煌在作文裡這樣寫過，他爸爸聽到這種大逆不道的話，便揪著他回學校，要這兔崽子向老師鞠躬道歉。

但其實老師很害怕刑煌，接受了他的道歉，轉頭再向他賠罪。

有個人叫牛哥，是個窮凶惡極的壞蛋，在這邊算是有點勢力。傳言說他在廣東深圳混過，做過傷天害理的勾當，將小孩弄成殘障，然後指使他們去乞討。如此一個喪盡天良的惡霸來了西安，很快就收了很多兄弟，開始幹壞事。而刑煌不知怎地交上牛哥這個朋友，彼此相濡以沫，近墨者黑，結黨連群，後來更當了拜把的兄弟。

所以更加沒有人敢惹上刑煌。

只有阿虎從來不肯向他屈服，完全不把他放在眼裡。

刑煌第一次和阿虎對上，是在學校的運動會上。

雖然刑煌讀書不成，但在運動方面是一哥，這是他父母眼中最大的優點。加上他年紀比同期的同學大，別說要贏，就算贏得不夠漂亮，他都會覺得顏面掃地。可是自從阿虎來了這國中，在當天一百公尺、二百公尺、三千公尺、跨欄和跳遠的比賽，刑煌都慘敗給這個國一生，而且他穿的是最貴的釘鞋，阿虎卻是赤著腳跑。

阿虎沉醉在勝利的喜悅之中，沒有發現在他背後，有股悻悻然望著自己的目光。

但阿虎眞正和刑煌結上梁子，是因爲阿雅。

西安市說大不大，說小不小，很容易就會碰到熟人。

阿虎和同學于學良在晚上閒逛，路經鬧市，在燈火闌珊處，竟看見一班人在拉拉扯扯。阿虎認得其中兩個人，一個是刑煌，一個是小學同學阿雅，而其他人都是一副流氓相。那群人進去酒吧之後，只剩下阿雅蹲在原地，而她右頰上有很大的一片瘀青。

「怎麼了？」

阿雅只是哭，嬌小的身軀顫抖著，沒有回答，弄得阿虎和于學良很尷尬。但兩人都沒有離她而去，默默陪在她的身旁。

不一會兒，刑煌和幾個朋友出來了，看見阿虎三人，以爲是來尋釁的，便過去踢一踢阿雅，嚇得她身子抖了抖。他又瞪著阿虎和于學良，眼中不懷好意。

「喂，你們敢向我女友搭訕，是不是找死啊？不對，我該說她是我的女奴。」

「刑煌，我問你——你是男人嗎？她做錯了甚麼？犯不著打她吧？」

「你知道我在她身上花了多少錢嗎？她早已賣身給我啦。今天我請她抽菸，她說很怕菸味，不肯抽……又忘了噴香水才出來，身子臭臭的，害我在兄弟面前丟臉——你說她該不該揍？」

阿虎護在阿雅面前，挺身而出，衝著刑煌說：「有錢不是可以爲所欲爲的！」

旁人看到這種自以爲英雄救美的傢伙，都是嗤之以鼻。刑煌凶巴巴睥睨了阿雅一眼，又惡狠狠地瞪著阿虎，仰起下巴，鼻子裡冷笑：「哼！她是我的女人，是她自己願意跟我的。我愛怎麼打她，你都不曉得她心裡多麼甘願，你管個屁啊？」

阿虎問阿雅：「他說的是不是眞的？」看著她點點頭，阿虎和于學良對望一眼，均感失望和無奈，就知道不能再爲她抱不平了。

阿雅拭了一把眼淚，向阿虎微微行禮道歉，一轉身就要回去刑煌身邊。

阿虎默默看著阿雅，也不挽留她，只是用溫柔的語氣說：「不用怕，我會保護妳的。」

那一刻，阿虎那句話竟給了阿雅很大的勇氣。

她腳步停了一停，眼中猶豫之色盡去，忽然下定了決心，扭身走到阿虎身邊，主動求阿虎帶她走。連她自己也說不出來，爲甚麼會信任一個萍水相逢的男人，做出幾乎等於奉獻生命的烈舉。

刑煌等人難以相信眼前的事。

「你給我站著！」

刑煌從後抓住阿虎的肩膀，正想動粗，與阿虎野獸般的雙眼交鋒，竟令他雙腳僵立，由內心深處冒出最原始的恐懼。

牛哥代刑煌出面，這個老大熊腰虎背，手臂就像牛的小腿般粗，彷彿能舉千斤，力拔山河。

阿虎和他握手比力。

牛哥輸得被拗彎手臂，仆然倒地，好不丟臉。

只見牛哥亮出刀子，刀尖對準阿虎。

阿虎最近幾天手心都有神力，他將路邊的標誌牌連根拔起，然後一下橫勁向牛哥揮去。標誌牌像巴掌一樣，搧在牛哥的大餅臉上，打得他滿眼金星，身不由己，倒了下去。

「這傢伙……是怪物嗎？」眾人相顧失色。

阿雅選對了人。

阿虎是最強的。

無人敢過來攔路，阿虎帶著阿雅離去。

看著三人的背影在陰暗的街角消失，刑煌悻悻然向天發誓：「駱子夫！總有一天我會教你在我面前下跪！」

59

阿雅和阿虎、于學良組成三人幫，玩在一起。

三人行，必有我師。阿雅和于學良都以阿虎爲首，很聽他的話。明明阿雅比阿虎大上一歲，她卻虛報年齡，要將阿虎當成哥哥。

阿雅身世可憐，媽媽丟下她離家出走，就只剩下奶奶和她爸爸。她爸爸愛家暴，阿雅總是不願意提到這個人，阿虎也就沒有多問。阿雅在那麼惡劣的環境下長大，很容易就學壞，變成了問題少女，輟學之後就一直混日子。于學良家裡有間空房，父母又比較開通，阿雅便搬到他家，寄人籬下，平時幫忙做家事。

半年後，阿雅考上了，成功轉校來到阿虎的國中，跟他和于學良沿著同一條路一起上學和回家。爲了重拾學業，阿雅下過不少苦功，每當她想放棄，腦中就會出現阿虎的鼓勵，結果眞的做到了，連她自己也不敢相信。

而當阿雅日後回憶，她認爲那是她一生中做過最自豪的事；她和阿虎、于學良在一起的時光，也是她一生中最快樂的時光。

他們一起在西安城牆上騎腳踏車，一起跳進河裡嬉水，一起爲中國的運動員喝采，一起跳最快的舞，一起追最遠的風箏、做最難的習題、看最爛的電影、吃最辣的菜、喝最烈的酒……三個人擠在同一輛三輪車裡。

于學良的家附近有面矮牆，晚上買了串燒等小吃，帶了些花生米，就一同坐到牆上賞月看星光，聊到很晚才盡興。

杯中醇醪中映照出天上的明月。

他們一起共度了青春中美好的時光，而對某些命苦的人來說，那樣的日子彌足珍貴，直到永遠閉上眼睛的一刻，腦中就會再浮現回憶裡最美麗的笑容和風光，還有自己眞正愛過的人……

阿虎早就發現阿雅對他有意思。

捫心自問，阿虎眞的只當她是妹妹。更何況，他認爲男兒應當有更遠大的理想，所以並不把兒女私情放在心上。爲了進一步教阿雅死心，他更逼她結拜成兄妹，背後的動機，也是因爲他發現好友于學良對阿雅的愛意。

只有這樣做，三人才能繼續毫無戒心共處，玩成一塊兒。

阿雅渴望被愛，于學良又眞的對她很好，久而久之就眞的交往了。那時男女之風甚嚴，這種事萬萬不可被校方知道，阿虎老是提醒他們：「你倆哪！要愼記男女授受不親的格言，千萬不可亂來！」還把這句話抄錄下來，貼在于學良房裡的門扉。

阿雅變得愈來愈美，活得快樂，人就會有光采。

可憐的阿雅卻再次落入刑煌的魔掌。

因爲阿雅的爸爸欠下鉅債，借錢不還，牛哥的人便抓了阿雅回來。刑煌恰巧在場，看見她，他就和牛哥說：「你們抓她也沒用，她那老爸是禽獸，不會在乎她的死活。」

刑煌又再垂涎阿雅的美色，想和她重溫舊夢，怎料她極力反抗，死也不肯跟他回家，在眾人面前留下兩行淒淚。

他把錢撒到她的身上，語帶不屑道：「妳以前還不是爲了錢跟我做！」

「對啊，你付錢我才要跟你做，如果是阿虎，即使要我倒貼也甘願。」

阿雅很清楚刑煌的痛處，在言語上反擊。

刑煌摑了她一記耳光，阿雅不屈道：「我認識了阿虎他們，才明白有錢沒錢根本不重要。」

刑煌暴跳如雷，指著阿雅的鼻子大罵：「妳虛僞！錢是最有用的！有錢就能擁有一切！沒錢的窮光蛋只能眼睜睜看著自己的東西被搶，哭乾了眼淚也沒人幫！」

阿雅「呸」地一聲向刑煌吐出口水。

刑煌氣上心頭，一巴掌打暈她。

牛哥走了過來，說要教刑煌教訓女人的法子。然後他就拿出一把箝子，銜著菸嘴，幫阿雅打了支麻醉針，再拔掉所有門牙和犬齒……看得刑煌一愣一愣的。

當晚阿雅被送進醫院裡。

阿虎和于學良趕來的時候，阿雅還在昏迷，幸好並無生命危險。她枕邊擺著一疊錢，夠付醫療費和夠她鑲牙……也不知是刑煌的好意，還是耀武揚威。

苦澀、悲憐和暴怒的情緒交纏。

阿虎一言不發地離開病院，並叮嚀于學良好好照顧阿雅。

這陣子沒空剪髮，阿虎的頭髮有點長，一根根髮絲在風中豎起，令人想起怒髮衝冠的岳飛。

一踢開賊窩的門，只見裡面烏煙瘴氣，亂七八糟，地上散滿空酒瓶，又有一堆胡亂丟棄的針筒。二十幾個男人，包括刑煌在內，笑聲嘰嘰嘎嘎，正在磕藥和聚賭。

一見阿虎來找晦氣，眾人都站了起來，拿起傢伙，將阿虎圍在中間。

阿虎面無懼色，一字字吆喝：「你們爲甚麼要欺負阿雅？」

刑煌恃著人強馬壯，指著阿虎的鼻子冷譏熱嘲：「力量就是一切，力量就是最硬的道理！」

阿虎立刻做示範，扳反了刑煌伸出來的手指，痛得他哇哇大叫。

「你死定了！」

阿虎微笑向著他們。

然後他在包圍之中以一敵眾，拳拳到肉，腳如旋風，上勾拳，掃堂腿，衝近他的人不是被打飛了出去，就是重重摔在地上，背脊就好像斷了，連牛哥都痛得擠出眼淚。

當阿虎來的時候，沒有一個人擋得住他，當他要離去的時候，也沒有一個人攔得下他。

全部的人都倒在地上。

除了刑煌。

阿虎風風火火揪著刑煌走進病房，眼前是瞪著眼的阿雅和張著嘴的于學良。阿虎雙腳一絆，令刑煌向前屈膝，再在背後一推，刑煌的前額「砰」地一聲撞地，就等於向阿雅磕頭認錯。

阿虎這麼做，就是爲了替她出一口氣。

阿雅感激地看著阿虎。

雖然年少氣盛不對，但這世上就是有些人無法無天，不給他們一點顏色看看，他們對你的欺凌只會更甚。

從此，刑煌不再欺負阿雅。

並不是因爲怕惹上阿虎，而是因爲刑煌受到了現世報。

60

刑煌沒來上學了。

有謠言說他得了一個叫「愛滋病」的絕症，班上都為這話題鬧得熱烘烘的。也多虧了刑煌，才加深大家對這個病的認識，知道它是慢性絕症，目前無藥可救，主要透過血液和性行為傳染。

大家說得心驚肉跳，擔心被刑煌傳染，希望他不要再來學校上課，也永遠不要再碰到他。

在放學的路上，阿虎向阿雅談起自己聽來的事，嘆息道：「唉！有些黑心的同學覺得他罪有應得呢！雖然我和他有過節，我也不希望這種事發生在他身上，很同情他……阿雅，妳怎麼了？」

阿雅聽完他剛剛的話，面色變得鐵青。

阿虎半晌啞口無言，大概料到是甚麼事。

「難道妳曾經和他？」

「我是被強逼的。」

阿雅雙手抓緊褲子，全身發抖，淚目中懼意在冽風中凝結，被勾起內心深處最恐怖的夢魘……

阿虎撫了撫阿雅的頭，勸她明天去醫院檢查，後來改口說要親自陪她過去。阿雅垂淚看著阿虎，鼓起勇氣問：「如果我真的有那個病，你還會當我是朋友嗎？」阿虎用力點點頭。阿雅又問：

「你不怕被我傳染嗎？」

阿虎東張西望了一會兒，才用雙手握緊阿雅的雙手，臉上有點尷尬，半開玩笑地說：「我們是同甘共苦、同生共死的好朋友啊！永遠都不會變！」

阿雅含著淚光笑了笑，那一刻她覺得阿虎厚厚的手掌很溫暖，大概是她這輩子碰過最溫暖的手。

那天之後，阿雅就從他們的世界裡消失了，不再在學校出現，不告而別，離開了西安市。

阿虎很傷心。

他對于學良說：「我們下個夏天要做暑期工，存錢，然後一起去找她。」

要找阿雅的不只他們，刑煌也拜託牛哥揪出阿雅的下落。當刑煌知道自己得病的一刻，整整三天都失眠，足不出戶，出現天塌地崩似的幻覺，但沒人陪葬，只有他獨自死掉，無法好好享受上天給他的榮華富貴。

當刑煌走出自己的房間，整個人都變了，多了一股邪氣，天天風流快活，今朝有酒今朝醉，但對人的態度更加惡劣了，只要有人踩到他的鞋子，立刻就會被推進茅廁的糞坑裡。

牛哥笑聲如雷，對刑煌刮目相看。

人病瘋了，就會妄想，更加乖戾。刑煌玩過不少女人，想來想去，就是阿雅的嫌疑最大。胡思亂想起來，就一口咬定是阿虎的美人計，將阿雅送到他的懷裡，害他感染絕症……阿虎根本沒做過甚麼，也不能控制刑煌在想甚麼，惡意卻隨著時日醞釀。刑煌愈想愈恨，阿雅失蹤之後，滿腔怨憤都怪在阿虎身上。

刑煌的爸爸寵慣了他，信了兒子一面之詞，勃然大怒，要爲兒子出一口氣，只是打了一通電話，大學就開除阿虎的爸爸駱先生。

但刑煌偶然看見阿虎一家和樂融融的樣子，想不到窮人沒錢也可以過得好，他看得牙癢癢的，妒火和恨意中燒，不甘心帶著阿虎給他的屈辱進棺材。

刑煌對阿虎恨之入骨，一直想找法子出一口惡氣。

春節的時候，他和牛哥一群人在街上碰到落單的駱先生。歹念一起，機會出現，誰也阻止不了。刑煌對牛哥說出自己的主意，牛哥馬上贊同，便差遣幾個兄弟在一片鞭炮聲中，用麻布袋套住駱先生，將他擄到車上。

「你打算怎麼處置他？」

「先帶去我家吧。」

這些竊竊私語的聲音傳入駱先生耳中。刑煌一定沒想過，駱先生在運動會見過他，竟會認出他的聲音。

刑煌很有耐性，也深諳人性，他將駱先生鎖在家裡倉庫的雜物房裡。因爲他家大得讓人迷路，沒有外人會發覺。他又委託一個小混混戴面罩送飯，不過那小混混很缺德，老是忘了送菜，結果駱先生所受的苦可想而知。

阿虎一家心急如焚，知道爸爸有心臟病，眞的很怕他出事，同學親友傾巢而出，但到處找也找不著。阿虎沒一覺好眠，而他媽媽則哭成淚人兒。

這晚阿虎繼續尋父，在街上瞧見于學良氣急敗壞走過來，接著就聽到他匆匆說：「阿虎……不好了！我剛剛被刑煌和牛哥抓住了，他倆要我向你傳話，說你想見你爸爸，馬上就要過去刑煌家，只准我和你去。」

阿虎怒不可遏，始知這幾天鬧得雞犬不寧，原來都是刑煌做的好事。

在一片淒楚的月色下，阿虎和于學良踏過鞭炮燒燼後的碎紙，就像踏上通向虎穴入口的紅地毯，被引到倉房那邊。

十幾個凶神惡煞早在倉庫裡列陣恭候。刑煌早已託人將駱先生重新用麻布袋包裝，現在就像搬貨物一樣，將麻布袋抬了出來，放到倉庫裡的燈光下，氣得阿虎七竅生煙，卻又不得輕舉妄動。

「你綁架我爸爸！」

「話別亂說，千萬別冤枉好人。我們知道你在找爸爸，便好心幫忙，發現有人將他放在我家的倉庫，便專誠叫你過來看看。」

牛哥站在麻布袋旁邊，拿出一口刀子，招搖地在阿虎面前弄來弄去。

刑煌手持木棍，向阿虎擠眉弄眼。

「你錯怪了好人，不用向我道歉嗎？」

「你想怎樣？」

「當然要逐一向我們下跪。而且我要你發最毒的誓，這一生都不得傷害我們所有兄弟。」

阿虎和于學良都沒有解窘的主意，肉在刀俎上，深知當晚很難全身而退，卻又不想就此姑息惡人。

刑煌眼見阿虎遲遲不低頭，便揮木棍，打了麻布袋一下。

「怎樣？你有心痛嗎？」

看到阿虎面色慘白的樣子，刑煌心裡樂透，覺得很爽，又敲了麻布袋幾棍。但袋裡的人竟沒半點反應，刑煌覺得奇怪了，愈想愈不對勁。

紮住袋口的繩子落下，袋裡倒出來的男人，身子硬邦邦的，四肢冰冷，已經沒有鼻息。阿虎匆匆跑過去，抱住爸爸的身體，失聲痛呼。

「怎麼會？」

刑煌本來只想嚇嚇阿虎，怎料鬧出了人命。

一九八七年的立春，是駱先生的死忌。

阿虎眼中冒火。

他一拳一個，將那些人打得遍體鱗傷，沒一個站得起來。

61

晨光照進屋裡。

在這群芳爭妍的春天，卻沒有半點顏色。

自從阿虎的爸爸死後，媽媽就變得很神經質，在家裡擺滿了佛像，大的小的，朝朝暮暮都坐在小神壇前，呢喃細語，向著神佛虔誠祈拜。

阿虎默默瞧著媽媽的背影，常常感到心疼。但今天阿虎攥緊了拳頭，滿臉正氣洋溢，走近小神壇，從後面輕輕抱住媽媽，嘴巴湊近她的耳垂：「媽，我們要出門了，今天就是我們討回公道的日子。」

媽媽淺笑著回應，頭髮早就梳理好了，面色卻有點蒼白。

「我最近有點心緒不寧，不知為甚麼啊。」

阿虎憐惜地看著媽媽，苦笑了一下，明白爸爸的死，對他和她的打擊都很大。

前往法庭途中，陽光暖洋洋的，阿虎聽著悅耳的鳥聲，心中有種強烈的正義感——善有善報，惡有惡報。

他陪著媽媽緩步走，笑著許諾：「我一定會代替爸爸來照顧妳，讓妳享福。」

「傻孩子……媽有你就夠了。我很幸福。」

當兩人走進法庭的時候，裡面人聲鼎沸，場面盛大。同學們來旁聽，老師也在場，七成是爲了支持阿虎，三成是爲了看刑煌受到制裁。法庭內氣氛肅穆，彷彿瀰漫著一股正氣。

刑煌木無表情地坐在被告席上。

他和牛哥那群人大都是撐著拐杖進場的。

法官出來了，他就是這裡的玉皇大帝，掌握生殺大權。刑煌的父母和親友都來了，他們與阿虎等人隔得遠遠的，座椅隔著水火不容的鴻溝，兩邊人馬壁壘分明。

開庭。

第一個程序是陳述起訴書中的案情。

阿虎告刑煌等人的罪名是謀殺罪。

到了法庭辯論的環節，被告人的辯護律師站了起來。他抖抖衣袍，托了托金框眼鏡，用銳利的眼神凝望阿虎，開始問話：「駱子夫先生，請問你狀告的罪名是謀殺罪嗎？」待阿虎點點頭，辯護律師又問下去：「請問你知道謀殺的定義嗎？」

阿虎怔了一下，小心翼翼地回答：「謀殺不就是殺人嗎？因爲惡意而令別人致死……」

「沒錯！『惡意』兩個字是很重要的。被告人他們和你爸爸無怨無仇，又怎會有殺害他的動機？我之後將會證明，被告人他們是無辜的，受害者駱先生的死只是一場意外！」

律師從面向法官那邊轉身，回望著阿虎，質問道：「你知道自己爸爸有心臟病的事嗎？」

阿虎點頭答應：「知道，所以他要定時服藥，而他因爲被刑煌他們綁架，停止服藥，又受了刺激……」

「停！實情眞是這樣嗎？」

律師突然打斷，語氣凌厲得嚇人，面色微變溫婉之後，又問：「駱子夫先生，你和你爸爸的關係怎樣？」

阿虎學乖了，知道對方的問題是在設餌，但詭詐之處到底在哪，想了很久也想不到。在眾目睽睽之下，便只好硬著頭皮，如實相告：「我和爸爸的關係很好。」

律師問：「你肯定？你沒恨過他？他沒做過對不起你的事？」

阿虎有點惱怒，便答：「一個兒子又怎會恨他親生的爸爸！」

辯護律師眉頭一舒，大聲指控道：「你騙人！他根本不是你的親生爸爸！你的戶籍全是假的！你只是他用錢買回來——或者拐帶回來的養子！」

聽到這樣的話，阿虎還以爲對方在含血噴人，一直等到證據一一呈出，他心裡才深深感到不妙。望向席間，媽媽竟然面如白紙，差點就要暈倒，要由親友攙扶。媽媽的眼神中帶有幾分歉意，阿虎才知對方所言並非全是假的，頓時失了方寸，心神大亂。

刑家財雄勢大，眞的甚麼隱私都挖得出來。

辯護律師又出示一份證明書，由駱先生的主治醫生開出。律師朗讀出病歷，然後字字鏗鏘地說：「駱先生本身的病情已經很嚴重，就算一直服藥，也隨時會有生命危險。所以就算他在被告人家裡病發，也未必與被告人相干。」

阿虎滿臉狐疑，呆呆道：「怎麼會……我根本不知道……」

辯護律師立刻反脣相譏：「你不是剛剛才說你和爸爸的關係很好？怎會不清楚他的病情？你不覺得很矛盾嗎？我有理由懷疑——原告人其實清楚病情，他知道爸爸快死，就用詭計將他運到被告人家中，然後向被告人敲詐和勒索金錢！」

法庭內一片譁然。

阿虎沉不住氣，聲嘶力竭地猛叫：「你騙人！你騙人！你在胡說！你在扭曲事實！雖然爸爸本身有心臟病，但要不是刑煌他們折磨他、刺激他，他是絕不會死的！雖然不是直接殺的，也是因爲他們而致死！」

「我雖不殺伯仁，伯仁因我而死……這就是所謂的意外。」

辯護律師雄辯滔滔，阿虎根本招架不住。

「你眞的肯定自己沒有做過違背良心的事？」

「沒有！」

「但我有證據顯示，你收了被告人一家的錢——這就是你勒索他們得來的。」

阿虎受到這樣的誣陷，自是不屑回應，但疑心對方栽贓嫁禍，望向媽媽，媽媽也是一臉迷惘。

跟著上來的證人是陳主管。

陳主管當時好心給了駱先生一筆錢，挪用公款，沒想到此事被刑家揭穿了。刑家一方自然不會放過這樣的機會，指鹿爲馬，憑空捏造，陷阿虎於不義。在庭上，陳主管面色僵硬，別人問一句，他就答一句，有時候點著頭否認，有時候搖著頭說：「是！」

法院派警察到駱家搜索，眞的搜出那筆錢，這一來就是證據確鑿，可惜原告一方無法解釋它的來由。只教阿虎呆在當地，百口莫辯，心口涼了一大截。

阿虎抹抹汗，振作起來，在庭上凜然道：「法官大人，刑煌和他的同黨折磨過我的父親。這一點一定是事實。我的朋友于學良可以爲我作證。」

于學良便被傳喚出來，法庭燈光映在他的臉上，竟顯得面如槁木。在眾目睽睽之下，他顯得異常緊張，怯聲說話：「我當晚陪駱子夫找爸爸，結果在刑煌家找到他。」

法官問：「你有看見被告人折磨他嗎？」

于學良答：「我……我不知道。我們到了刑煌家，他就好像已經氣絕了。不過，我看他表面上沒傷痕，應該不像受過刑……刑煌他們手上沒拿武器……」

阿虎忍不住離席怒呼：「于學良！你！」

于學良裝作聽不見，儘管目光虛浮，答話卻愈來愈順暢。他作完供之後，就要求上廁所，之後不再回來。

法庭評議之後，即將宣告判決。

等待期間，同學過來鼓勵和安慰阿虎，不齒于學良的行徑。阿虎面色難看，坐到媽媽身邊，不發一言。直至聽到法官快要宣判，他才握緊媽媽的手，媽媽眼中流出寬慰和感激的淚水。

法院裁定駱先生的死是意外。

刑煌等人當庭被無罪釋放。

「他媽的！沒天理！」有人大喊。

這樣的判決雖是意料中事，刑煌還是長長吁出口氣，恢復了昔日驕矜不可一世的神色。他以勝利者的姿態接近阿虎，湊過去說：「老天有眼哪！法律是公正的。我沒事啦，接下來輪到你了——你打傷了我這麼多兄弟，你看自己要蹲多少年？」

世情諷刺，峰迴路轉——

坐在原告席上的阿虎，頃刻間變成被告……

62

罪名成立。

阿虎換上囚衣，被剃光頭髮，暫時羈押在看守所，之後就會被送去鄰省一個臭名遠播的黑暗監獄。

都怪他得罪了不可得罪的人，惹來了身陷囹圄之禍。

十五年刑期，對一個少年來說實在太重，但明理人想到自古冤案眾多，有些人寫錯一篇文章、說錯一句話，也會被判監十五年，判在阿虎身上的刑期也就合理至極。再者，那邊監獄的環境相當惡劣，連蟑螂也絕跡，客死異鄉還好，屍骨未寒才叫慘呢。能完好無缺出獄者寥寥無幾，如此看來，刑期長短已不再是很大的問題。

一不做，二不休，刑煌一方善用傳媒，將阿虎塑造成一個賣父求財的惡魔，害他身敗名裂。理論上每個人都有明辨是非的智慧，但世道人云亦云，況且在不求眞相的時代，吃飯最要緊，不必將一條賤命掛在心上。

阿虎瑟縮在冰冷的一角，遭世人遺棄的感覺並不好受。

他知道自己沒有做錯，閉目瞑想，就是不明白前因後果：如果世上眞有公義，如果老天不是瞎子，爲甚麼被囚在這裡的人是他？

蒼天亦無語。

媽媽每天都來探他，儘管她表面堅強，他也知道她哭得眼淚都乾了，眼角的淚痕和皺紋深似木刻。同學們怕惹上麻煩，都不敢來，只託他媽媽送來鼓勵信。那個在法庭裡罵出「他媽的沒天理」的男同學，聽說正在醫院裡躺著。于學良完全失蹤。阿虎很想忘記這個出賣自己的朋友，卻忘不了。

在阿虎被送去監獄之前，終於有個媽媽以外的人來看他，那個人就是刑煌。

隔著一排柵欄，刑煌擺出一副貓哭耗子的態度，嘴含譏意，盯著柵欄後的阿虎，就像盯著一頭關在籠裡的老虎。

「你向我下跪道歉的話，我或許有法子弄你出來。怎麼，要不要考慮看看？」

阿虎頓時說不出話，面色怪異地扭曲，骨頭好像軟了，只要再遲兩秒，一時天真起來，就會對這誣害自己的人低頭。

就在他恍神的時候，刑煌「嗤」地一聲笑了出來。

「哈哈，騙你的，我才不會那麼笨呢。」

仇人相見，分外眼紅，阿虎比較不懂得控制自己的情緒，說了一句：「你！」就站了起來，抓住柵欄，胸口起伏不定，鼻子裡的氣噴到刑煌臉上。

「你的媽媽須要你來孝順她吧？」

刑煌莫名其妙吐出這句話，令阿虎心頭一凜。

「你不要想著向我報復。只要我弄來幾張殘障證，就可以向你家索償，賠足一輩子——你也不想自己的媽媽餘生受苦、欠債累累吧？哼！想害我坐牢，這就是惡有惡報！法律眞是個好東西呢！」

阿虎緊咬兩唇，怒火彷彿要從眼裡迸出來，一雙拳頭握得幾乎出血。

「我就說過，你鬥不過我的。因爲我有頭腦，而你沒有。」

刑煌指著自己的頭，拋下這句話，笑著轉身就走。

等著阿虎的，就是張著虎口而獰笑的牢房。

牢獄生活並不好過，牢裡住著的都是眞正的惡人。

牛哥人脈廣，在牢裡有幾個舊識，自然會託他們好好照顧阿虎。他們不遺餘力對阿虎拳打腳踢之餘，亦要慷慨解帶請他喝尿，每日都變得很忙。

阿虎勢孤力弱，又不懂阿諛逢迎，這種人無論在外面或者是在牢裡，都是要吃虧的。

不過人的適應力很強，可以逍遙得像神仙，也可以過得像豬一樣，餓不死就是好日子，受了「樂天知命」這成語的薰陶，都將逆來順受視爲磨練，就當自己上輩子造孽，這一世是來贖罪的。

惡霸們上了癮，一日不揍他，一日也不舒服。在毫無好處的情況下，人類也會欺凌同類，也許就是爲了樂趣。那些人看見他生命力頑強，怎麼樣也弄不死他，更加放肆，無論反抗或隱忍，阿虎都是吃盡苦頭，終日遍體鱗傷地躺上睡床。

阿虎每晚睡前都會瑟縮在小窗邊，望著皓白的月亮，向那個連他也不知是否存在的神默禱——

「這十五年我眞的挺得過嗎？」

「我到底犯了甚麼錯？爲甚麼要受這種苦？」

「神，你爲甚麼遺棄我？爲甚麼要我受到這樣的折磨？」

阿虎以前很不喜歡睡覺，曾覺得睡覺浪費光陰，但現在的他覺得睡覺是一天裡最快樂的事。

人總是期待一覺醒來，明天就會有好事發生。

然而日復一日，事與願違，人就會漸漸失望，絕望再失望，最後心枯意死。阿虎求神將力量再次賜給自己，然而當他頭上仍是光禿禿，那股神力就不會回來。他鑽牛角尖去想，不管他如何懊惱，依然天天受盡生不如死的折磨，沒有得到半點憐愛。

「這，原來就是神給我的答案。」

當他一直相信的奇蹟沒有降臨，他相信的公義蕩然無存，他就開始懷疑這個世界，思想變得憤世嫉俗，繼而痛恨這個世界。

十個月以來，人間煉獄般的生活將阿虎全身上下磨得已經沒有稜角，目無表情，如同朽木，少了喜怒哀樂，失去了做人的光采。三百零五日裡，超過四百次冒起自殺的念頭，但一想到孑然一身的媽媽，他就竭力壓抑下來。

他認命了。他心已死。

但世上還是有些事可以激起他心中的漣漪。

這一天，他收到兩封信。

一封是于學良寫給他的：

我每晚睡覺都會良心不安。我知道無論我怎麼做，你也不會原諒我。我當初只是想幫刑煌脫罪，想不到他居心叵測，騙了我，又陷害了你。不瞞你說，我患上愛滋病了，源頭其實是阿雅。她是無辜的，因爲她被當船員的爸爸強暴了。有幾晚喝醉，我和阿雅做了錯事……但我知道，她最崇拜和最愛的人是你，可是你卻無視她的愛意。她臨走前，我其實見過她一面，她向我懺悔，還哭求我要保密。她不想讓你看見她醜陋的樣子才離開西安市，打算找個無人認識她的地方默默死去。

刑煌給我一筆錢，我當時受不了誘惑，因爲我父母只有我這個兒子，我不想他們孤苦無依。今世欠你的，我來生再償還，我心中仍會當你是兄弟，希望你過得平安。我罪該萬死。

另一封信是媽媽寫的，帶來天大的喜訊：

虎兒：見字勿念。我蒐集到幫你脫罪的證據。我有朋友在刑家當傭人，她說在雜物房裡發現你爸寫的遺書。原來你爸精明，看見有些被棄置的家具，便在抽屜底寫字，還蓋上了血指印，期待將來有人拾獲，揭發加害於他的人。我已託朋友將物證偷偷拿給我。我天天幫你求佛，你一定可以洗脫冤情。等我好消息。

讀畢全信，阿虎心中極度激動，好幾晚重讀，手都在抖，還真的期望有奇蹟出現。

過了一個月，還是沒有媽媽的音信。

阿虎心急如焚，提心吊膽，既擔心好夢成空，又恐怕媽媽出了意外，有時看見地上有碎紙，就會疑心是有人撕爛了他的信。

阿虎急得心都要塌了，可是人在牢中，不能打探外面的事，再急也是枉然。

「如果可以飛出去就好了……」

勞動的時候，抬頭看著一片晴空，阿虎愛作這樣的白日夢。

但那一天，天空突然號哭，當時阿虎正在一角拔草。風雲變色之後，地面急遽搖晃，然後是一陣地動山搖的波盪。地震來了！阿虎和許多人都趴在地上，拚命抓緊一些實實在在的東西。

隆！

不知是魔鬼的力量抑或是上天聆聽了他的祈求，阿虎面前的圍牆破出一個足以讓人通過的大洞。

63

破洞外彷彿照來一道自由的白光。

獄中一片混亂，這是天公作美的機會。

阿虎曉得在牢裡只有死路一條，反正也不想賴活了，深吸口氣，便發狠衝了出去，拔足狂奔。機不可失，他越獄了，腦中一片空白，不顧方向，逃到山上，不知不覺間發揮神力，迸斷的鐐銬落在他背後的地面。

由晝至夜，短竭長跑，阿虎在林間披星戴月快奔，也不知跑了多遠，天色漸亮，亦到了一片開闊的澗壑，景致煥然一新，整個人都沐浴在初出的晨光之中。

阿虎沿著溪澗走向下游，竟然看見一隻海鷗。海鷗見有人來了，便搖尾展翅翱翔，直到這一刻，阿虎才眞正覺得自己自由了。

好運的事又來了，阿虎在溪邊拾獲一件棉衣，當下換上，將自己的囚衣埋在泥裡。濕透了的棉衣，曬上半天就乾得像熨烘過一樣。

如此一路往西安市前進，阿虎歷盡滄桑，有時要扒垃圾桶，有時要跟人家養的狗搶殘羹冷炙。爲了掩人耳目，他也偷偷混上過載豬的車，臭得鼻子都要爛掉。當一個人落魄到了那個地步，甚麼道德、甚麼尊嚴，比起生存都是微不足道。

在回家的路上，阿虎的頭髮漸漸長出來了，愈來愈長。

他根本不知底細，便完全恢復了神力，到後來就不用行乞，可以抓野兔來充飢。

阿虎身在叢林，雙掌亂砸亂打，一株株碗口粗的大樹就被他轟得四分五裂，想像樹幹是自己的仇人，洩去心頭的怒焰。阿虎由上而下看著自己的身體，喜不自勝，有了力量，就有了報復的打算。

他十分憂心媽媽的安危，但又不敢太張揚，反正體力無窮無盡，便不眠不休地趕路，翻山越嶺，途中還繞錯方向，差點就過了鄰省。

到達西安市的時候，阿虎的頭髮已長得可以紮小辮子了。

披頭髒亂的散髮，衣衫破爛不堪，加上皮膚黧黑，阿虎比街頭的假乞丐更像乞丐。到了城裡，不免會碰到熟悉的人，阿虎便警惕自己要格外小心。

他偷偷打過電話回家，家裡沒人接，自收到媽媽最後一封信，就斷了音信。

現在阿虎著急起來，來到自己家後門，仰望著二樓窗架，心中徬徨，既怕媽媽已經遭遇不測，又怕警方或者刑煌的人在裡面埋伏。他聽了很久，眞的確定屋裡無人，才一個縱身攀了上去。

家裡空寂寂的，一切依舊，就是沒有人。等了半天，連鬼影也沒有半個，阿虎一直留意窗外動靜，偶然回頭，看到牆上掛著的獎牌，不禁黯然神傷起來，想起昔日對父母親的童言：「將來要賺很多的錢，讓爸爸媽媽享福！」如今家破人亡，他連自己也保不住了，還談甚麼照顧家人？無論信念多麼強，但人的力量就是這麼渺小和薄弱。

阿虎又想到，現在正被警察通緝，眞是朝不保夕，不知以後該怎麼打算。

由那個小的牢獄逃出來，才發現世界是個更大的牢獄。

阿虎更衣之後，戴上帽子，翻牆外出。

現在他有了力量，可以行動自如，逃跑起來絕對無人追得上。阿虎更發現，力量不僅回來了，還變得比以前厲害，現在他的五官敏銳得就像超人。

阿虎腦中想到于學良，挑了條小路，就在于學良放學後必經的地方埋伏。

等了一會兒，于學良果然出現了。

阿虎不露聲色，在他背後跟蹤了一會兒。當于學良快到家門，阿虎就下手了，將他擄進暗巷裡，摀住他的嘴巴，又扼住他的脖子。

「你敢大叫，再出賣我，我就殺你！」

由於很久沒說話，阿虎說得又笨拙又難聽。

于學良的雙眼睜得像魚眼一樣，猛然甩頭晃腦，用求饒的目光看著阿虎。

阿虎鬆開雙手，改爲揪緊了他的領口。

于學良深深吸了口氣，用關切的語氣慰問：「你……回來了。阿虎，我對不起你，請你原諒我……你知道嗎？你越獄的事鬧得很大。警察都追問我你的下落，你要小心一點，避一避風頭。」

「我媽媽呢？是刑煌、牛哥他們捉了她嗎？」

「我……我眞的不知道。阿虎，刑煌他們雖然不完全信任我，但我和他下面幾個人混得很熟，也許我可以幫你問出甚麼……」

阿虎自小認識于學良，看出他不是在說謊，便心灰意冷地嘆了口氣。

「在外面談不方便，進去再說吧。我家裡沒人。」

阿虎豎耳一聽，知道他說的是眞話，便眞的放開手，跟著于學良進門。這一別多年，很多事都改變了，阿虎問起阿雅的事，又問到學校近況，曉得舊同學偶然會提起他，但沒了他也是一樣過得好。他在別人心目中不是可有可無，但現實往往會淘汰一些難以再見的故友。

此外，阿虎又打探了一些刑煌的事，于學良實話實說，還說這一次痛改前非，要是阿虎眞的要捉拿刑煌，他一定會鼎力相助。

于學良問：「你知道刑煌爲甚麼那麼恨你嗎？」

阿虎搖了搖頭。

于學良又說：「因爲他一直覺得阿雅是你的人，他染上絕症就是你害的。你又眞的沒染病啊，難怪他會眼紅……唉，我跟他解釋過很多次了，他就是不聽。」

阿虎黑著臉，睜目道：「他媽的惹上絕症關我屁事？」

隔了一會，于學良沏了兩杯茶出來，又逗阿虎聊天，既驚且懼，似乎擔心他一停下來就會對自己動粗。

于學良看著阿虎喝茶，問他：「抓住了刑煌之後……你會怎麼對付他？」

「如果他眞的敢對我的媽怎樣，我一定要煎他的皮、拆他的骨！」

阿虎臉上青筋暴現，咬牙切齒，于學良就知道他不是開玩笑的。于學良擔心他利用自己向刑煌報復之後，下一個就會輪到自己，所以他在茶裡下藥的事也不是鬧著玩的。當阿虎察覺到頭重腳輕，已經搖搖欲墜了。

「你！」

「對不起！」

阿虎感到腦中天旋地轉，就昏眩了過去。

朦朧間，好像瞧見了刑煌等人猙獰的面目……

64

大樹下，矮坑裡。

飛舞的螢火蟲恍如一弦飄靈。

當阿虎悠悠醒轉時，頭上是月亮和星空，四野寧靜，耳根感到清淨，身處的地點是一片荒地。

「咦！他醒來了啦！」

負責看守的嘍囉驚叫出來，接著過去通知同黨。

儘管阿虎手腳被粗繩繫著，他知道只要一用力，就能解開束縛。阿虎身在坑裡，鼻子裡是最討厭的人的氣味，便知道刑煌等人正走過來。

一想到自己又中了圈套，落入刑煌手中，阿虎冒出一身冷汗——要是他被人一刀斷氣，哪有命活到現在？刑煌他們心懷不軌，明顯就是要凌虐阿虎致死，哪裡想到害人終害己，反而給了他報仇的機會。

阿虎心想這樣倒也省時，今晚就要解決與他們之間的恩怨。

果不期然，刑煌和阿牛等人陸陸續續過來了，個個都期待看好戲。于學良的臉也在那夥人之中，但一瞬間又退縮到後面。

阿虎又被他出賣了。

一個人到了垂死的時候，居然也是如此自私，只顧念著自己的好處。

如果這就是人性——人性豈不可悲？

刑煌蹣跚走近坑邊，從高處瞧著阿虎，手裡竟握住手槍，這傢伙已經目無法紀。阿虎一看到他，想起牢中受過的痛苦和爸爸的死，不覺髮指眥裂，但竭力保持冷靜。

「駱子夫，你有種，連越獄這種事都做得出來！我就知道你會來報復，所以先下手爲強。沒錯，你媽媽就在我們手上。本來留著她的命，是要用來威脅你，但現在根本用不著了……我眞是太聰明了！只是花一點小錢，就買到了你的朋友！」

阿虎只是橫眉冷對眾人，嘴角翹起。

「我媽媽呢？」

刑煌嘿嘿一笑之後，就叫人打開麻布袋。

麻布袋裡滾出一個沒有手腳的東西。

當那東西滾到阿虎身邊，阿虎頓時崩潰，第一次在刑煌面前跪了下來，發出淒厲的悲號聲。

昔日呂太后與戚夫人爭寵，得勢後，便對她施以極刑。《史記》有云：「太后遂斷戚夫人手足，去眼，煇耳，飲瘖藥，使居廁中，命曰『人彘』。」

原來有人向刑煌通風報信，知道阿虎的媽要告發他，便將她抓回來，嚴刑拷問，她寧死也不肯說出將證據藏在哪裡。牛哥惡向膽邊生，就要下殺手，但刑煌喪心病狂，一不做，二不休，就說反正她都是死定了的人，不如乘便用她來擊潰阿虎……

其他人之前不知布袋裡的東西，現在親眼看到，都一一呆住了，無不毛骨悚然，噁心得連胃都要反了。

阿虎滿臉都是泣血般的淚水，他萬萬沒想過，一個人可以泯滅人性到這樣的地步，殘害一個可憐的女人。

淒楚的笑容——

儘管已看不見也聽不見，甚至摸不著，她就是知道他在她的身邊。這個母親，一定打從心底感謝自己相信的神佛，讓她在垂死之前再次感受親兒的體溫。

阿虎將媽媽緊緊摟在懷裡，然後親手掐碎她的脖子。

他這輩子第一個殺的人，是自己的母親。

對某些人來說——

死亡，可以是一種幸福。

刑煌突然大笑起來，囂張得近乎瘋狂，妄言道：「哈哈！怎樣啊？你後悔惹上我了吧？你終於要對我下跪了嗎？我早就說過，你鬥不過我！今天我就要告訴你，有錢眞是可以爲所欲爲！我有財，有勢，又有智慧，這世界就是由我這種人來主宰！」

不知在何時，綁著阿虎雙手雙腳的粗繩已崩裂了，但刑煌一直沒有發現。

刑煌對阿虎的媽所做的事，阿虎照本奉還。

誰也看不見阿虎是如何走近他，更看不見他是怎麼對刑煌出手的，只看見被硬生生撕下來的雙臂、眼珠、耳朵、舌頭、鼻子……其他人都是亡命之徒，無惡不作，這一刻瞧著怒氣滔天的阿虎，血淋淋的，如見厲鬼，竟被嚇得雙腿都動不了，極度驚恐的神色一一在他們臉上掠過。

高懸的月大得很不尋常，而仇恨就像火山吐納般爆發，但湧出來的不是熔漿，而是熔漿似的血。

阿虎終於大開殺戒。

那一晚，天雨粟，鬼夜哭。

殺人是最華麗的藝術。

血花四濺，所以華麗。

以眼還眼，以血祭血，以暴易暴，世間萬物都可以盡情摧毀，只有向魔鬼靠攏，化身爲泯絕人性的惡魔，才不會再被可惡的老天欺負。

百無禁忌，灰飛煙滅——

包括脆弱的人命。

「既然法律無法主持公道，既然忍耐只會帶來更多折磨，爲甚麼不可以讓我憑自己的力量來討回我的血債？」

蒼天瞎了眼！

阿虎抓著一個個人頭上的髮絲，完成一幅用血來塗抹的水墨畫。

血如泉湧的月光，如水銀般灑滿荒地。

蟬聲就像鬼哭神號。

碎塊紛飛，下了一場血雨，血的味道竟是如此芳香。

草是紅色的，花是紅色的，風呀影呀月光呀，一切都被染紅了。

殺了人之後，就連自己的靈魂也會隨之失去。

一九八八年。

那是中國經濟即將起飛的時期，很多人都是後知後覺，但王猇已經開展了他的殺手事業——阿虎不再是阿虎，阿虎這名字在世上消失了，阿虎在他十五歲的時候死了。

廝殺之後，一切復歸平靜。

阿虎胸口仍在起伏，雙眼滿布紅絲，在靜謐得連鬼也不敢多喘口氣的荒地上，突然傳來一陣清脆無比的鼓掌聲。

在阿虎的背後，突然出現一個寬衣矯健的老人。

「殺人，愉快嗎？」

阿虎心裡一寒，結結巴巴地問：「你是誰？」

「我找了你十五年之久……我終於找到你啦。」

「十五年？」

「對，十五年前你被拐走了，我就一直找你。我叫王翦，生生世世都爲你的族裔效忠，守護著你們一脈的後人。」

老人望著地上的殘局，滿意地笑著。

「虎父無犬子！你的族裔會以你為榮！如今你殺了人，靈魂上的枷鎖解開了，你的潛力將會完全解放。我不是你的父親，但我會身代父職，要將一切殺人的技藝傳授給你。或者，你嫌我老，叫我一聲爺爺也可以……你要改名了，以後就跟我姓吧。」

「我的父親是誰？」

那個叫王翦的老人祕而不宣，只是將手繞在背後，在樹後斂步，回頭盯了年輕的王㹃一眼，示意要跟著他走。

一切消失在一片詭異的迷霧裡……

《術數師3》完

台版誌

這本小說在香港起稿，在台灣完稿。

感謝大家等了這麼久，眞的很感謝大家。

因爲在台灣出版了《術數師》系列，得到不少台灣讀友的鼓勵，一點點勇氣在我心裡累積，早就有了移居台灣的打算，滿腔熱血鼓動之下，終於在去年實踐了。

離開香港之前，一個曾經很親密的人問我：

「你眞的想當一輩子的作家嗎？你不覺得當作家很沒有前途嗎？爲甚麼不試試其他能賺大錢的工作？」

當時我傷透心，帶著失意啓航到台北，腦中浮起香港樂團LITTLE AIRPORT那首「讓我搭一班會爆炸的飛機」的淒涼旋律……

結果，我的人生就在台灣改變了。

物極必反，亢龍有悔，我很快墜入愛河，被台灣女生俘擄了我的心。到現在我也覺得她怪怪的，思想異於常人，當時明明還有一個月薪五十萬以上的銀行家在追求她，但她竟然選擇了我這個窮光蛋。她總是羨慕我的工作，覺得我的工作很自由、很棒。

湊巧她媽媽很愛看書，替女兒把關，看了我的書，拋下一句「很好看」之後，就批准我和她的女兒交往了。（關於這段經歷，詳見我部落格上的文章「有幸與妳認識，是我前生修來的福氣」，保證奇幻程度不下於蓋亞旗下的奇幻小說。）

來了台灣之後，突然就轉運了，我好像得到這片福地的正能量，吐氣揚眉，短短兩個月之內，這本書的香港版已經再版四次了，連霸暢銷榜四週。

雖然我從不會在扉頁加上「這本書獻給XXX」這種令人害羞的話，但我還是想在這裡感謝她，全靠她我才可以尋回眞正的自己。

要不是當作家，我一定不會來台灣，也不會認識她……人的心態眞奇妙，以前視爲痛苦的事，心態一旦改變，竟會令我覺得幸福無比。

一個人／一張桌子／一台電腦／也可以改變世界

這句話是台灣人對我說的。

幸好，我沒有放棄寫作，如果有下輩子的話，我還是要繼續當作家。

可以極度熱愛自己的工作，將自己的工作當作興趣，這樣的事難能可貴，金錢的回報只是「伴著自己興趣而來的渣滓」。要比的話，不要比這輩子能賺多少錢，應該比這輩子能有多麼幸福，可不可以在短促的人生中實現自己的理想。
這就是我的悟道。

二〇一一年夏　於台北　天航

◇歡迎加入天航的臉書專頁：http://www.facebook.com/tinhongpub

國家圖書館出版品預行編目資料

術數師.3，宮本武藏的末世傳人／天航著.
——初版.——台北市：蓋亞文化，2011.06
面；公分.

ISBN 978-986-6157-31-8（平裝）

850.3857 100005924

悅讀館 RE163

術数師 3 宮本武藏的末世傳人

作者／天航（KIM）
插畫／有頂天99
封面設計／克里斯
出版／蓋亞文化有限公司
地址◎台北市103赤峰街41巷7號1樓
電話◎（02）25585438 傳真◎（02）25585439
部落格◎gaeabooks.pixnet.net/blog
臉書◎www.facebook.com/Gaeabooks
電子信箱◎gaea@gaeabooks.com.tw
投稿信箱◎editor@gaeabooks.com.tw
郵撥帳號◎19769541 戶名：蓋亞文化有限公司
法律顧問／義正國際法律事務所
總經銷／聯合發行股份有限公司
地址◎新北市新店區寶橋路二三五巷六弄六號二樓
電話◎（02）29178022
傳真◎（02）29156275
初版二刷／2016年02月
定價／新台幣 240 元
Printed in Taiwan

GAEA ISBN／978-986-6157-31-8

GAEA

Gaea